Olivier Sebban

# Cendres blanches

Rivages

Retrouvez l'ensemble des parutions
des Éditions Payot & Rivages sur

payot-rivages.fr

Collection dirigée par Émilie Colombani

*Pour ma tante Alegria et*
*pour mes enfants Madeline et Samuel*

*« Just because you knock a man down*
*Don't mean that you got him beat »*

*Henry Nearly Killed Me*
Ray LaMontagne

## Personnages

**Charlie Luciano**, gangster italo-américain né Salvatore Lucania en 1897 en Sicile dans le village de Lercara Fridi, émigre à l'âge de neuf ans, en 1906, aux États-Unis, New York, Lower East Side. Devenu riche et puissant grâce à la Prohibition. Considéré comme l'inventeur et le chef de la mafia moderne après l'assassinat de Joe Masseria et Salvatore Maranzano.

**Meyer Lansky**, gangster juif américain né en 1902 à Grodno dans l'Empire russe, émigre à l'âge de neuf ans, en 1911, aux États-Unis, New York, Lower East Side. Ami de Luciano depuis l'enfance, il deviendra son bras droit. Surnommé par les médias le cerveau de la mafia, il sera trésorier du syndicat du crime après la mort de Joe Masseria et Salvatore Maranzano.

**Benjamin Hymen Seigelbaum** ou **Bugsy Siegel**, gangster juif américain né à Brooklyn en 1906. Ami et associé de Lansky et Luciano. Assassin pour le compte du crime organisé. Fondateur de Las Vegas.

**Arnold Rothstein**, gangster juif américain né à Manhattan en 1882 dans une famille aisée. Joueur et propriétaire de maisons de jeu. Mentor de Charlie Luciano. Fondateur de la mafia moderne. Il financera et organisera les premières opérations de bootleggers comme Luciano.

**Frank Costello**, gangster italo-américain né en Calabre en 1891, émigre en 1895 à New York, Harlem. Disciple de Rothstein, surnommé Premier ministre du crime, il deviendra conseiller de Luciano, et plus tard, lors de l'incarcération de celui-ci à Dannemora, chef de sa famille.

**Albert Anastasia**, gangster italo-américain né en Calabre en 1902, émigre à New York en 1917, surnommé Seigneur grand exécuteur ou Maître des hautes œuvres pour sa facilité à tuer. Il est nommé à la tête de la Murder Incorporated, bras armé du syndicat du crime, puis chef de la famille Gambino.

**Lepke Buchalter**, gangster juif américain né à New York dans le Lower East Side en 1897, associé à la famille de Luciano, un temps chef de la Murder Incorporated.

**Nucky Thompson**, homme politique et mafieux né en 1883. Des années 1910 jusqu'à son emprisonnement en 1941, il fut le chef du système politique et mafieux d'Atlantic City.

**Joe Masseria**, gangster italo-américain de l'ancienne génération, né en Sicile en 1886, émigre à New York en 1902, grand rival de Salvatore Maranzano dans la guerre des Castellammarese qui les opposa pour la prise du pouvoir à New York. Un temps allié à Lucky Luciano, il est assassiné par des hommes de celui-ci, dans un restaurant.

**Salvatore Maranzano**, gangster italo-américain de l'ancienne génération, né Sicile en 1887, émigre à New York en 1924, grand rival de Joe Masseria, vainqueur dans la guerre des Castellammarese qui les opposa, *capo di tutti capi* autodésigné, assassiné en 1931 par les hommes de Luciano et Meyer Lansky avec qui il avait conclu une alliance avant l'exécution de Masseria.

# I.

Il la plaquait contre le mur et la soutenait de ses avant-bras et lui imposait son rythme. Elle haletait, ses jambes enserraient les hanches de l'homme. Elle l'enlaçait. Nuit de la Saint-Jean. Elle ne l'aimait pas, dansait avec lui les soirs de fête, détestait la maladresse et les propositions des autres, devinait qu'il n'aurait jamais osé lui réclamer ce qu'elle lui accordait et savait qu'elle le lui avait accordé afin qu'il ne se risque plus à la demander en fiançailles.

Les fusées d'un feu d'artifice s'élevèrent en chandelles, sifflements et lumières décrépites au-dessus des flammes d'un brasier autour duquel dansait une assemblée d'ombres, cessèrent de grimper et crevèrent en panaches exténués au-dessus des maisons à colombages, dévoilèrent un instant les montagnes avant de choir et mourir dans un souffle asthénique dont le crépitement révoqua toute chose à la faible lueur des étoiles.

## II.

### Un col de montagne non loin
### de la frontière espagnole
### 1925

La frontière franchie de nuit, ils attendaient dans l'aube verglacée et l'un d'entre eux, posté à l'extérieur d'un virage en surplomb des lacets de l'ancienne piste carrossable, surveillait la vallée. Les flancs de la vallée s'évasaient sous le ciel pâle et la cime givrée des conifères entravait un lent mouvement de brume entre deux dévers. Le ciel se teinta de rose au-dessus des sommets dont l'arête dominait la nuit bientôt reléguée et le soleil frangea l'est d'une lumière neuve. Ils parlaient un espagnol rugueux et mâtiné de basque, tapaient du pied et recensaient les pertes et les gains d'une saison de brigandage, le nombre des mules emportées dans les ravins, les routes et les cols praticables avant les premières neiges, jusqu'au printemps et sa débâcle, évaluaient les saisies d'alcool et de tabac, les fusillades et les escarmouches sans conséquence entre douaniers et contrebandiers, fumaient leurs cigarettes roulées entre leurs doigts gourds.

Edur Cruchada entendit un bruit de moteur et se

pencha un peu au-dessus du vide et reconnut la Ford à plateau du père de Franck Echeverria. Franck Echeverria conduisait depuis la veille au soir. Ametza, sa sœur assise entre son père et lui, les accompagnait. Le père, portière entrouverte, évaluait l'espace vacant entre le marchepied et l'abîme, gueulait parfois une consigne, tapait sur le toit de la cabine afin de signaler un obstacle. Edur adressa un signe au groupe des quatre Espagnols portant leurs fusils de chasse cassés à l'épaule et tous gagnèrent une portion de piste infranchissable en voiture. La Ford, équipée d'un bloc-moteur Berliet protégé d'une bâche en coton huilé, six cents kilos amarrés au plateau par des chaînes, progressa lentement dans les ornières.

Edur, armé d'un pistolet-mitrailleur suisse passé en bandoulière, magasin en escargot chargé de cartouches 7.65 Parabellum, passa une main aux ongles noirs dans sa barbe naissante, plissa les yeux et scruta une ligne sombre et taillée dans la paroi d'un ubac couvert de pins à crochets, se racla la gorge, toussa et cracha entre ses chaussures, releva la tête, étudia le risque d'une intervention des douaniers français, l'envisagea avec l'arbitraire d'un homme de terrain, l'espérance d'un homme renseigné, puis quitta son poste de guet pour gravir le virage et atteindre un replat planté de mélèzes à l'ombre desquels patientait une paire de bœufs attelés à une lourde charrue. Un chien de berger montait la garde sur le banc du postillon. Le chien se leva, remua la queue, bâilla et envoya un jappement plaintif. Edur saisit l'anneau passé dans le mufle de l'un des bœufs et l'entraîna lentement dans la pente.

Le père Echeverria descendit du pick-up en marche et trébucha, ajusta son béret et sourit. Franck poussa la Ford un peu plus avant dans la poussière et s'arrêta non loin de la route affaissée, au mitan d'une section nivelée sous un encorbellement de roche étincelante de glace, à l'endroit d'une source dont les eaux suintaient et moiraient couche après couche une ravine érodée.

Les contrebandiers espagnols doublèrent la portion de piste dangereuse. Edur mena les bœufs à la sortie d'un virage assez large pour exécuter un demi-tour sans dételer, manœuvra les animaux récalcitrants, meuglant et roulant des yeux, les guida doucement en marche arrière, serra le frein de la charrue et plaça deux caillasses sous les roues avant du chariot.

Franck fit signe à Edur de rejoindre le groupe des hommes maintenant rassemblés derrière le plateau de la Ford, ôta son feutre, le déposa sur la bâche et tira deux bouteilles de blanc sec des poches de sa canadienne en cuir. Ses cheveux luisaient de brillantine dans la franche lumière. Il confia une bouteille à son père, déboucha la seconde et la tendit à Edur. Edur dévoila ses petites dents jaunes en un bref sourire de refus. Franck haussa les épaules et but une gorgée, essuya la moustache de sa barbe courte et noire. Les Espagnols cherchèrent l'approbation d'Edur sans l'obtenir, puis vidèrent les bouteilles. Ametza récupéra les bouteilles et les rangea sous le siège passager de la Ford. Franck enfila une paire de gants de travail, retira la bâche et les chaînes, plia la bâche avec l'aide de sa sœur, la posa sur le capot, enroula les chaînes et lesta la bâche. Edur sollicita l'aide du plus jeune d'entre les contrebandiers, son neveu âgé de seize ans, fils de sa sœur propriétaire avec son mari d'une venta ravitaillée par la contrebande. Blond et pâle, les yeux bleus, maigre, coiffé d'une casquette informe et vêtu d'une courte veste en peau de mouton retournée, l'adolescent s'approcha, rétif, sa démarche chaloupée, son fusil trop lourd à l'épaule.

Le chien fit un bond hors de la charrette et vint laper la glace sous la ravine et manqua d'y laisser sa langue collée. Son maître, Anton, un homme gras et puissant, brisa d'un coup de talon la solide couche recouvrant la flaque. Le neveu déposa son fusil sous le banc du postillon, puis vint de mauvaise grâce aider son oncle à transporter un large brancard en bois de hêtre. Il marmonna, et l'oncle agacé ordonna au neveu indocile, imprévisible et parfois violent, de se mettre au travail sans rechigner.

Les hommes se répartirent autour du plateau de la Ford afin d'installer le moteur sur le brancard. Franck examina le brancard et proposa de glisser trois bastaings sous la charge, avant de la hisser dans la charrue. Les contrebandiers approuvèrent et décidèrent de sortir les bastaings logés entre le plateau et le châssis de la voiture. Edur discuta la manœuvre et leur solidité. Le père et le fils Echeverria avancèrent leurs arguments, se relayant en basque d'une voix claire et tranquille dans la froide et matinale atmosphère. Edur n'opposa plus un mot et contempla Ametza d'un œil glauque et sidéré, levant parfois la tête en direction d'une buse dont le vol concentrique et les sifflements échouaient à conjurer sa fascination.

Franck désigna les à-pics saignés de pénombre, le soleil à son principe entre les failles de schiste dressées à l'est et décréta qu'il ne fallait pas attendre que la glace fonde ou que la terre ramollisse, et dépêcha sa sœur un peu plus haut sur la route pour surveiller leurs arrières.

Le neveu d'Edur contemplait l'intérieur de la Ford et son oncle lui ordonna de se joindre aux porteurs. Le neveu renâcla et défia l'oncle du regard et l'oncle lui fit baisser les yeux. Les hommes dégagèrent le brancard sur le côté, reprirent position et hissèrent le moteur de quelques centimètres. Le père Echeverria ajusta les trois bastaings sous la charge aussitôt déposée et désigna une place pour son fils, plia sur son épaule un épais chiffon, évalua la fragilité du neveu et lui proposa de venir en soutien d'Anton. Les hommes s'en amusèrent, tandis qu'Edur, crispé sur les bois et les éventrations de brume maintenant chamarrée d'une lumière bleuâtre, considérait une chose à laquelle personne ne prêtait attention.

Processionnaires chancelants et baladant un catafalque bancal sur un chemin de montagne chaotique, ils avancèrent le long de la piste, en nage et soupirant, jurant et coudoyant le vide quand retentit une première sommation. Ils s'immobilisèrent et l'adolescent grimaça, gémit et supplia qu'on dépose la charge, gémit encore et vacilla insensiblement sur ses jambes trop frêles et tremblantes dans son pantalon trop large. Anton l'encouragea. Le neveu reprit son souffle et se plaça à l'endroit de la poutre ou la charge était un peu moins lourde et les contrebandiers plaisantèrent entre eux de cette escroquerie.

Ils n'entendirent pas la seconde sommation, poursuivirent leur avancée et cessèrent à la troisième. Décharge de chevrotine en ultimatum. Quelques branches et des aiguilles de pin s'éparpillèrent dans la ramure et tombèrent sur le képi des douaniers. Edur les vit dévaler depuis la ligne sombre et boisée taillée dans la paroi, les observa louvoyer en petites foulées entre les sapins et se positionner en surplomb de la piste, leurs armes braquées sur les porteurs. Il compta trois militaires équipés de fusils et de pistolets de fabrication espagnole. Le plus grand des trois lui ordonna de lever les mains et il obtempéra. Les douaniers se montrèrent un peu plus, blafarde trinité de fonctionnaires sous leur visière, imprudents et mal renseignés, en embuscade dans les hauteurs depuis le crépuscule précédent.

Edur espéra une nouvelle plainte de son neveu et son neveu la lui servit accompagnée d'une défaillance que les hommes tentèrent de compenser par un mouvement de bascule. Edur arma son fusil-mitrailleur et tira plusieurs rafales sur les gendarmes captivés par le début d'oscillation du chargement et l'inévitable chute et l'inévitable démembrement des hommes, les six cents kilos et les bastaings fracassés et les os brisés, les arbustes emportés dans un cataclysme de roche descellée et catapultée dans l'abîme.

Edur cligna des yeux et chassa l'image des douaniers désarticulés, un instant figés et rejetés dans l'obscurité. Le canon de son arme fumait. La colère et la tension dans ses bras et dans sa poitrine, forte au point de l'inciter à pivoter et abattre les hommes occupés à se relever de la poussière, affolés et vérifiant l'intégrité de leurs membres, ramassant leur béret avant de le battre contre leurs cuisses tétanisées. Franck et son père se redressèrent, indemnes, blêmes de peur et de saleté, visages couverts d'écorchures et d'ecchymoses. Le propriétaire du chien s'accroupit devant le moteur et appela Edur.

Les oreilles d'Edur bourdonnaient et ses yeux brûlaient. Il cilla et jura et demanda à l'un des hommes, dégringolé au mitan de la pente, d'aller ramasser les armes des douaniers et descendit la piste en maugréant sans remarquer la fille dans son sillage de cordite et de métal chauffé à blanc.

Il aperçut le bloc-moteur un peu plus bas sur la piste, sa chute interrompue, quintal de ferraille disloquée et immobilisée contre une souche d'arbre, son neveu adossé dans le dévers, presque assis, ses jambes écrasées, observant incrédule les hommes venir à lui en loqueteux spectateurs d'un sordide numéro de foire dont ils cherchaient en vain à lever la supercherie. Approchant, il sonda le fond de son âme en quête d'un signe capable de rédimer son habituelle indifférence et chasser la vague inquiétude éveillée par cette indifférence. Les rescapés firent place. Echeverria père et fils engagèrent Ametza à regagner la voiture. Edur distingua le visage exsangue de son neveu, baissa les yeux et ne vit de sang ni sur le chemin ni dans le fossé, leva de nouveau les yeux sur son neveu et lui adressa un hochement de tête entendu, dont le sens, irrévocable, échappait au plus jeune des deux. Un filet rose et mousseux coulait des lèvres de l'adolescent et l'oncle se souvint de la promesse faite à sa sœur de le protéger et de l'endurcir, chercha Anton parmi les témoins ahuris et décréta qu'on allait attendre que ça passe.

Aucun des contrebandiers n'avait vu pareil prodige et l'un d'entre eux se signa et murmura un Notre Père que les autres singèrent à sa suite. Le neveu agita des pupilles affolées sur leurs visages de rustres balbutiant et bricolant un sacrement, risqua une parole de protestation quand rien d'autre ne se forma qu'une bulle rose et transparente, incongrue et fragile, sur le point de rompre dans le souffle.

Le type, envoyé chercher les armes, descendait la route quand Franck et son père prirent l'initiative de faire levier avec l'un des bastaings brisés et dégager le corps inerte. Deux autres hommes saisirent le neveu sous les aisselles et le corps se déchira dans un flot de sang et d'intestins débraillés. Franck se détourna et courut vomir dans le fossé. Edur recula devant la flaque dont l'ourlet roulait comme un épais mascaret sur la piste. Les trois autres contrebandiers s'écartèrent et l'un d'entre eux saisit Ametza dans ses bras pour l'empêcher de voir le sang se répandre et tarir et former sur la terre une large plaque visqueuse. Franck se redressa, la respiration courte et les yeux pleins de larmes, poussa un long soupir et se retourna, perçut un ordre plusieurs fois répété et surprit l'un des contrebandiers en train d'essuyer frénétiquement le bout de sa chaussure dans l'herbe. Edur gueula une seconde fois son ordre et l'homme leva la tête et regarda autour de lui et regarda de nouveau son pied et recommença à le frotter dans l'herbe. Edur le somma de rejoindre son camarade stupéfait et immobile devant le corps sectionné afin d'en remonter le buste dans la pente et le foutre dans la charrette.

Ils s'exécutèrent sans méthode, tenant chacun une main du cadavre et le tirant derrière eux comme une viande de brousse. Edur les surveilla un instant puis fixa Ametza, sentit son sexe durcir, se détourna et regagna la charrette par la route, grimpa sur le plateau et se pencha sur son neveu et lui ferma les paupières. Les tissus et les chairs luisaient faiblement au niveau de l'abdomen. Sa colonne vertébrale avait été sectionnée et dépassait de son buste broyé. Anton se signa et dissimula la carcasse sous de grands sacs de jute et siffla son chien disparu dès les premiers coups de feu. Le chien refusait de venir. Il le surprit en train de lécher le sol et rogner les chairs coincées sous le moteur, se détourna et s'enfonça dans les bois en direction de l'Espagne.

Franck s'installa au volant de la Ford. Ses mains tremblaient. Il les serra sur le volant en bois. Ametza, pâle et nauséeuse, se cala à ses côtés. Le père rangea la toile huilée et les chaînes à l'arrière de la Ford et donna deux coups de manivelle. Ils roulèrent en marche arrière et firent demi-tour au premier virage, marquèrent une embardée au plus près de l'épaulement extérieur de la piste, afin d'éviter le moteur. Le chien montra les crocs.

## III.

### Ametza Echeverria devient Emma Evaria
### Ellis Island, New York
### 1927

De nombreux fantômes occupaient son exil et sa fuite l'avait rejetée aux confins d'un autre monde, sur l'océan et dans la promiscuité sans sommeil de migrants entassés au fond des cales du RMS *Ausonia*, un liner affrété par la Cunard. La mer avait été mauvaise depuis Santander en passant par Rotterdam où de nombreux immigrants, parmi les plus pauvres, étaient montés à bord. Elle avait passé plusieurs nuits et plusieurs jours recluse dans sa cabine, malade, étendue sur sa couchette bordée de draps jaunes et d'une épaisse couverture grise et rehaussée d'un feston dans la trame duquel on lisait, brodé et à intervalles réguliers, le nom de la compagnie. Elle s'était contentée de son réduit saturé d'odeurs de vomi, de cambouis, d'embruns, de charbon, de soupe froide et de métal froid, solitaire et livrée à des songes ineptes à l'orée desquels son fils devenait homme et la vengeait des méfaits de son frère et d'Edur. Elle avait subi les houles en surcroît de l'insomniaque arythmie des machines, méditant ses représailles inassouvies et maintes fois mises en scène et n'avait jusqu'ici jamais envisagé d'autre monde que l'ancien, précipitée vers l'ouest, somnolente et bientôt tourmentée par le détail des passagers morts et recensés dans les ponts inférieurs, leur quantité incidemment vociférée devant sa porte par un steward à l'intention d'un second steward agrippé à la main courante d'une coursive.

L'hécatombe avait fini par varier en nombre et se perdre dans son souvenir, les prénoms de son père et de son frère ajoutés ou retranchés au décompte, finalement dissipé à l'horizon de la mer apaisée. Elle était sortie sur le pont supérieur et n'aurait jamais pensé l'horizon capable de l'assiéger et la maintenir au centre d'un orbe imperceptiblement déporté vers l'Amérique, était longtemps demeurée immobile et partageant avec des centaines d'autres émergés des entrailles du bateau et, comme des milliers d'autres avant elle jetés dans la même entreprise de salut, sa mélancolie comme une gueule de bois soignée par les vagues à l'étrave. Elle s'était adoucie en lisière d'un silence continûment sapé par les tremblements de la cheminée du bateau dont le panache de fumée noire dérivait de travers et souillait d'un brouillard anthracite les hampes de lumières bleu pâle tombées d'entre les nuages.

Elle avait voulu regagner sa chambre. Dans l'entrepont, frôlant les costumes sombres, les robes, les enfants livides et emmitouflés, respirant les effluves de tabac, saisissant la profusion et la diversité des langues, sa colère était revenue. Ce qu'elle n'avait jamais songé haïr, la crasse, l'ignorance, quelque chose de vulnérable, un présage de détresse, lui devint insupportable. Elle emprunta l'escalier menant à sa cabine et remarqua qu'un homme observait discrètement le visage d'une jeune femme escortée par sa mère et sa sœur, pâle et brune sous son châle, des yeux verts, juive, italienne sans doute. Elle ralentit et l'homme inclina imperceptiblement le front, puis leva le regard sous le bord de son bowler hat, posa furtivement son attention sur elle tandis qu'elle accélérait le pas et se retrouvait face à l'écoutille et sa lourde porte de métal grippée et badigeonnée de couches de peinture blanche, se demandant combien de fois le RMS *Ausonia* avait traversé l'Atlantique et franchi des tempêtes et combien de spectres hantaient ses cabines et ses ponts et combien de jeunes types s'étaient émus au passage d'une fille aussi tangible que l'illusion d'un monde neuf et sans cesse repeuplé par la même insignifiante et sempiternelle humanité.

Elle commanda son premier vrai repas et s'assit sur sa couverture, se souvenant d'un air entendu pour la première fois *O Mio Babbino Caro* fredonné par une grosse Italienne calée sur un banc, ses cinq gosses affublés de casquettes loqueteuses, rassemblés autour d'elle comme autour d'une idole dont le chant ne comptait guère plus que les choses familières et les nostalgies éventées du pays perdu.

Un matin ils entrèrent dans la baie de New York et naviguèrent longtemps sous la neige et dans la brume laiteuse sans jamais distinguer ni la côte ni les plages de Coney Island. Hagards, ils cherchèrent à bâbord ce qu'ils avaient tous cherché depuis qu'ils arrivaient par milliers, la promesse d'une liberté en laquelle Ametza était peut-être la seule à n'avoir pas eu la chance ou la candeur de croire. Des blocs de glace vieil argent dérivaient sur les eaux noires quand elle s'aperçut qu'elle n'avait jamais vacillé ni songé disparaître par-dessus le bastingage.

Le ciel se dégageait à l'entrée de la seconde baie de l'Hudson et des cohortes de goélands accompagnaient le liner et de grands cormorans poursuivaient leur reflet au ras des eaux et la cloche de brume s'attardait encore entre de rares poches de brouillard. Ils l'aperçurent enfin, son front ceint d'une couronne, tête penchée du côté de son bras levé et tenant une torche, son grand corps vide et drapé de plaques de cuivre verdies et rivetées sur une crinoline de métal. Ils l'observèrent longtemps, poussant des cris de joie et se découvrant, les hommes asseyant leurs enfants sur leurs épaules, certains silencieux et révérant, exsangues et ignorants des épreuves qui les attendaient, évaluant leur délivrance à l'aune de la crainte et de la gratitude qu'elle leur inspirait.

Ils la doublèrent et voyagèrent lentement à rebours des barges chargées de locomotives et de wagons de marchandises poussées au cul par des *tugboats* trapus émettant de longs et stridents coups de sirène et envoyant leurs jets de fumée charbonneuse et blanche au-delà de laquelle mouillaient les transatlantiques et les cargos, les trois-mâts obsolètes.

New York bardée de docks, de grues et de palans dressés comme l'ossature d'animaux antédiluviens, la saillie de Battery Park visible depuis Ellis Island et Governor Island, ses hauts bâtiments de brique brune et rouge, venait sous un ciel bleu et dur. Elle aperçut le pont suspendu entre Brooklyn et Manhattan. Ses arches gothiques, ses piles, son tablier tendu entre les deux rives unies de la ville lui semblèrent n'être qu'une relique du Vieux Continent dont la perte patinerait bientôt les songes et la misère diurne et l'infecte réalité sur laquelle se rembourse l'espoir.

Elle attendait depuis des heures dans le hall d'Ellis Island, immense et blanc de faïence, assise sous l'une des deux bannières étoilées, suspendues à leurs hampes obliques au centre de la salle dont le plafond était cintré comme une nef, ne comprenant rien aux conversations, supportant les pleurs des enfants et des femmes, la populace interrogée par des fonctionnaires en uniforme, parlant toutes sortes de dialectes, yiddish, napolitain, calabrais, sicilien et irlandais. Quelques médecins postés en haut des escaliers l'avaient observée gravir les marches menant au grand hall afin de déceler la moindre faille, le moindre signe de débilité, la trace héréditaire d'un comportement potentiellement criminel et susceptible de la renvoyer vers l'Europe. Elle avait progressé entre deux grillages et des alignements de bancs, dans l'odeur de laine humide, de nourriture blette quand elle finit par atteindre une rangée de pupitres étroits où des fonctionnaires, obstétriciens du salut, parques dévoyées et juchées au-dessus de leurs bordereaux, notaient et déformaient les réponses affolées de chaque quémandeur, improvisaient un avenir avec des résidus de vies passées, des fragments d'origine et de périples anciens, donnaient leur aval, rarement le refus, traçaient des signes cabalistiques au revers des vestes, les modifiaient si corruption.

Un type posté au bout d'une file d'attente, Américain cintré dans son uniforme aux bottes lustrées, lui avait retourné la paupière à l'aide d'un bâtonnet. Pas de trachome. L'une des infirmières, aux aguets devant sa bassine de désinfectant, prête à seconder l'agent en cas d'atteinte rédhibitoire, avait détourné son attention en direction d'une autre file. Une mère et sa fillette hésitantes, effrayées par le geste médical de l'agent.

Elle était ensuite passée devant un fonctionnaire sentant la brillantine et le savon et s'exprimant en français avec un accent cajun. Son nom ? Ametza Echeverria. Sa destination ? New York et l'adresse d'une cousine éloignée. Combien de dollars sur vous, Emma Evaria ? Emma Evaria inscrit d'une plume rêche entre les pages du grand registre des admissions encombré de noms et de prénoms gauchis, amputés, affublés de jambages appliqués et de sonorités inédites. Elle avait répété Ametza et le fonctionnaire avait répété Emma, Emma Evaria, puis l'avait considérée sans rien percevoir du déshonneur passé mais soupçonnant peut-être un déshonneur prochain et conforme à celui des putains de l'Ancien Monde grimpées par des fonctionnaires et des médecins dans les sombres recoins d'Ellis Island, filles vouées à la quarantaine ou à la relégation, contraintes d'arracher contre nature la grâce d'un passage en ferry.

Elle avait récupéré sa lourde valise avant d'embarquer à bord d'un ferry pour débarquer quelques minutes plus tard sur les quais glissants de merde et d'ordures du sud de Manhattan. Elle avait foulé les plaques de neige éparses et grises, souillées de gros sel, dures et crispées sous ses semelles, posant sa valise tous les dix pas, changeant de bras, muscles tétanisés, le corps incliné du côté opposé à la charge, évitant les voitures à cheval, les camions à plateau, louvoyant entre les pyramides de barils et de caisses, les cordages

envidés, divisant la foule des autochtones venus accueillir l'un ou l'autre des membres de leur famille. Les hommes, parmi lesquels nombre d'entre eux n'avaient l'air ni plus propres, ni plus soignés, ni davantage reposés que leur parentèle occupée à franchir la coupée, agitaient leurs feutres avachis et leurs casquettes en signe de bienvenue. Les femmes souriaient puis cessaient, l'observant, frêle et discrète sous son chapeau cloche, vêtue du manteau neuf et de bonne coupe, acheté par sa tante, avant son départ.

Personne ne l'attendait mais elle ne put s'empêcher de discriminer entre les visages et chercher une silhouette familière. Elle quitta South Ferry et marcha dans les allées de Battery Park, remonta sous un froid soleil vers le nord, laissa venir à elle la façade des hauts immeubles dominés par d'autres immeubles plus hauts encore et percés de meurtrières pelliculées bleues. Des fumées s'échappaient d'entre les gratte-ciel dont elle ignorait le nom et dont elle ignorait même que certains puissent en posséder un. Un vol tendu de colverts gagna en vitesse au-dessus des arbres nus du parc et leurs silhouettes s'érodèrent sur les larges plaques en ciment d'un trottoir. Elle leva la tête et les regarda s'engouffrer dans la demi-pénombre d'immeubles de rapports et d'hôtels aux murs ladres et saccagés de publicités aux lettrages blancs, chaque chambre brièvement peuplée de marins cuvant derrière les mornes cloisons ajourées de fenêtres à guillotine dont le reflet noir semblait une eau noire sous laquelle abondait un passé de spectres indigents et recroquevillés sur leur insignifiance.

Elle voulait voir la ville et lentement progressa, percevant une rumeur encore confuse et ample, ponctuée par l'appel torve des klaxons et le tintement des cloches de tramways branlants sur leurs rails scellés dans l'asphalte où claquaient les pneus des voitures. Elle quitta Battery et s'engagea dans Pearl Street, brèche étroite et sombre, pavée et surmontée d'un métro aérien. Une rame circula dans un fracas métallique, jetant des taches de lumière sur la chaussée et sur les capotes des automobiles serrées le long des trottoirs. Elle croisa quelques hommes propulsant des diables lestés de caisses et de tonneaux, rencontra peu de New-Yorkais élégamment vêtus avant l'intersection suivante qu'elle apercevait frappée d'une oblique et aveuglante clarté dont la hampe se réfractait sous la charpente encalminée du métro. Son bras était de plus en plus engourdi et le carrefour devant elle lui sembla hors d'atteinte. Un camion chargé de cannes de lait passa en cahotant et son chauffeur envoya un coup d'avertisseur à l'adresse du conducteur d'un coupé Studebaker subitement sorti de sa place. Le chauffeur du camion ralentit et colla son pare-chocs au plus près de la roue de secours de la Studebaker, baissa la fenêtre et vociféra une salve d'insultes emportées dans un courant d'air glacé dont le gémissement chanta entre les pannes faîtières du métro. Les roues d'une seconde rame crissèrent et la poignée de la valise d'Ametza céda et son bagage tomba à ses pieds, la laissant stupéfaite, au bord des larmes. Elle baissa les yeux et sentit les pulsations de son cœur dans la paume de ses mains gelées et sentit le trottoir vaciller sous ses talons.

Un homme venait, pardessus bleu en cachemire, feutre gris et gants de cuir beurre frais. Visage massicoté d'ombre sous son feutre, semblable au visage du douanier d'Ellis Island mais peut-être plus doux, mâchoire plus ronde, un parfum de savon et d'après-rasage quand il se pencha pour ramasser sa valise.

## IV.

### Espagne
### Edur
### 1925

Edur conduisait seul le char à bœufs et traversait une forêt de chênes, de bouleaux et de hêtres, houleuse sur les contreforts bleus touchés par l'automne. Les feuilles frémissaient et des centaines de mouches harcelaient son trop lent voyage, abondaient et s'agitaient sur le cul-de-jatte dissimulé sous les sacs de jute imbibés d'un sang maintenant coagulé. Le chemin descendait en direction du piedmont avant d'atteindre un hameau reclus entre deux collines, dont la plus haute était dominée par le beffroi à plateau d'un monastère bénédictin. Les vautours tiraient de larges bords sur leurs rémiges et il songea à leur livrer son neveu privé de ses jambes et de son attirail, car il n'y aurait plus jamais pour lui de résurrection des corps au jour du Jugement.

La route allait s'élargissant. Les bêtes de somme tamisaient un sillage de poussière entre les arbres et sous les roues du chariot. Il avait faim et soif et le souvenir du sang déversé le possédait et convoquait sans cesse le celui d'Ametza. Il longea des pâtures dont la pente grimpait et pénétrait la lisière d'un breuil bardé de baliveaux. Le corps pâle des bouleaux rehaussait de touches blanches l'obscurité des sous-bois et les pâtures se clairsemaient de bottes de paille à l'ombre desquelles des paysans chargeaient leurs carrioles, cessaient leur travail, et le saluaient et regardaient son attelage buriner sa cadence sous l'égide des grands charognards consacrés à leurs voltes macabres. Il leur retournait un salut sobre et pondéré, considérant avec délectation leur mutisme et leur prudence bornée de plates conjectures, hochant la tête sans plus de crainte qu'un simple braconnier reconnu de ses pairs.

Il espérait apercevoir Anton au sortir d'un bois et mena son corbillard de fortune aux avant-postes d'un hameau où son camion, un Saurer gris, l'attendait sous la charpente vermoulue d'une grange désaffectée. Il finit par croiser l'homme, le bas de sa veste et le côté de son pantalon tachés de sang, immobile sur la berge d'une rivière. Anton grimpa dans la charrette, plissa les yeux et soupira et raconta qu'il avait ordonné à son chien de venir au pied et s'était servi du vieux revolver de son père. Edur le remercia et s'en retourna à ses méditations et ses sophismes sans embarras de conscience, car une moitié de mort n'était pas la mort pleine et conforme mais son simulacre inapte à mériter le deuil. Une odeur d'herbe et d'ardoise mouillées variait dans la brise. Anton détourna son large visage du côté de la rivière aux eaux rapides et brisées contre de gros blocs de granit couverts de lichen recuit par le soleil et les gelées.

Ils glissèrent les restes du neveu sur une couverture et les transbordèrent à l'arrière du Saurer. Edur s'inquiéta de l'odeur et des heures de nettoyage nécessaires et du mauvais sort qu'un presque cadavre promené dans un camion presque neuf peut jeter sur ses convoyeurs. Anton rengaina le fusil-mitrailleur d'Edur dans un étui en peau de mouton huilée et le rangea au fond d'un coffrage fixé sous le châssis, quitta la grange et attendit debout dans la cour colonisée de laîches et recouverte par endroits de paille pourrie.

Ils remontèrent à pied la rue principale du hameau. Des poules s'égaillaient en caquetant sous les fenêtres des maisons aux murs épais, dont les bas flancs badigeonnés de chaux s'évasaient dans la boue. Ils poussèrent la porte d'une auberge fréquentée par les contrebandiers. L'auberge était déserte à cette heure. Ils s'installèrent au fond d'une salle obscure et basse de plafond, sur des tabourets de traite rudimentaires et instables, rangés sous une table patinée de crasse et collante de graisse. Edur commanda un porron de vin rouge, des œufs frits, du lomo, des saucisses et du jambon de montagne, du pain frotté et imbibé d'huile d'olive. Une grosse femme habillée d'un châle vint leur servir le vin. Edur la remercia et lui demanda des nouvelles de son mari. Inako rentrait le foin pour l'hiver qu'elle prévoyait rude. Ils admirent que l'hiver serait rude et qu'il l'était un peu plus chaque année dans la vie d'un homme, et la grosse approuva et laissa derrière elle une odeur de sueur rance et d'oignon.

Ils patientèrent longtemps, écoutant l'huile frire dans une pièce voisine, se passant le porron dont le jet rubicond leur emplissait la bouche avec un bruit de latrines. La femme revint et déposa un deuxième porron sur la table. Anton toucha à peine sa tranche de pain et son jambon mais continua de boire. Edur attaqua les œufs et le lomo. Des chapelets de piments et de poivrons rouges pendaient aux poutres, rosaires d'étranges et minuscules cœurs flétris, nécrosés et souillés de chiures de mouches, saisis dans un contre-jour sale dispensé à travers les carreaux d'une fenêtre orpheline et encaissée dans la profondeur d'un mur mitoyen de la rue. Edur avala ses saucisses, essuya son assiette à l'aide d'un morceau de pain imprégné d'une huile de friture noire et d'un reste de jaune d'œuf durci, recula son tabouret et se cala contre l'arête de la table derrière lui, se laissa aller à des pensées obscènes et sépulcrales, habillant d'un nouveau prénom de vieilles nostalgies, les unissant au souvenir frais du corps démembré de son neveu.

Ils sortirent un peu ivres, spadassins en délicatesse avec la loi, scélérats l'un à l'autre et souillés du sang de leur récent forfait, Edur tirant sur un demi-cigare et cherchant une faribole susceptible de convaincre les autorités espagnoles et les parents de son neveu, Anton imaginant son chien livré aux oiseaux et aux vers.

Des mouches bourdonnaient sous le toit de la grange. Un duo de grands corbeaux, posés comme une paire de chenets sur un auvent, croassait sa menace à l'adresse des deux hommes sensibles aux présages et aux sorts.

Ils suivirent la rivière dont le cours s'élargissait dans la haute lumière de l'après-midi. Les feuilles des bouleaux étaient jaunes et tremblaient sous le vent tiède à mesure qu'ils allaient vers le sud. Ils roulèrent à vive allure sur une piste ombragée et plantée de platanes, doublèrent des carrioles chargées de foin, tractées par des carnes d'abattoir, pansues et opiniâtres, traversèrent de paisibles villages, chassant à l'occasion une poignée de truies jetées dans le dénuement effaré d'une venelle adossée à un tas de fumier. Le camion cahotait sur la chaussée défoncée et la demi-charogne bondissait et cognait avec un bruit sourd sur le plancher. Ils s'engagèrent sur une route goudronnée et laissèrent derrière eux une plaque émaillée indiquant Pamplona. Edur chercha dans sa poche un autre cigarillo et le porta à ses lèvres. Anton gratta une allumette sous la semelle de sa botte, plaça une main en coupe autour de la flamme et l'approcha du visage d'Edur.

La bâche claquait à l'arrière du camion. Edur se rangea au bord de la route et coinça son cigarillo entre ses lèvres et descendit en laissant tourner le moteur, resserra de plusieurs crans les sangles de la toile imperméable et pissa dans le fossé en observant Pamplona figée sous un horizon de cirrus effrangés, s'aspergea les mains, s'essuya sur sa veste et récupéra son cigarillo presque consumé, tira dessus, le balança dans l'herbe et retourna s'asseoir. Anton sortit une pipe de la poche intérieure de sa veste et la bourra à l'aide d'un pouce dont l'ongle manquait.

– Ils vont ouvrir une enquête.

– Ils ne trouveront rien contre nous.

– Ils vont l'ouvrir en France.

– Avant qu'ils trouvent quelque chose, les vautours et les loups auront bouffé ce qui reste des trois couillons de gendarmes et de la demi-portion de neveu que j'ai laissée en France ce matin. Le numéro du moteur a été limé. C'est certainement pas côté français qu'il faut s'inquiéter tout de suite.

– De quel côté y faut s'inquiéter ?

– Faut s'inquiéter des comptes à rendre ici. On sera peut-être obligés de faire des choses, des trucs comme d'obliger certains à s'en tenir à la version des faits à laquelle je suis en train de réfléchir. Le temps venu nous obligera à convaincre les sceptiques et je t'expliquerai comment faudra s'y prendre, mais on devra d'abord inventer une bonne histoire pour la Guardia Civil et faudra que les parents de mon neveu s'y conforment.

Ils gravirent une corniche dont la courbe entaillait le flanc sud de Pamplona et s'arrêtèrent le long d'un parapet, sous un alignement de façades aux crépis dépenaillés et frappés d'une lumière chaude. L'ombre d'un oriel vermoulu s'étirait sur la chaussée. Edur retira son béret et descendit du camion, traversa la rue et s'immobilisa devant une lourde porte pourvue d'un heurtoir dont le marteau figurait une main délicatement close sur une sphère. Anton entrouvrit la portière, s'extirpa de l'habitacle et grimpa sur la margelle du parapet.

Edur tenait son béret froissé dans une main et patientait en ressassant le message funèbre dont il était porteur. Ses cheveux mats et drus absorbaient la lumière et sa nuque plissait en pâles et minces bourrelets au bord du col rigide de sa chemise. Il souleva le heurtoir et frappa. Anton s'assit sur la margelle et sauta sur la chaussée. Une jeune femme ouvrit la porte.

# V.

## Profil bas
## France
## Franck
## 1925

Il ne parvenait pas à dormir et savait que sa sœur ne dormait pas et voyait sans cesse le corps du jeune homme se déchirer et se vider de son sang. Il pouvait, immobile et guettant le travail familier des planchers et des poutres, sentir l'odeur de cordite et l'odeur du sang stagner dans sa chambre. Son père dormait certainement d'un sommeil agité mais sa sœur ne dormait pas, poursuivie et soumise à la lente et despotique reptation d'une songerie voisine de la sienne.

Il s'assit au bord du lit, désira traverser l'obscurité et les relents de moisissure du couloir pour la rejoindre et parler avec elle, mais demeura confiné dans les ténèbres, subissant et consultant l'infernal psautier de son cauchemar éveillé. Au bout d'un moment il se leva et enfila dans le noir son pantalon, ses vieilles chaussures et sa veste en cuir, quitta sa pièce et descendit les marches grinçantes de l'escalier, saisit son feutre accroché à une patère et souleva la clenche de la porte d'entrée.

Il surprit sa chienne au mitan d'un chemin d'ornière encaissé entre deux talus divisant une grande pâture au sud de laquelle son père avait construit une étable destinée aux mules convoyées vers la frontière. Le chemin coupait à travers un bois de chênes gris dont la pente douce se perdait dans l'obscurité et remontait vers le hameau. Il se mit en route dans l'air glacé des montagnes, leur présence massive et sombre, découpée contre la nuit claire. Il pénétra les bois et ordonna à sa chienne de l'attendre en lisière. Une chouette hulotte lançait son appel quand il quitta le couvert et décida de contourner le hameau pour gagner la rivière. Il franchit un pacage humide, ses cuisses et le dos de ses mains, les manches de sa veste trempées de rosée. Le bruit des eaux courantes montait vers lui. Il s'accouda au parapet d'un pont dont l'arche courtaude enjambait le pas le plus étroit entre les berges, contempla le lit noir et rapide, l'écume grise, effilée aux flancs de la roche, écouta l'épanchement dont il connaissait depuis toujours le timbre et le pouvoir de rémission. Une chose en amont, lointaine et tapie, l'épiait et respirait au même rythme que lui. Il patienta longtemps et le souffle de cette chose finit par s'éteindre.

La brume grise et taraudée de massettes se délita avec les premiers chants d'oiseaux. À l'est, les sommets prirent une teinte argentée et la neige damée sur les versants escarpés tourna rose pâle au-dessus des forêts de conifères noirs. Il rebroussa chemin dans le point du jour gris. La clameur éraillée de quelques coqs perchés sur leurs tas de merde l'escortait comme un clairon de retraite sonné aux arrière-gardes d'un massacre. La puanteur du fumier rehaussait le parfum de l'herbe humide et le clocher de l'église sonna 5 heures à la lisière du bois où l'attendait toujours sa chienne. Il avait froid et faim et l'épuisement ne laissa plus en lui que la trace d'une vague repentance.

Les yeux rouges et cernés, son père impassible sous le frais soleil et devant la façade blanche à colombages, l'attendait en buvant son café. Ils s'assirent au bord d'une roche plate affleurant dans l'herbe rase au flanc de la maison et partagèrent un petit déjeuner de pain et de fromage, d'oignon et d'huile d'olive. Son père versa un trait de gnôle dans leurs cafés. Ils gardèrent le silence un instant et son père se racla la gorge, toussa et cracha et dit qu'il pensait qu'ils n'avaient rien à craindre des gendarmes pour le moment et reconnut qu'il n'avait pas fermé l'œil de la nuit. Franck tira un paquet de tabac de l'une des poches de sa canadienne, se roula une cigarette et l'alluma et l'offrit à son père avant de s'en rouler une seconde et de se servir un second café presque froid dans lequel il versa un second trait de gnôle. Son père tira sur la cigarette et pinça entre ses ongles un brin de tabac collé sur sa langue, sourit et demanda s'il s'agissait du tabac qu'ils avaient passé au début de l'été. Franck acquiesça.

– Les gendarmes se sont sans doute déjà mis en route pour retrouver leurs collègues.

– C'est pas ça qui m'embête le plus. Si les gendarmes découvrent quelque chose et nous emmerdent, on le devra à Edur. Si les gendarmes ne découvrent rien, ce qui est plus que probable, Edur restera bien tranquille et les choses se tasseront.

– Ils étaient renseignés.

– Peut-être pas. Peut-être qu'ils étaient en patrouille, peut-être qu'ils sont tombés sur Edur et sur nous par hasard. S'ils étaient là par hasard, leurs collègues mettront plus de temps à les retrouver et ne pourront pas faire le lien avec nous. Mais Edur est tellement cinglé qu'il risque de nous soupçonner de l'avoir doublé, d'avoir passé un accord avec la police pour je ne sais quelle foutue raison.

– Le moteur est resté sur place.

– T'inquiète pas pour ça, je te dis. J'ai limé les numéros moi-même. Ça fait presque deux ans que cette chose stagnait sous une bâche, dans la grange de ce vieux fou d'Alfredo mort l'été dernier. Personne ne savait qu'il y avait ça dans son foutoir graisseux de pièces détachées et d'outils agricoles irréparables. Alfredo n'avait pas de famille et sa maison tombe en ruine maintenant. Personne ne va jamais chez lui par là-bas. C'est loin de tout. Personne ne fera jamais le lien. Je ne sais même pas de qui Alfredo tenait ce moteur. Nous l'avons pris à la tombée du jour et transporté directement là-haut. Personne ne nous a vus. Personne. Le seul danger vient d'Edur. Si Edur panique et nous dénonce, alors nous aurons des ennuis. Mais c'est pas son genre de paniquer, à Edur. Edur soupçonne toujours un tas de coups fourrés mais ne panique jamais. Il se débrouillera pour inventer une histoire de l'autre côté de la frontière, à propos de son neveu et du reste.

– Ametza dort ?

– Oui.

Son père secoua doucement la tête, passa une main dans sa barbe lacunaire et regarda du côté de la remise où la Ford était garée et décréta qu'après ce genre de catastrophe un homme avait besoin de mouvement, les choses étaient ainsi, les choses étaient comme ça aussi loin que le portaient ses souvenirs et il savait de quoi il en retournait pour avoir toujours connu son père, militaire abîmé, revenu manchot d'une campagne au Sahara, miné, hanté par le massacre de la mission du lieutenant Flatters décimée en 1882 par les Touaregs, son père contraint dès son retour à vivre d'expédients, de menus trafics et d'une pension d'estropié suffisante pour décider de descendre à la cave et se loger une balle dans la bouche avec son arme de service.

Il tira sur sa cigarette, exhala lentement la fumée et certifia qu'on finissait toujours par être témoin d'un tas de calamités en ce bas monde, un tas de saloperies qu'il fallait s'abstenir de ressasser car on ne pouvait pas les éviter toutes, comme il avait réussi à en éviter certaines pendant les quatre années de mobilisation en rejoignant la sœur de leur mère en Espagne, contribuant au passage de centaines de mules et ramassant un bon paquet de fric, suffisamment de fric pour aider la famille au long des quatre années de disette, de tranchées et de meurtre légal.

Il s'interrompit et prit la bouteille de gnôle, en versa un peu plus dans son café, saisit son bol et l'agita doucement, observa le lent tourbillon liquide en lécher les bords et concéda qu'il ne savait pas si le mouvement valait quelque chose pour les femmes. Il ne comprenait pas les femmes et les trouvait dures, insensibles. L'Église était une bonne chose pour elles. Pas la prière mais l'Église et les boniments fielleux d'un prêtre invoquant toutes sortes de châtiments, un prêtre et sa posologie de contritions. Pas le repentir. Les enfants. Les boniments d'un prêtre et ses gris-gris, ses pattes de lapin bénites et l'enfer en bruit de fond comme la crécelle des lépreux par les ruelles autrefois. Les enfants. Un amant. La prière. Les génuflexions. Les enfants surtout. Oui, les enfants et le premier adultère venu. Des chiennes au fond d'une soue à cochons avec le premier crasseux rencontré sur le palier de leur porte, en dépit des menaces du prêtre et sans doute en manière de remontrance muette adressée à la race masculine.

Il acquiesça pour lui seul et but une gorgée et tira de nouveau sur sa cigarette. Sa mère avait fréquenté l'Église avec assiduité après que son père s'était soufflé le carafon, et il se souvenait l'avoir entendue marmonner des prières, un tas d'oraisons le soir adressées à un foutu aréopage de saints et de vierges aux yeux fixes et il l'avait entendue réciter toutes sortes de berceuses candides et capables d'occulter la présence d'un cadavre faisandé sous un lit ou derrière les portes closes d'une armoire.

Il toussa et se racla la gorge et dit qu'il fallait que Franck lui rende service, règle des choses en France et en Espagne, organise de nouveaux passages car il n'était plus question de travailler avec Edur avant longtemps, qu'il était surtout question de se méfier d'Edur pour longtemps.

Il aperçut Ametza, et cessa de parler. Elle tenait une tasse vide et une autre cafetière en faïence et portait une robe noire, passée, presque grise, rapiécée, lâche de taille. Ses cheveux en chignon, bruns et épais, étaient traversés de reflets auburn et soyeux dans la lumière froide. Elle déposa la cafetière et réclama du sucre. Franck se resservit du café et refusa l'alcool que son père s'apprêtait à lui verser et se souvint de toutes les fois où il s'était battu, enfant, sa sœur un peu trop belle, son père traité de déserteur, de lâche et de traître à la patrie. Il but une gorgée et se leva et se dirigea vers un boqueteau de peupliers aux feuilles jaunies, descendit la berge couverte de ronces d'un ruisseau presque tari, se débraguetta et pissa en écoutant les trilles et les sifflements d'une alouette des champs. La tête lui tournait et il envia sa sœur de n'avoir jamais senti croître la peur et les déficiences héritées de son père et du père de son père.

Il roulait sud-est le long d'une départementale, préoccupé par les exhortations de son père à se mouvoir. La route était bridée entre de basses collines. Les Pyrénées défilaient sur sa gauche, blanches d'une pellicule de poudreuse tombée sous la ligne des neiges éternelles. Il vira plein sud et fit face aux montagnes et lança la Ford sur une piste carrossable et gibbeuse, dépassa de petites prairies peuplées de pottoks lancés dans un galop nerveux à son approche. L'étalon entraînait les juments et les poulains affolés vers les hauteurs. Il pouvait sentir leur odeur musquée et deviner celle de la peur dans leur sillage, les entendait déferler dans un bruit sourd et vieux de plusieurs milliers d'années. Un nuage de poussière cendreuse, disséminée par la brise dans les hautes herbes, montait derrière la Ford. Les amortisseurs à lames grinçaient et la voiture bondissait dans un grincement de ferraille au sortir des ornières et des saignées creusées par d'anciens orages. Il conduisit le plus rapidement possible, luttant contre le sommeil et traversant de petites vallées échancrées et couvertes de coquelicots, s'enfonçant parfois dans un repli et sous le couvert de hêtres, de marronniers et de chênes, émergeant aveuglé, le pare-brise crayeux.

La route grimpait. Il continua sans ralentir, attaqua un faux plat bordé de résineux et poursuivit le long de la frontière espagnole. Il roula longtemps et gravit en fin de journée les premiers lacets menant au col et où les gendarmes avaient été abattus et bifurqua sur un sentier ombragé de hêtres, gara la Ford sous les arbres, à l'orée d'une clairière, mangea un peu de pain et de viande froide enveloppée dans un torchon, but du vin au goulot de sa gourde et regarda vers les hauteurs. Précédé de leurs cris rauques, un vol de grues cendrées effleura la cime des arbres dans un lent battement d'ailes. Il les écouta et les observa planer vers le sud. Elles avaient sans doute glissé au-dessus du col de montagne et des cadavres, indifférentes aux apitoiements d'usage.

Il pensa se munir de son Baikal à canons superposés avant de franchir à pied le dévers, tira la housse coincée entre l'une des ridelles du pick-up et la caisse à outils de son père, tenta d'en extraire le fusil par le bec de crosse, fit tomber la housse et la ramassa, fit tomber le fusil à plat dans l'herbe et jura, se rendit compte que l'arme risquait de faire long feu, en cassa les canons et constata que les deux chambres étaient vides, par dépit la rangea et la dissimula sous le plateau du pick-up.

Il franchit une forêt de mélèzes dans la clarté déclinante d'un soir diapré d'ombres serviles et tamisées par le vent. Il s'accrochait aux souches déracinées et franchissait le corps de pins sylvestres chus en travers de sa route, se maintenait parfois en équilibre sur la crête d'un tronc brisé, hésitant, redoutant d'affronter seul la pourriture où gisait la preuve irréfutable de son péché.

Il transpirait quand il parvint à la hauteur du virage en épingle où gisait le moteur. Il surveilla la route puis quitta l'orée embroussaillée des bois, s'arrêta, haletant dans la poussière blanche, son cœur battant dans ses tempes, sa bouche sèche et ses yeux rouges. Il déglutit, avança et perçut une vague odeur de charogne et regarda fixement le moteur, insoupçonnable sépulture auréolée de traces d'humidité. Des lambeaux de tissus traînaient dans l'herbe envahie de fourmis.

Le chant des oiseaux s'éleva plus intense avec le crépuscule et l'ombre d'un court nuage s'éloigna vers l'est. Il tourna le dos au moteur et suivit la route vers les hauteurs et pénétra dans le bois où les gendarmes devaient encore gésir. De larges sillons dans la terre. Il ramassa au hasard plusieurs douilles et les glissa dans la poche de sa veste et regarda devant lui le lent départ d'obscurité précipitée entre les fûts des arbres dont les hautes ramures demeuraient dans la lumière.

Il avança. La pénombre régressa et la forêt continua de se défaire et de se reformer sans trêve en amont. Les traces dans les aiguilles de pin finirent par dessiner une manière de sentier et l'entraînèrent au bord d'une dépression verrouillée au sud par un mur de roche vertigineux et fissuré de cavités profondes. L'odeur de charogne stagnait, plus intense entre les arbres plantés dans la cuvette. Des milliers de mouches vrombissaient et grouillaient et s'accrochaient aux reliefs de trois carcasses aux côtes saillantes et décorées de copeaux d'uniformes. Il demeura stupéfait, longtemps tétanisé, incapable de descendre entre les flancs boisés et hiératiques, l'insane et furieux symposium des mouches en guise d'aversion et de préavis funeste lui susurrant sa part dans le jeu des ombres impudiques et croissantes couchées sur les corps démembrés.

Il tremblait quand il se détourna de ce qui n'était pas plus une preuve de son crime qu'une révélation mais l'annonce d'une chose à venir, toute sa vie rebutante et redoutée, imprécation surgie du passé qu'il avait fui et continuait de fuir, nuit tombée, dévalant à présent la route en lacets aux prémices d'un interminable exil, banni de lui-même et pourchassé par quatre morts dont le blâme lui était imputé sans preuves et dont les os entrechoqués consacraient l'injonction de son père.

# VI.

## Deux jours après l'accident
## Espagne
## Edur
## 1925

Sa maison était vaste, sombre, froide et déserte. Il n'avait pas envie d'y entrer faire un feu. Il resta dans le crépuscule à boire de la bière, assis sur l'une de ses chaises de jardin, devant sa table en fer forgé, pensant à Ametza et regardant le ciel à l'ouest parcouru de brefs nuages rehaussés et fissurés de gerces cuivrées. Il ne voulait pas songer à cette fille mais son image occultait les menaces et les sommations de son beau-frère vociférées au seuil de sa porte quand il lui avait annoncé la mort de son fils sectionné, repoussait le visage blême de sa sœur un pas derrière l'époux, vacillante mais soutenant de haine son regard.

Il prit son verre de bière, but et grimaça et s'essuya la bouche d'un revers de manche et se sentit, d'une étrange manière, redevable d'Ametza. Il avait faim et regretta d'avoir congédié trop tôt sa domestique. Il tira de sa veste un cigare à moitié consumé, le déposa au bord de la table et continua de boire et recenser la forme des nuages, sa dette fictive consignée, entretenue et féconde en images dégradantes. Les oiseaux cessèrent de chanter, et l'un des chats, occupé à rôder en lisière d'un bois d'eucalyptus accroché au versant sud de la colline au sommet de laquelle sa maison avait été bâtie deux siècles plus tôt, passa furtivement dans la lumière rasante, son ombre et l'ombre d'un rongeur dans sa gueule projetées à la surface d'un muret de brique dont la ligne effondrée courait aux limites du jardin. Edur alluma son cigare et surveilla la crevasse par laquelle le chat venait de se dérober, s'attarda plus loin sur le grand cyprès dont les racines avaient descellé une partie des briques du muret où sa sœur et lui avaient joué tant de fois dans l'enfance.

Il ferma les yeux et distingua le bruit lointain d'un moteur et s'étonna qu'une voiture emprunte la route menant chez lui et trouble la quiétude de la vallée à cette heure. Le moteur n'était pas très puissant et le conducteur se décida à ralentir au dernier moment, laissant mourir avant d'entamer les virages les plus raides, relançant pied au plancher dans les courbes. Il savait que le quatre-cylindres de la petite Citroën citron volée en France, passée en pièces détachées à dos de mules dans les montagnes avant d'être vendue à son beau-frère, ne dépassait pas les 60 kilomètres heure et culminait rapidement dans les tours. Edur acquiesça pour lui seul au souvenir de cette expédition, tira plusieurs bouffées de tabac, patienta le temps que le grondement caractéristique de la mécanique, poussée à outrance par son imbécile de beau-frère, s'apaise et meure à l'endroit où la route contournait un contrefort calcaire. Il dérivait de pensées abstruses en conjectures liées à la prévisible et navrante équipée de José quand José quitta la vallée et s'engagea sur le versant est de la colline, gravit la route sinueuse et se rangea devant la vaste maison blanche et rectangulaire qu'Edur occupait seul depuis le mariage de sa sœur.

Le pas résolu de son beau-frère dans l'herbe sèche fit taire les grillons et démentit le faible espoir qu'il conservait de s'être fourvoyé dans son intuition. José le braqua avec un pistolet Star Echeverria de la Guardia Civil, doigt sur la queue de détente, poing moite fermé sur les plaquettes de crosse guillochées. Edur écrasa son cigare au bord de la table et regarda le guidon et la bouche du canon, oblongue et noire, plissa les yeux et conseilla d'une voix paisible à son beau-frère d'abaisser son arme et de s'asseoir avant de regretter ce qu'il était en vérité incapable d'accomplir autrement que par accident. José tendit le bras et ordonna à Edur de fermer sa gueule s'il ne voulait pas se prendre une balle dans la calebasse. Edur examina l'arme plus attentivement et sourit à l'idée que du noyau d'une olive puisse jaillir une chose irrévocable et engendrée par la maladresse d'un beau-frère.

José lui demanda si c'était la perspective de sa cervelle répandue dans l'herbe qui l'amusait et s'il avait affiché ce rictus en chargeant la moitié de son fils dans son camion de merde et après les avoir lui et sa femme abusés et obligés à mentir, raconter à la Guardia Civil qu'ils avaient, lui et sa femme, ramassé la moitié de leur fils le long de la voie ferrée. Edur secoua la tête et désigna le pistolet de José, autrefois manufacturé par la famille Echeverria, presque une mauvaise plaisanterie parce qu'Echeverria était le nom de l'enfant de pute qu'il savait responsable de la mort de son fils. Tu veux vraiment me tuer avec le nom du coupable gravé sur l'une des pièces de l'arme qui jusqu'à présent t'a servi à tirer sur des rats et des boîtes de conserve ?

José déglutit et passa le dos de sa main sur son front en sueur et cligna frénétiquement des paupières. Ses yeux étaient injectés de sang et son haleine empestait l'alcool. Il chancela et redressa son bras armé à hauteur du visage d'Edur, se racla la gorge et exigea une explication plus claire et conseilla à son beau-frère de ne surtout pas le balader comme il baladait tous les connards en affaires avec lui. Edur haussa les épaules, inclina la tête sur le côté, tendit lentement une main au-dessus de la table et vida le fond de la bouteille de bière dans son verre, ferma les yeux et poussa un long soupir, invita de nouveau son beau-frère à s'asseoir et cesser de jurer, le pria de mettre fin à cette situation avant que l'un des deux n'y reste ou ne finisse estropié. José sembla se décider à faire feu, se ravisa dans un mouvement simultané de lassitude nerveuse et de laconique découragement et proféra d'une voix rauque qu'Edur était ici le seul susceptible d'y rester. Edur baissa le front et cracha et dit qu'il avait raison et avoua qu'il comprenait et l'avait entendu venir depuis le bas de la route et confia qu'il n'avait pas voulu l'attendre armé car il n'était pas en guerre contre lui mais contre le type responsable de la mort de son fils et ce type l'avait certainement doublé en passant un accord avec les douaniers français pour garder le fric de la transaction et se garder le moteur et protéger son cul de la justice dans une autre affaire. Il avait réfléchi et ne voyait que ça. Il vivait en France et s'appelait Echeverria et méritait une punition sévère et il fallait régler ça en famille, démêler le vrai de la trahison, laisser la Guardia Civil et les douaniers en dehors. José secoua la tête et déclara d'une voix aiguë que ce n'était pas une explication mais une insulte pour un père qui n'avait que le demi-cadavre de son enfant à mettre en terre. Edur trouva dommage qu'il ne se rende pas compte qu'il souffrait autant que lui de cette perte et lui proposa de prendre un peu de recul et surtout de ne pas se précipiter avant d'avoir écouté ce qu'il avait à lui apprendre de toute l'affaire et lui promit qu'ils iraient chercher les restes de son fils dès le lendemain matin.

José tergiversa en silence, soupesa la morgue et la duplicité d'Edur, dont la mort ne suffirait pas à rétablir le genre de vérité en laquelle il désirait croire sans s'avilir. Edur posa ses mains brunes et trapues à plat sur la table et demanda une nouvelle fois à José de l'écouter avant de lui tirer dessus. José décolla sa phalange de la détente et coopéra avec l'empressement d'un homme soudain lucide de s'être jeté trop loin dans une pantomime tragique, glissa son doigt le long du pontet, tira une chaise et s'assit, son arme toujours et par précaution braquée sur la poitrine d'Edur. Edur acquiesça, et dit voilà, oui, je te reconnais bien, raisonnable, puis d'un geste vif, lèvres serrées, visage blême, replia leva une jambe sous la table et repoussa du pied la chaise de José.

L'homme bascula sur le dos et tira un coup de feu dont la balle se ficha dans l'écorce du cyprès. Edur se leva et renversa le bord de la table sur la poitrine de José. José lâcha son arme en poussant un hurlement. Edur souleva un peu la table et la laissa retomber une seconde fois sur la poitrine de José. José lança un cri éraillé et féminin. Edur renversa la table dont le plateau heurta le visage de José avec un bruit de ferraille gondolée, fit un pas de côté et ramassa le Star, en vida le chargeur dans sa poche et se dirigea vers la maison sans se précipiter, décrocha dans l'entrée une veste plus chaude, passa dans la cuisine attenante au vestibule et descendit à la cave par une trappe, remonta et sortit dans le jardin avec une deuxième bière, regarda José allongé sur le flanc, gémissant et respirant péniblement, redressa la table et les chaises, posa la bouteille, enfila sa veste, s'assit et déboucha la bouteille, resta un long moment dans la fraîcheur à écouter la plainte de José en dégustant sa bière.

Quand la bouteille fut vide, il se leva et attrapa José par le col et le traîna dans l'herbe. Le col se déchira. José protesta faiblement. Edur se retourna un ongle, jura et balança un coup de pied dans le ventre de José qui se recroquevilla et vomit. Edur le saisit de nouveau et le tira jusque sous le bas de caisse de la petite Citroën, en ouvrit l'unique portière et lui ordonna de grimper. José se mit à quatre pattes, implora et vomit une seconde fois, posa les mains à plat sur le bas de caisse et grimpa en tremblant, s'assit derrière le volant et sanglota. Edur claqua la portière et rentra chez lui.

Étendu sur son lit, il secoua les jambes et fit tomber ses souliers au sol, demeura inerte dans le silence, incapable de se débarrasser de la haine qui le poussait au bord du vide, inapte à isoler la moindre pensée habile à enrayer la longue descente au sein de ce vide ordinaire qui le submergeait depuis toujours. Le bruit de la magnéto de la Citroën le confronta aux ténèbres. Le halo des phares enlumina les voilages de la chambre autrefois occupée par sa sœur et le martèlement du quatre-cylindres se fit plus régulier. Il ferma les yeux, pensa à Ametza.

Edur se leva plus tard que d'habitude et déjeuna. Sa domestique lui raconta que son mari avait aperçu la voiture jaune de José en contrebas du sentier qui menait à leur ferme. Il sortit dans le jardin avec son café. Un aigle traçait de lents cercles au-dessus du bois d'eucalyptus. Le ciel était voilé de cirrus diaphanes et élimés comme un tulle poussiéreux tendu sur un fond bleu et immuable. Les montagnes, claires à l'horizon, semblaient un peu plus proches que la veille. Il gagna le muret nord du jardin au-delà duquel dévalait une prairie occupée d'une dizaine de moutons. Les bêtes s'étaient rassemblées aux flancs d'un cabanon et surveillaient l'aigle. Il enjamba le mur et s'assit dans l'odeur de bois brûlé du matin, surveilla le fond de la vallée couverte d'une brume laiteuse sous laquelle son beau-frère désespérait depuis la veille, porta la tasse à ses lèvres et recracha en grimaçant son reste de café froid.

Il se gara non loin de la Citroën et trouva José dans l'obscurité d'une grange en ruine, replié et tremblant sur un matelas putride, adossé à l'un des soubassements de pierre surmontés de planches arthritiques. Il le repoussa plusieurs fois du bout du pied et l'obligea à ouvrir de petits yeux chassieux et brillants de fièvre, l'aida à se redresser et marcher dans l'herbe détrempée jusqu'à la voiture, s'installa au volant, alluma un cigarillo et démarra.

Il déposa son beau-frère à Pamplona. Sa sœur le fixa d'un regard morne et ce regard lui signifia un désir de damnation dont elle n'avait pas le pouvoir.

Edur claqua la portière de sa voiture et suivit un trottoir sous l'un des bâtiments de brique lépreuse du centre-ville assoupi, poussa la porte d'un tabac dont la clochette tinta avec un bruit de grelot fêlé. Le propriétaire abandonna sa lecture du *Diario de Navarra*, fit le tour de son comptoir et lui présenta d'obséquieuses condoléances. Il haussa les épaules et demanda s'il pouvait utiliser le téléphone et le propriétaire poussa une porte, munie d'un présentoir exposant des pipes et des blagues à tabac, sur un couloir étroit et encombré de cartons. Les murs étaient écaillés et jaunes et placardés d'antiques réclames, le plafond éclairé d'une ampoule nue et malveillante. Edur décrocha le récepteur d'un téléphone mural, tourna la manivelle et se plaça devant le micro fiché sous le boîtier, tira un fragment de papier de sa veste, patienta et dicta un numéro à l'opératrice aboulique, annula d'autorité plusieurs accords passés avec plusieurs fournisseurs travaillant pour les Echeverria, reporta sans délais le convoyage d'une vingtaine de mules, prévu le mois suivant, donna le nom de négociants installés à Pau, raccrocha et demeura un court instant sous le halo de lumière électrique et son urticante vibration, glissa son papier dans sa poche et retrouva le décor de la petite boutique aux boiseries encaustiquées. Le marchand referma le *Diario de Navarra* et le retourna pour en dissimuler la Une. Edur passa derrière le comptoir, ouvrit le journal, y trouva, sans surprise, le récit de la mort de son neveu happé par un train, l'histoire invraisemblable, par lui conçue, de la partie inférieure du corps toujours manquante et voyageant à travers la région, secoua doucement la tête et annonça que la prochaine livraison de tabac arriverait en retard.

# VII.

## New York
## Emma
## 1927

Edur la maintenait chaque nuit renversée au fond d'une combe, son manteau et sa robe retroussée sur ses cuisses, ses bas de laine déchirés et roulés sur ses chevilles. Chaque nuit le sang s'écoulait d'elle. Edur se relevait d'un bond et la traitait de putain, de sorcière, de Circé de boxon, puis reculait, les jambes de son pantalon avachies sur ses talons, son caleçon long et baissé sous une bite dressée et poisseuse tandis qu'elle demeurait immobile, sidérée de découvrir un embryon mort-né, par enchantement tombé de sa matrice. Les flocons dansaient lentement et se déposaient dans ses cheveux et sur son front. Son frère et les autres hommes, alignés au bord de la combe, tenaient la longe de leurs mules rétives et lui fouissaient le ventre de leurs regards. Les arbres noirs et frêles devant les sapins immenses et saupoudrés de neiges témoignaient en silence de leur veulerie et de leur convoitise.

Elle poussa un cri et porta la main à sa bouche afin de ne réveiller personne, rejeta le drap et les couvertures et s'assit à la tête du lit et vérifia qu'elle ne saignait pas, leva les yeux et distingua le reflet d'un visage allochtone dans le miroir ovale de la coiffeuse, scruta la folle prostrée et balancée d'avant en arrière, courts et répétitifs mouvements de buste, observa un instant le visage de la fille hostile et resurgit d'un arrière-fond de ténèbres et finit par admettre qu'il s'agissait du sien, cessa de se balancer, se mit debout et vacilla dans sa chemise de nuit trempée de sueur.

Son haleine explosait dans l'air froid de la chambre et le rythme excédé du souvenir de sa fuite le long d'un sentier de montagne s'estompa doucement. Elle s'approcha de la fenêtre à guillotine, son châssis frangé d'un halo de givre depuis qu'elle se réveillait semblable à l'étrangère revenue de son cauchemar et contempla de l'autre côté de la rue un dédale d'escaliers de secours et de passerelles rivés à la brique chamarrée, observa la ferronnerie des ombres enchevêtrées et mouvantes sous la course du soleil dont le reflet se noyait à la surface des vitres poussiéreuses. La rue était déserte et les corniches rehaussées d'une clarté dépourvue de douceur. Le jour montait et les immeubles pâlissaient et la lumière descendait dans la rigole du caniveau, brasillait sur la neige morne et pilée par les voitures, les camions de livraison aux roues cerclées de fer, les tombereaux tractés par des chevaux aux flancs renflés de gaz.

Elle utilisait la salle de bains des enfants Heidelberg. Elle se lava et s'habilla, réveilla les enfants et partagea leur déjeuner. Ada Heidelberg l'avait engagée sur la recommandation d'une cousine éloignée de sa tante chez qui elle avait passé ses premières nuits en Amérique.

Moïse Heidelberg n'était pas encore rentré, peut-être encore installé à la table de jeu d'un speakeasy du Bowery, au bordel ou en conversation avec l'un des politiciens de Tammany habitués à boire un dernier verre au 21 Club. Les Heidelberg possédaient plusieurs restaurants ravitaillés en scotch et en vin par le gang de Luciano, et le père travaillait et jouait souvent aux cartes avec Arnold Rothstein. Elle ignorait tout d'Arnold Rothstein mais avait plusieurs fois entendu son nom et celui du maire, Jimmy Walker, au cours de conciliabules énigmatiques dont elle ne saisissait presque rien mais discernait d'instinct les enjeux illicites. La mère dormait encore quand ils quittèrent l'immense appartement et traversèrent le hall en marbre et descendirent les marches du perron d'un immeuble en pierre de taille, érigé à la frontière du Lower East Side. Emma travaillait et logeait chez les Heidelberg depuis trois semaines, accompagnait et venait chercher les deux garçons à l'école, sept et neuf ans, William et James, maigres et pâles, cheveux noirs et pommadés sous d'épaisses Stetson en tweed.

Les silhouettes blanches et massives de l'édifice municipal et du Woolworth Building dominaient un immeuble de rapport aux échelles bancroches, dont le toit était surmonté de citernes en bois. William et James la guidaient. Ils doublèrent une section de palissades noirâtres, tapissée d'affiches publicitaires et électorales, derrière laquelle s'étendait un dépotoir. Deux peintres hissés au-dessus de ce terrain vague, debout à l'intérieur d'une nacelle plaquée contre le palimpseste d'un mur saccagé d'anciennes réclames, brossaient les vides et les déliés découpés à l'intérieur d'immenses pochoirs. Emma s'exerçait à lire chaque signe, le nom de compagnies éphémères disséminées dans la ville et le nom de toutes sortes de choses visibles et invisibles, capables de lui enseigner ce monde neuf, cousu d'idiomes disparates et inconciliables entre eux. Elle demanda aux garçons de lui désigner les buildings au-devant et leur dit qu'ils ressemblaient à une citadelle colossale et bâtie au centre d'un labyrinthe de brique, insalubre et peuplé de gnomes hétéroclites parvenus épuisés aux confins d'un trop long voyage et d'un exil volontaire. Ils remontèrent Orchard Street et bifurquèrent dans Hester Street. Orchard était en travaux et la chaussée creusée d'une large ornière de boue. Du linge gelait aux barreaux et dans les impasses, suspendu à des cordelettes envidées sur des poulies grippées. Dans les arrière-cours, des cabines surplombaient des fosses à merde parfois vidées la nuit dans des citernes déversées au fond de barges sillonnant l'Hudson et les enfants lui confièrent en riant qu'on ne voyait plus comme autrefois en plein jour des péniches délester leur chargement dans le lit de la rivière.

Le quartier était encombré de marchands ambulants levant les brancards de leurs charrettes remplies de volailles, de fruits secs, de viande rouge drapée dans des torchons gris de sang coagulé, de ballots en toile grise, de brodequins, de lunettes, de casseroles, de balais, de tapis et de vêtements défraîchis. Des voitures passaient et s'enlisaient et cornaient au cul de lourdes carrioles tirées par de solides chevaux déféquant dans un sac accroché à leur croupe. Des meubles rafistolés et encaustiqués encombraient les trottoirs aux dalles ébréchées et malpropres entre lesquels louvoyaient des religieux à barbes noires et papillotes, manteaux noirs et chapeaux noirs à large bord, pantalons et semelles ourlés de boue. Les colporteurs haranguaient le chaland aux avant-postes de boutiques de confection, d'épiceries retirées sous des marquises décrépites, leurs pancartes rédigées en yiddish et en anglais. Des hommes-sandwichs aux visages hâves baladaient leurs messages et agitaient une cloche comme les lépreux autrefois leurs crécelles et le nom de chaque détaillant était calligraphié en arc de cercle et lettrage doré sur des vitrines tendues de demi-rideaux piqués de chiures de mouches derrière lesquels se prolongeaient d'étroites boutiques éclairées d'ampoules pansues dont les filaments vibraient pareils à une paire d'ailes furieusement agitée entre deux élytres. Les mères de famille et les vieilles édentées, sanglées dans des fichus sans couleur, vêtues de manteaux élimés ou fagotées de pelisses, usaient les planchers couverts d'une sciure de bois collée de graisse et déblayée sous des comptoirs d'acajou, commandaient toutes sortes de marchandises à des boutiquiers en gilets de soie et chemises blanches, dont les tours de bras endeuillaient de flasques biceps.

Ils doublèrent Mott Street et Mulberry et la langue changea bien que le décor et l'encombrement des rues et l'obscénité du dénuement fussent semblables. Des Italiens aux moustaches drues et costumes à vingt dollars cintrés sous des pardessus croisés en poil de chameau, casquettes ou feutres, épiaient à l'acmé d'une volée en terracotta gardée par des lions à tête plate, couple de félins stupéfiés à l'entrée de vestibules éclairés au gaz ou à l'électricité, au principe de corridors dont la perspective disparaissait dans une nuit perpétuelle à l'emmanchure d'un second escalier de bois, antédiluvien et puant la moisissure, l'urine et le chou, le salpêtre et la mort indigente. Chaque interpalier était muni de W.-C. et chaque étage de portes closes derrière lesquelles croupissait un foyer dont les rejetons, innombrables et engendrés dans la promiscuité, pratiquaient un anglais garrotté de tournures allogènes.

Elle se savait étrangère et sollicitait ses guides et leur demandait qui pouvait survivre en ces lieux d'infortune. Des familles étrangères, confinées dans de petits appartements, deux pièces contiguës, la chambre séparée du séjour par une vitre descellée et tremblante dans ses joints, des familles aussi pauvres que celles de leurs parents avant que leurs parents ne cessent de jouer le jeu de l'honnête décrépitude et misent sur le jeu violent de la ville et votent pour ceux dont les chefs de gangs leur demandaient de voter en échange d'une dinde à Noël, d'un seau de charbon et d'un travail licencieux.

Elle longeait les boutiques des Chinois et voyait aux devantures les cadavres des poulets et les canards cuivrés, flavescents et peroxydés, suspendus cul pardessus tête comme des judas suppliciés et désignait aux enfants toutes sortes de choses fascinantes et énigmatiques qu'ils traduisaient tant bien que mal, toutes sortes de fruits inconnus et dégageant une odeur putride, agrumes énormes, minuscules tubercules, mitrailles de baies vert pituite, oranges, rouges vénéneux, diversité de pitance dont ils ne connaissaient ni les noms ni l'origine et qu'ils n'auraient jamais eu l'envie saugrenue de porter à leurs lèvres.

Aguerris, sans pratique des vices et des joies clandestines, les garçons appréciaient sa docte ignorance, l'éclairaient, lui désignaient une impasse, la présence d'un bordel, colportaient la rumeur d'une fumerie en sous-sol, signalaient un débit d'alcool de bois dont les intempérants sortaient aveugles et fous, lui montraient les toits et mimaient de leurs petites bouches le bruit opaque de corps d'enfants, de femmes et d'hommes tombés dans leur sommeil des plateformes de secours durant les nuits d'été torrides, les coins de trottoirs, chasse gardée des crieurs de journaux dont beaucoup avaient été rectifiés à l'angle d'un immeuble pour une parcelle de macadam plus rentable que les autres, les parkings et les allées où des types avaient été retrouvés à l'aube, raides, les poches retournées, les caves et les bouges aux derniers cercles des enfers où sombraient ceux d'entre les plus négligés par le sort.

Ils passèrent sous les volets en fer des fabriques et les enfants évoquèrent l'incendie d'un atelier de vêtements survenu bien avant leur naissance, de hautes flammes et la fumée noire, des femmes enjambant les fenêtres, et cette ville lui sembla un endroit où le passé n'avait pas la moindre chance de ralentir la précipitation de toute chose dans l'abîme.

Elle déposa les garçons à l'école et dériva au hasard, comme elle le faisait chaque matin, cherchant à se perdre mais n'y parvenant jamais, s'étonnant de ce que Manhattan n'était qu'un vaste damier de rues rectilignes et parallèles, d'avenues traversant la ville du nord, en direction de Harlem, au sud en direction de la baie où le monde entier se déversait.

Elle se retrouva, souhaitant rejoindre Broadway, dans Cortlandt Street, Radio Row, discerna un air de *Rigoletto* chanté par Caruso, sa voix chaude et dénaturée par l'enregistrement, bientôt couverte par toutes sortes de musiques, tohu-bohu de jazz et complaintes geignardes de migrants, commentaires électriques et nasillards d'animateurs, banalités de journalistes dispensées en crachotements tombés des enceintes de radios à lampes dont les Heidelberg possédaient un modèle en bois précieux. Elle s'immisça dans la foule, et la confusion des langues s'ajouta au vacarme du métro aérien, au passage incessant des camions et des voitures à cheval, acheva d'étouffer le moindre souvenir en elle, d'ensevelir la moindre velléité. Elle marcha lentement aux devantures bariolées et racoleuses des vendeurs de postes et de gramophones, stupéfaite de ne plus s'appartenir et pénétrée par la diversité d'une race humaine dont elle n'avait jamais soupçonné l'antagonisme et l'absurde abondance.

Dans Broadway, elle acheta le *Daily Mirror* à un crieur de journaux et remonta vers le nord, poursuivant la perspective et la crénelure des immeubles, toujours repoussée et toujours dissemblable en altitude, variant sous l'horizon tassé d'un ciel bleu où montait un entrelacs de fumées grises. Elle s'arrêta dans la 42nd Street, non loin de la grande bibliothèque, afin de se reposer et boire un café et manger une tarte aux pommes, posa son journal sans l'ouvrir sur une petite table, contempla l'American Radiator Building, stèle babylonienne levée au-dessus des arbres nus de Bryant Park, ouvrit son journal, parcourut les titres sans les déchiffrer, peina sur les petits caractères d'imprimerie, formula en silence un rébus de mots obscurs dont elle ne connaissait ni le sens ni la prononciation.

Elle se rendit à la bibliothèque et réclama les sonnets de Shakespeare en anglais et en espagnol, patienta comme chaque matin devant un long comptoir et dans un décorum qu'elle avait toujours imaginé celui des puissants et des heureux du monde, quand un employé en costume gris, cheveux blonds lissés en arrière, lui tendit deux recueils accompagnés d'une fiche. Elle signa du nom d'Emma Evaria, puis traversa une salle meublée de grandes tables aux extrémités scandées de lampes à abat-jour, passa sous un ciel bleu et rose de nuages pâles et encadrés de dorures dont le rectangle s'étirait, interminable entre deux rangées de lustres pourvus de quatre cercles d'ampoules, pénétra dans une petite salle dont le seuil était de marbre usé et frappé de lettres en laiton, s'installa sous les caissons dorés et sous un flot de pâle lumière déversée à travers les vitres de l'une des grandes fenêtres cintrées, erra sans trêve d'une langue à l'autre, tirant un sens de la profusion et du chaos des phrases, combinant et ordonnant, ajoutant une poignée de mots à sa maigre provision, apprivoisant l'anglais comme elle acclimatait l'exubérance de ses visions glanées dans New York.

Elle quitta la bibliothèque et remonta la 5th Avenue sans entrer dans St. Patrick's Cathedral où elle venait parfois s'asseoir sans jamais prier ni pour elle ni pour l'embryon non baptisé qui l'avait sauvée d'un viol, poursuivit en direction de Central Park, presque heureuse et dotée d'une vigueur nouvelle dont elle ne savait que faire. Le flux des femmes et des hommes se scindait sur son passage et les hommes la toisaient sous la bordure de leur feutre.

À hauteur du Plaza, Moïse Heidelberg, en conversation avec trois autres types, l'interpella et lui présenta Charlie Luciano, Arnold Rothstein et Saul Mendelssohn, et ces hommes lui semblèrent différents de ceux dont elle congédiait sans cesse les regards.

# VIII.

## Il faut que tu saches de quoi il retourne
## New York
## Emma & Saul
## Fin 1927

Saul passait la prendre dans son roadster Buick deux fois par semaine et l'emmenait au 21 Club, parfois déjeuner chez Katz's, au croisement de Houston Street et de Ludlow Street. Ils s'offraient des sandwichs au pastrami, du corned-beef, du coleslaw, des cornichons à la russe et buvaient de la bière blonde importée du Canada par les nervis de Saul.

Ils parlaient à voix lente. Ametza devenait Emma, Emma ânonnant et apprenant à mentir dans sa nouvelle langue, omettant et ranimant par fragments une vie de bonnes mœurs, ne mentionnant jamais l'existence de son frère ni celle de l'embryon salvateur évacué d'entre ses cuisses, se façonnant une famille, deux sœurs disparues en bas âge, une mère espagnole, falote et dévouée, un fiancé nommé Diego, tombé dans un ravin, un père colporteur en quincaillerie, doux homme flegmatique, mort de vieillesse au fond du lit de ses ancêtres basques.

Saul confia que son géniteur, Jacques Mendelssohn, moitié juif du côté d'un père qu'il n'avait jamais connu, Isaac Delmar assassiné dans un bouge de San Francisco, s'était mis à déraisonner le lendemain du jour où son grand-père, Elijah Delmar, lui avait déballé sur son lit de mort une histoire de crime et de changement de nom et l'avait incité à rétablir l'ordre incessible du sacré, en épousant une Juive polonaise débarquée de Kichinev, inférant que ses futurs enfants devaient retourner à l'Alliance conclue entre le Tout-Puissant et son peuple. Et cette femme débarquée de Kichinev, demi-putain de shtetl, réputée pour sa feinte sainteté et ses pratiques de gymnaste, lui avait donné un fils en trois ans de mariage et d'accouplements sabbatiques, avant de se jeter du plat-bord d'un ferry dans les eaux du Michigan, à peine deux heures après avoir été diagnostiquée aussi bréhaigne qu'une jument hors d'âge, parce qu'atteinte d'une syphilis qu'elle avait eu soin de prodiguer à d'autres hommes qu'à son mari aujourd'hui délirant au fond d'un hospice de la banlieue sud de Chicago où sa famille avait autrefois été propriétaire d'un hôtel vendu avant sa naissance, un bien dont il avait eu la clairvoyance d'utiliser les derniers fonds oubliés sur un compte en banque, pour acheter une semaine avant l'application du Volstead Act, l'un des derniers stocks d'alcool de la région.

Une conversation engagée avec Arnold Rothstein au Lindy's, à l'angle de Broadway et de la 49th Street, lui avait permis d'élaborer des plans plus ambitieux que le simple écoulement d'hectolitres d'alcool dont la source devait rapidement tarir. A.R., l'homme des beaux quartiers, Juif aisé, sans nécessité d'accomplir le mal, vivre du vice et tourner le dos à la Halakha afin de quitter le sordide des bouges, propriétaire de tripots de luxe, ami des politiques, des démocrates du Tammany corrupteurs des flics de Saratoga, tacticien, truqueur de paris et de courses de chevaux, *Papa has gelt* le bien nommé décidant deux soirs plus tard d'investir 175 000 dollars, gagnés sur les tapis verts, dans l'entreprise de Saul, acheter six vedettes assez puissantes pour semer les gardes-côtes, une demi-douzaine de hors-bord capables de transporter mille caisses de whisky expédiées depuis l'Angleterre dans les soutes d'un bateau au mouillage à trois milles marins au large de Montauk, pour les décharger de nuit sur une plage déserte de Long Island.

Il neigeait et Saul dormait. Emma, vêtue d'un lourd peignoir brodé aux initiales du Plaza Hotel, buvait du café et observait les empreintes des voitures varier et couper la trace rectiligne ou la courbe parfaite laissée par les tramways dont elle devinait les tintements de cloche atténués dans la distance. Son mug de porcelaine épaisse entre les mains, elle posa le front contre la fenêtre du bureau, attentive au lent et fragile voyage des voitures à cheval remontant et descendant Broadway à l'intersection de la 23rd Street et de la 5th Avenue.

Plus intense, la chute des flocons s'embrasa dans un dernier soleil dont l'orbe rouge se dissipait entre de hauts bâtiments et délavait l'ombre en saillie du Flatiron au douzième étage duquel ils avaient fait l'amour. Les voitures ouvraient une voie dans le palimpseste de la neige damée et leurs feux avant rehaussaient la poudreuse et leur fanal d'arrière abandonnait dans la blancheur une empreinte pourpre et borgne. Elle quitta le bureau et entra dans la chambre et Saul se redressa sur son traversin et la regarda. Elle se souvint avoir eu peur de découvrir son entrejambe souillé de glaire et de sang avant qu'il ne la pénètre et vint s'asseoir nue et blanche sur lui afin de conjurer cette peur, s'en défaire dans un lent mouvement de bassin. Il posa les mains sur ses fesses et la caressa et lui demanda de rester dormir car elle n'aurait plus besoin de retourner chez les Heidelberg.

– T'as pas besoin de travailler.

– Je veux travailler.

– Je te trouverai un travail convenable.

– Ce n'était pas un travail convenable ?

– Ici, pour une femme, un travail commence toujours par être convenable.

Elle acquiesça et amplifia le mouvement de ses hanches. Son ventre était plat et ses seins menus et blancs et elle se pencha sur lui et l'embrassa, se redressa et se cambra sous ses mains.

Ils sortirent et mangèrent tard et se rendirent dans un club de Harlem, enfumé et bondé. Ils rentrèrent se coucher un peu avant l'aube et Saul n'était plus à côté d'elle quand elle ouvrit les yeux. Elle resta étendue sur le lit, lasse et distinguant encore l'écho de la musique entendue la veille, se souvenant du plaisir éprouvé de ne plus être capable de s'abstraire du rythme et du son nasillard de la trompette sur le pavillon cuivré de laquelle un chanteur noir à face de lune noire et joues difformes, en délicatesse avec un boss de Chicago à cicatrice dont tout le monde connaissait le nom, avait posé une sourdine. Elle n'avait pas osé danser sur les morceaux les plus rapides, se contentant d'observer les femmes que Saul regardait et désirait et pouvait obtenir d'un simple signe et elle s'était abandonnée dans ses bras, déplaçant avec lui des relents de sueur et des volutes de tabac, des odeurs de parfum et d'alcool. Elle ferma les yeux et regretta de ne pas lui avoir demandé si Louis n'allait pas mourir sur un ordre d'Al lancé dans son bureau de Cicero et songea au plaisir avec Saul, au plaisir des femmes frôlées dans leurs robes courtes et droites, en lamé ou cousues de perles et les notes qu'elle pensait n'être guère plus que le retour entêtant d'une musique de bastringue se mêlèrent à la rumeur assourdie de la circulation dans Broadway.

Saul entra dans la chambre, se déshabilla et la réveilla, se coucha sur elle et la pénétra. Elle était humide et s'en étonna et serra les jambes autour de ses reins. Il gémissait doucement dans son cou et l'embrassait et passait le bout de sa langue sous le lobe de son oreille et l'embrassait à la naissance de la nuque et la maintenait plaquée et soumise, libérée de la hantise d'un homme et de son visage roide penché au-dessus de son propre visage. Cet homme n'était pas Edur, ni son frère, ni l'imbécile de montagnard avec qui elle avait failli avoir un enfant et Saul vint trop vite, cessa de bouger et demeura en elle et murmura une demande ténue mais suffisante pour l'inciter à s'asseoir à califourchon sur lui et recommencer.

Saul tira un Riot Gun calibre 12 d'une housse en cuir graissée, enclencha six cartouches dans le magasin, rangea le fusil dans sa housse et le déposa dans le coffre d'un roadster Buick dont le hayon était capitonné de sièges d'appoint. Emma voulait conduire. Saul accepta et la regarda se couler dans la circulation éparse et sur la pellicule de neige durcie, grise de sel, en partie déblayée et levée en congères au bord des trottoirs. La glace s'accumulait sous les ailes de la Buick avant de choir en paquets noircis.

Ils croisèrent plusieurs voitures accidentées. Emma s'engagea autour du carrousel de Washington Square et plaça le roadster en léger dérapage, sourit et demanda à Saul s'il avait confiance et Saul répondit qu'il n'avait jamais vu de femme mieux conduire que la plupart des hommes de sa connaissance, jamais connu de femme ne s'offusquant pas ou ne faisant pas semblant de s'offusquer de voyager avec un fusil à pompe sur le siège arrière d'une voiture. Ils firent le tour du carrousel et des fantômes de nègres lynchés se dessinèrent dans un pâle brouet de brume. Le vent débusquait et rabattait la silhouette incertaine de voleurs aux potences d'arbres anciens, délogeait et révélait pléthore de spectres emportés par la fièvre jaune et enfouis sous les voûtes de caveaux effacés des cadastres.

Ils se rangèrent devant un entrepôt en bardeaux de pin, au seuil de l'un des innombrables docks crénelant les berges de l'East River dont le courant charriait d'énormes blocs de glace et Saul lui demanda de l'attendre dans la voiture.

Brooklyn Heights se découpait sous l'aréole d'un ciel bleu pâle et cerné de nuages noirs et la fumée noire des *tugboats* s'élevait en panache d'escarbilles démaillées entre les arches et les poutrelles métalliques du Manhattan Bridge. La tonalité grave des sirènes s'altérait dans le fracas récursif des locomotives et des convois de marchandises, dont le heurt des roues d'acier choquées dans l'interstice entre les rails montait en saccades et vibrations le long des haubans d'acier pour mourir en plumets de neige fraîche qu'Emma voyait se dissoudre derrière la vitre bleuâtre du pare-brise de la Buick. Des gabares et des cargos affrétés quittaient lentement leurs amarres. Un antique trois-mâts passa au moteur, voiles ferlées devant des hangars de brique pareils à de hauts fourneaux au fond desquels gisaient la coque d'acier de navires démembrés comme des arches bibliques au rebut.

La porte coulissante de l'entrepôt était entrebâillée sur un alignement de camions immobiles sous l'éclat de lampes à arc de carbone. Saul sortit accompagné d'un homme élégant et travaillant pour Nucky Johnson, boss d'Atlantic City avec lequel Luciano venait de passer un accord afin d'utiliser les plages qui lui convenaient pour débarquer son whisky. Saul l'invita à le suivre et s'asseoir sur la banquette arrière de la voiture, se glissa à côté, lui présenta Emma, lui proposa un cigare et tira un briquet en argent de sa poche. Le type remercia et alluma son cigare et désigna Emma d'un hochement de tête.

– Tu peux parler sans problème. On est plus au chaud ici et il faut qu'elle sache de quoi il retourne.

– J'aime pas trop quand on mêle la bite au business.

– Moi, je n'aime pas trop quand on manque de respect.

– C'est les affaires de Nucky et…

– Et elle travaille avec moi.

L'homme tira sur son cigare, plissa les yeux et demanda des nouvelles de deux camions d'alcool pur transformé à Philadelphie, propriété de Maranzano braquée par Luciano, Lansky, Siegel et lui-même deux jours plus tôt sur une petite route du New Jersey, non loin d'Egg Harbor. Saul alluma un cigare à son tour et dit que les bouteilles stockées dans un entrepôt au nord de Manhattan seraient distribuées en début de soirée dans les établissements et les speakeasies.

– Les journaux ont parlé du soldat mort et d'un des deux conducteurs blessé.

– Il fallait ça pour leur foutre la merde au cul. Nous étions à sec. Tu le sais. Nucky était d'accord.

– J'ai autre chose pour vous. Je t'ai fait venir à la requête de Nucky avant de repartir tout à l'heure pour Atlantic City. C'est un peu la suite du convoi de Maranzano. Un camion avec une prime en billets fourrée dans une enveloppe. Ça vous sauvera la mise pour la pénurie de scotch. Il y a une dizaine de caisses de dix-huit ans d'âge qui valent le coup dans le chargement. Le reste n'est que de l'alcool pur qui devait être transformé par Waxey Gordon et Bitzy Bitz à Philly. Nucky veut seulement qu'un pourcentage de l'enveloppe atterrisse dans la poche du sheriff local qui doit également récupérer une partie de la cargaison pour sa consommation personnelle, arrêter les convoyeurs, les foutre en cellule pour la nuit et les relâcher le lendemain. Le braquage ne présente pas de risques. Il ne faut ni tuer ni blesser les convoyeurs, car l'un de ces types est le beau-frère de Lepke Buchalter.

L'homme sortit un exemplaire de *Black Mask* roulé dans la poche de son manteau, le déplia, tira une carte du New Jersey glissée entre les pages du *pulp* et indiqua l'endroit d'une gare désaffectée.

Ils firent une halte dans Eldridge Street et Saul demanda à Emma de klaxonner à la devanture d'un magasin de fourrure dont le rideau était baissé. Un jeune Juif en bras de chemise et gilet sombre fit coulisser la guillotine de l'une des fenêtres au-dessus de la boutique, reconnut la voiture et descendit ouvrir le magasin.

Emma choisit un manteau en peau de loutre, un manchon et des gants de cuir doublés de soie. Le jeune homme au teint pâle et aux yeux globuleux, barbe éparse et rousse, cligna des yeux et refusa d'encaisser les billets que Saul lui tendait. Saul secoua la tête, enfonça une fine liasse dans la poche de poitrine du jeune homme, déclara qu'il s'agissait d'une mitzva, lui conseilla d'aller chercher son père et sa sœur afin qu'ils ouvrent l'autre boutique. Ils sortirent tous les trois sur le trottoir verglacé. Le jeune homme traversa la rue et s'engouffra dans le hall d'un tènement. De rares voitures passaient dans un lent et douloureux crissement de sel. Saul entraîna Emma vêtue de son nouveau manteau et l'embrassa sous la façade en terre cuite d'une synagogue sans âge et silencieuse. Emma observa l'édifice religieux et demanda à Saul ce que signifiait une mitzva et Saul répondit qu'une mitzva était une chose qu'il allait accomplir pour elle.

Elle n'était jamais entrée dans une synagogue et l'incongruité du bâtiment de styles mauresque et roman, serré entre deux immeubles de rapport lépreux, l'impressionna autant qu'une chose sortie d'un conte des *Mille et Une Nuits* bâtie par erreur de ce côté du monde. Saul venait y prier parfois et lui promit de l'y faire entrer un jour et l'emmena un peu plus loin à la devanture d'un barbier dont le cylindre bariolé comme un sucre d'orge vénéneux semblait givrer sur son axe.

Un courant d'air froid s'engouffra dans la rue et la lumière vira, âcre et incisive, affadie dans la neige. Un gros homme sans âge et sa fille ouvrirent la boutique de l'intérieur et les y invitèrent. L'échoppe était étroite et carrelée de faïence. Emma et Saul s'installèrent sur des fauteuils en cuir rouge, aux cale-pieds chromés, devant un grand miroir piqué et encadré d'un cadre de bois sombre et éclairé de petites appliques en corolle. Une odeur de cosmétiques, de brillantine et d'après-rasage régnait dans l'air glacial et Saul s'excusa de les déranger un jour de fermeture et dit à la fille de coiffer sa compagne comme les New-Yorkaises à la mode. Le vieux ne voyait pas d'inconvénient à travailler un dimanche et la jeune fille, mêmes yeux que son frère, cheveux roux, longs et enroulés dans une résille noire, s'excusa de devoir couper les cheveux d'Emma dans un salon pour homme. Emma sourit et lui demanda si elle savait ce qu'était une mitzva et la jeune fille, visage doux et réfléchi, baissa le front avant d'expliquer qu'une mitzva était une bonne action. Saul éclata de rire, se cala dans le fauteuil et attendit la serviette que le barbier passait sous l'eau chaude.

Le barbier remuait son savon dans un ramequin quand un homme poussa la porte de l'échoppe. Il lui demanda aimablement de sortir et l'homme s'en étonna. Bon Dieu, Zalman, t'es ouvert à ce que j'vois ! L'homme était grand, massif et ventripotent. Zalman le convia une seconde fois à s'en aller. L'homme portait un manteau en cachemire assorti à un feutre blanc dépositaire de la crainte et du respect dû à celui dont il était l'avoué et la surprise engendrée par le refus de Zalman l'incita à retirer son chapeau, le tendre d'un geste impérieux au fils. Emma le regardait et regardait Saul immobile sous sa serviette, mains posées à plat sur le cuir cossu des accoudoirs. Le type demanda à Emma si c'était lui qu'elle reluquait comma ça et lui recommanda de se lever et de se tirer avec son gigolo. Saul retira la serviette d'un geste vif et son reflet dans le miroir s'empara d'une lame repliée dans son manche, sur la console, avança vers l'homme, rasoir ouvert et tenu à hauteur de la poche de son pantalon et l'homme recula, leva les mains et écarquilla les yeux et secoua la tête et dit non, monsieur Mendelssohn, je ne savais pas, je n'avais pas idée, puis recula encore et poussa la porte et sortit sous la neige, dérapa sur la première marche du perron et retrouva son équilibre à petits pas d'une gigue grotesque sur le verglas, son fédora blanc cabossé dans son poing, le visage altéré, roide de cette épouvante qu'Emma connaissait pour l'avoir exécrée chez son frère.

Ils commandèrent des bagels au saumon chez Russ & Daughters en fin d'après-midi, rentrèrent et firent l'amour. Saul s'endormit. Elle demeura assise et nue au bord du matelas, devant le miroir d'une commode, scrutant sa coiffure, le visage d'Ametza s'estompant, doucement altéré, exténué à force de balbutier celui d'Emma, Emma Evaria, incertaine et mal dégrossie dans sa vie nouvelle, semblable aux milliers d'autres enchâssés ou disséminés dans les rues de la ville, aux milliers d'autres échoués, malhabiles et chaque jour rappelés aux contingences d'un passé parfois peuplé de honte, d'amertume et de cruauté.

Au crépuscule, Saul lui conseilla de s'habiller chaudement. Sortit un Colt 45 automatique Government nickelé du tiroir de son bureau fermé à clef, le chargea et le glissa entre sa ceinture et son pantalon. Ils descendirent au garage et Saul installa des chaînes aux roues du Roadster, plaça le calibre 45 dans le coffre et confia qu'il ne se baladait jamais avec son attirail en ville parce que son avocat mettait plus de temps à le sortir des gardes à vue que lui infligeaient parfois des flics un peu trop zélés. Emma sourit et s'assit au volant.

# IX.

## Espagne
## Franck
## 1925

Il s'enveloppa dans une méchante couverture et passa une nuit agitée sur le plateau du pick-up de son père, se réveilla plusieurs fois dans l'obscurité, discernant des formes et des visages changeants, interrogeant leur présence et les raisons de leur silence sans jamais formuler de repentance.

Il franchit la frontière espagnole et roula dans l'aube grise, le long de talus défendus de fougères, pénétra l'orée de forêts de hêtres et de chênes plusieurs fois centenaires, enfoncées en un sombre repli de montagne où convergeait l'eau vive de sources dont le gué l'obligeait à ralentir sur une moraine de pierres plates, luisantes et bleues, poursuivit d'étroites et sombres chaussées au goudron démaillé, des pistes, de simples traces dont le lacet grimpait en direction d'un col planté d'eucalyptus aux baliveaux écorcés, blancs et bistre, leur défilé rapide truquant la lumière des sommets à la manière d'un phénakistiscope à l'intérieur duquel clignotait la silhouette de rares cargos, barcasses à voiles et thoniers à vapeur.

L'entêtant parfum des eucalyptus l'escortait jusque dans la pente des bocages où paissaient d'indigents cheptels de vaches et de moutons, se délitait dans l'odeur de bouse et de foin humide. Il doubla d'antiques hameaux aux places ombragées et cerclées de maisons grises et s'arrêta à l'entrée d'un gros bourg afin de faire le plein d'essence. Des enfants s'attroupèrent autour de sa voiture et un jeune homme affublé d'un long nez, vêtu d'une veste en toile de coton bleue et siglée du logo de la Standard Oil, décrocha l'un des deux pistolets, le plaça dans le réservoir de la Ford et actionna le levier de pompe en lui demandant d'où il venait. Franck pensa aux cadavres, essuya d'une main un picotement dans la nuque et regarda les bulles d'air monter dans la burette en verre contenant l'essence et ne trouva rien à répondre.

Il monta dans la Ford et les gosses dans sa traîne de poussière lui donnèrent la chasse et l'abandonnèrent. À la sortie du village, un chien à trois pattes surgit d'entre les colonnes d'un portail surmonté d'une énorme clef d'arc sculptée, le talonna de sa vindicte tapageuse et bientôt distancée dans un voile crayeux. Il conduisit sous les taches de lumière et sous le feuillage de vieux platanes, longea de rustiques pâtures parcheminées de chardons, entama une pente dans l'air doux et hanté d'un parfum de tourbe à bruyère, son itinéraire virant brusquement plein sud au flanc d'une colline plantée de sapins. La route était encaissée et frôlait deux versants de roche veinée de salpêtre. Il franchit un arroyo à sec et grimpa parmi de grands alpages ensemencés de pierrailles hostiles et finit par atteindre une venta dont le propriétaire avait depuis toujours travaillé avec son père.

La bâtisse, ancienne et fortifiée, dominait un bouleversement de sommets érodés, d'escarpements et de trébuchements karstiques dont le chaos dévalait vers la mer tendue et bleue comme l'abstraction. Il se gara sur un terre-plein poussiéreux et Juan l'accueillit et s'enquit de sa famille et l'invita à passer dans son bureau, souriant de ses quelques dents noires et déchaussées par le tabac.

Juan choisit une chaise à bascule et lui présenta un fauteuil en bois dont l'assise, fixée sur des charnières, s'abaissait ou se levait, l'interrogea sur la cause de sa visite, alluma un cigare et fuma en contre-jour de deux meurtrières malpropres et creusées de part et d'autre d'une lourde porte à double battant ouverte sur une estive. La pièce était basse de plafond, meublée d'un lit recouvert d'une couverture militaire, vaste et fraîche, encombrée de caisses, de barriques, de cagettes, et l'air sentait la poussière, la graisse à moyeux, la bouse, l'herbe coupée, l'alcool et le tabac. Des saucissons et des jambons pendaient à des clous enfoncés au hasard dans les poutres et le bureau était envahi de papiers, de livres de comptes en piles précaires. Franck demanda si son siège était une chiotte et Juan éclata de rire et toussa, expulsa une glaire sur le sol en terre battue, releva la tête et braqua sur Franck ses petits yeux noirs et vifs. Quantité de mouches dévolues à leurs circonvolutions abstruses bourdonnaient autour d'un lustre forgé en couronne d'épine, ses bougies fondues et fichées dans des piques acérées. Les notes glauques des cloches d'un troupeau de vaches égaré dans l'alpage mouraient sans écho dans la pièce. Juan souffla sa fumée sur ses mains aux ongles noirs, posées au bord du bureau, puis demanda à Franck s'il venait le voir parce qu'Edur avait annulé les commandes passées avec son père et proposé d'autres fournisseurs à ses clients. Franck acquiesça, sentit de grosses gouttes de sueur descendre entre ses omoplates et saisit confusément qu'un lot de conséquences déplaisantes s'était mis en branle à son insu. Juan se leva, traîna les talons en direction d'une armoire, tira deux verres, une cuillère à absinthe et une bouteille, une boîte à sucre en fer-blanc cabossée sur laquelle le visage d'une vierge larmoyante s'estompait en un camaïeu de bleus.

– Vous avez dû sacrément le faire chier, ce sale con.

– Les choses ne sont plus ce qu'elles étaient entre lui et mon père.

– On dirait.

Juan plaça les cuillères sur les verres et tira deux sucres de la boîte, les déposa dans les cuillères et versa de l'eau sur le sucre.

– J'ai un vieux client qui vit à Laredo et cherche à acheter une vingtaine de mules. Il ne veut que des mules poitevines, avant cet hiver, pour travailler sur un chantier pas loin de Burgos et j'ai un mal de chien à trouver des poitevines par les temps qui courent. Edur devait m'en vendre en passant par l'un de ses contacts en France, mais ça fait six mois que j'attends et le prix qu'il me propose est trop élevé. Edur prend de plus en plus cher et cherche à contrôler presque tous les passages. Tu peux en parler à ton père et même aller voir ce client de ma part et conclure l'affaire. Edur n'en saura rien.

– Je vais aller voir ce type et nous arrangerons ça.

– Je travaille avec beaucoup de monde en Cantabrie, surtout entre Laredo et Santander. Les plages sont désertes et un peu trop grandes. J'ai expédié par bateau de la marchandise au Portugal et en Andalousie.

Il était loin et longeait la côte vers l'ouest. Une averse venue de la mer avait inondé la route et il traversa au pas des flaques profondes et saumâtres où ses pneus s'embourbaient. Une platière s'étendait, bordée de hautes falaises sur sa droite, de montagnes sur sa gauche. Leurs sommets de roche grise, plissée d'ombres, émergeaient derrière une ligne de crête déchiquetée. Franck s'arrêta au bord de la route et se courba, posa le front contre le volant sous l'effet d'un spasme, ouvrit la portière et courut dans la végétation rase où levait une brume tiède, s'arrêta et dansa d'impatience sur place, regarda autour de lui, baissa son pantalon et son caleçon long, s'accroupit dans la lande et se vida en tremblant sur ses jambes, recroquevillé, stupide, vulnérable sous un soleil de fin d'après-midi, endurant l'humiliation et la manifestation grotesque de sa peur et de sa faiblesse coupable.

Le plateau était désert et de fins nuages calottaient de grisaille les sommets d'une trinité de monts. Il essuya la sueur à son front et regagna sa voiture, démarra et doubla la ville de Castro-Urdiales en Cantabrie, avisa au bas de la côte un rocher qu'il connaissait depuis l'enfance et dont la forme évoquait un cachalot dans la houle, descendit la route sinueuse vers la baie de Laredo. Les dunes formaient un immense parapet enfoncé par les vagues et baratté par les vents. Il pénétra dans la ville par une ruelle sombre, aux immeubles hauts, flanqués de bow-windows, frappés de blasons léonins taillés dans la pierre, passa devant l'Ayuntamiento, ses arcades grises et son clocheton aphone, prit à droite sur la place du Capuchin et gagna le bassin d'un port de pêche médiéval, se gara entre deux tas de filets entassés au flanc d'une baraque. L'équipage d'un chalutier débarquait à marée montante de pleines caisses de bonites fuselées et moirées. Leurs yeux ronds et vitreux. Il détourna le regard. La vase du bassin troublait une eau huileuse et verte. Des femmes pieds nus et vêtues de noir, panier en équilibre sur la tête, transportaient le poisson vers la ville et ses conserveries, grimpaient une côte raide et pavée de galets. *Costa del Infierno.* Il les suivit, pénitent rabougri sur ses cogitations ineptes, cheminant par les ruelles torves de l'ancestrale citadelle aux balcons vermoulus et accrochés à des demeures autrefois mises à sac par les pirates. L'une d'entre d'elles, jeune et très brune, tenant la longe d'une mule aux fontes d'osier, le regarda avec cette insistance de celles qui parfois le dévisageaient sans déceler en lui la moindre trace de couardise. Il lui demanda son chemin et trouva sans peine l'adresse indiquée par Juan, souleva le heurtoir d'une porte enfoncée dans une muraille et patienta. Une fenêtre s'ouvrit. Une épouse aux traits hommasses lui demanda ce qu'il voulait. Il recula et leva la tête et dit qu'il voulait voir Santo et venait recommandé par Juan. Juan Pedrera. L'épouse referma la fenêtre. Il patienta, distrait de ses réminiscences funèbres et obsessives par l'ombre projetée d'un drap grisâtre et suspendu au-dessus de la ruelle sillonnée d'un caniveau ensablé. Il était sur le point de s'en aller quand la femme ouvrit de nouveau la fenêtre et l'invita à foutre le camp au plus vite s'il ne voulait pas qu'elle appelle la Guardia Civil.

Il s'apprêtait à bifurquer à l'angle de la rue quand il entendit la porte de la maison de Santo grincer sur ses gonds. Une fillette aux yeux noirs et aux cheveux noirs sortit en trottinant et passa à sa hauteur. Il l'interpella et lui demanda si elle connaissait Santo. La fillette hésita, fronça les sourcils, déclara qu'il s'agissait de son père qu'elle allait justement chercher. Pouvait-il l'accompagner ? La fillette haussa les épaules et dévala la *Costa del Infierno* en direction de la ville basse dont le dédale maintenant rebroussé d'un pas leste lui sembla une descente obstinée vers il ne savait quelle escobarderie fomentée par l'avenir.

Son petit guide poussa la porte d'un café et se dirigea au fond de l'unique salle poissée de sciure, où Santo, attablé avec trois vieux, disputait une partie de baraja. Brun et mince, portant une moustache épaisse, l'homme posa son jeu à plat devant sa bière et embrassa sa fille. La petite lui chuchota quelque chose à l'oreille et désigna Franck, debout près du bar derrière lequel un gros serveur âgé d'une quarantaine d'années essuyait de minuscules verres culottés de calcaire. Santo acquiesça, embrassa l'enfant de nouveau, se leva et lui demanda en souriant de surveiller ses cartes. Les vieux moquèrent cette précaution et se dédirent en riant. Franck avança et distingua un *seis de copas* et un *nueve de oros* glissés comme un mauvais augure dans le jeu d'un des vieux, cligna des paupières, tendit la main et dit à Santo qu'il venait de la part de Juan. Santo l'invita à s'installer à l'écart, sous la devanture grise aux vitres grêlées de traces de pluie.

L'affaire conclue recelait il ne savait quoi de transgressif et d'irrévocable et la nausée lui vint quand il sortit et marcha au soleil entre les charrettes à bras, les barcasses bleues et rouges échouées sur les cales et sur l'asphalte puant le poisson mort. Des goélands fientaient au-dessus du bassin étincelant de vase, s'élevaient au-dessus d'une petite montagne peuplée de chèvres dédiées à l'herbe des falaises limoneuses et consacrées à leurs acrobaties en lisière d'une jetée incurvée dont la ligne semblait sourdre des bat-flanc de la roche. Il avança côté plage, descendit une volée d'échelons rouillés et se retrouva sur le sable soulevé en tourbillons. Le reflet du soleil à la surface d'une mince pellicule d'eau l'accompagnait sur la rive. Les vagues cognaient avec une telle régularité et une telle puissance qu'il s'oublia dans la marche. Une montagne couverte de forêts fermait à l'ouest l'horizon de la baie. Sa cime dédoublée sous un ciel presque blanc raviva le souvenir lointain de sa sœur et de son père venu pêcher en ces lieux.

Des bancs de mulets filaient en décalques d'éclairs dans l'étoffe transparente des rouleaux. Il retira ses chaussures et foula le sable sur un bon kilomètre avant d'éprouver le besoin de se baigner, se tourna vers l'église de Laredo surmontée d'un clocher à plateau dominant un enchevêtrement de ruelles, se déshabilla et entra dans l'eau froide et se baigna pour ne plus penser aux morts escamotés contre la promesse d'un retour aux affaires.

Son père était resté cinq ans de ce côté de la frontière, vivant un exil commode et scélérat au cours duquel il revenait soumettre à sa femme le bénéfice de ses trafics, embrasser ses enfants avant de disparaître au matin le long d'un sentier de contrebande, escortant parfois un train de mules canadiennes dont les armées françaises, équipées de désuètes bandes molletières, régiments bientôt occis ou embourbés parmi les rats, avaient un besoin désespéré. Il nagea droit devant et la température toujours basse de l'eau lui devint presque agréable. Aux mules s'ajoutaient les filles et la fornication. Une rumeur, une autre raison de se battre à l'école contre les gosses dont les pères ne rentreraient jamais, héros gravés sur un obélisque surmonté d'un coq en ferraille, symbole d'intrépidité, de sacrifice et d'honneur et d'un tas d'autres vertus devant lesquelles une réputation de souteneur valait pour anathème et prétexte de bannissement. Il plongea sous les vagues et franchit l'écume sans cesse brassée avant la crête des houles translucides. Ses muscles chauds, sa peau rouge aux épaules, il dériva et douta des vertus de la fuite et du mouvement brownien professés par son père. Les mules et d'autres morts par milliers avaient fait vivre la famille et les filles donné subsistance à son père. Plusieurs, venues de Toulouse, passées par Bilbao, avaient travaillé à Santander où sa belle-sœur, mariée à un banquier, l'avait accueilli et protégé, puis réprouvé sans le condamner en raison de la honte et du désaveu encouru si la rumeur révélait que certaines appartenaient à un bordel de luxe fréquenté par son mari. Il tremblait quand il regagna le rivage, seul et engourdi sur l'immense plage où peut-être jamais personne avant lui ne s'était baigné.

# X.

## New Jersey
## 1927
## À l'épreuve du souvenir

La neige ravivait le souvenir dont ses mauvais rêves étaient faits. Ils embarquèrent la voiture à bord d'un ferry et traversèrent l'Hudson. Les flocons tombaient, sporadiques et lents. L'hélice du traversier remuait les eaux noires. Un long châle de fumée grise débordait sa cheminée et se déchirait sur le fond d'un ciel nocturne et sans profondeur. Ils étaient les premiers embarqués et d'autres voitures franchirent la coupée dans un fracas de chaînes claquant sur le pont, se rangeant les unes derrière les autres, de part et d'autre d'une cabine surmontée d'un étroit poste de pilotage. Emma et Saul descendirent de la voiture au début du court trajet de transbordement et burent un café brûlant, debout à l'arrière de la cabine et sous l'auvent articulé d'une guérite en bardeaux. Saul tira de la poche intérieure de son manteau en fourrure une flasque argentée contenant du whisky, en versa dans le café de quatre passagers parmi lesquels fut servi en premier un sheriff exerçant son mandat dans une petite localité proche de Newark.

Deux cabines supplémentaires flanquaient bâbord et tribord et protégeaient les voyageurs d'un souffle glacial dont les bourrasques levaient et dérivaient de fantomatiques fumerolles sur la rivière. Ils discutèrent dans les vibrations et dans l'odeur de graisse et de charbon, tapant du pied sur les planches, buvant leur café et devisant sur la nécessité de construire un pont entre Manhattan et le New Jersey. Les bottes de cavalerie du flic luisaient à la lumière des ampoules vissées sous l'auvent et la blancheur électrique donnait au petit groupe l'apparence d'une fraternité de bambocheurs contraints de mimer la bonne humeur et la cordialité devant le stand récalcitrant d'une fête foraine.

Le flic tira un paquet de Lucky Strike et proposa une cigarette à Emma, à Saul et aux autres, alluma la cigarette des hommes puis la sienne, mains en coupe devant son visage orangé et son double menton irrité à force de frotter sur le nœud de sa cravate noire et le col amidonné de sa chemise. Ils vidèrent leur tasse et rejoignirent leur voiture et débarquèrent sur la rive du New Jersey et le flic s'amusa d'apercevoir Emma au volant du Roadster.

Ils suivirent une route bordée de maisons en bardeaux, blanches et semblables entre elles, certaines pourvues d'un porche étroit ou d'une galerie, les plus anciennes ceintes d'un soubassement en pierre de rivière. La poudreuse semblait un peu moins épaisse à l'orée des bois. Emma roula dans les traces fraîches d'un camion et la neige recommença à danser dans le faisceau des phares. Une harde de biches, précédées d'un cerf de Virginie aux bois pesants, lambeaux de velours déchiré aux andouillers, galopait sur leur gauche dans les sous-bois, et l'odeur musquée, le craquement discret de leurs sabots fendus sur les branches leur parvenaient comme le crépitement d'un impossible départ de feu entre les arbres noirs et humides. Elle les observa, guidés par l'instinct, la panique destituant bientôt l'instinct et les fourvoyant dans une course désespérée. Saul marmonna dans son col que ces bestioles agissaient toujours à l'inverse de ce qu'il fallait faire pour s'en tirer.

Emma leva le pied afin de laisser la harde prendre de l'avance et les biches se rapprochèrent de la chaussée en suivant une tangente rapide. Elle ralentit un peu plus avant d'atteindre le fond d'un vallon et profita d'un endroit où la route s'incurvait et remontait fortement, laissa mourir et s'arrêta sans embardée. La harde se divisa brusquement. Une vingtaine de biches surgirent devant la calandre. Leurs profils dans la lumière saisis en cavalcade pariétale derrière le voile des précipitations plus denses. Le moteur de la Buick tournait lentement et la fumée bleue du pot d'échappement, rabattue par la bise, ondoyait sous le châssis et s'élevait des marchepieds. Emma jeta un œil dans le rétroviseur et distingua le reste du troupeau disséminer un jeu d'ombres parmi les grands pins et pensa aux mules autrefois terrorisées et les entendit braire, emballées, abattues, effondrées et roulant dans la pente, basculant dans les ravines entre les rocs poudrés, certaines fuyant à ses côtés dans un dévers, son visage crispé sous la neige oblique, les glaires et le sang tiède entre ses cuisses et le long de ses jambes. Elle allait entre les arbres et s'enfonçait au plus profond des bois, n'éprouvait ni le froid, ni la fatigue, ni la surprise d'avoir avorté d'un spectre devenu spectre avant son premier vagissement et sentait les battements de son cœur et le reflux métallique du sang dans sa bouche et serra les mains sur le volant et courut encore, arpenta le dévers sous la ramure sombre des sapins d'un autre pays et d'un autre continent, épargnant sa vie, la rédimant, assise et rétive sur la banquette en cuir de la Buick dont le moteur hoquetait avec un bruit sourd et régulier, s'éloignant et se laissant rejoindre par la voix grave qui l'interpellait et lui signifiait qu'il était temps de repartir.

Elle tourna la tête et rencontra le visage de Saul baigné de pénombre sous le bord de son chapeau et regarda ses mains gantées, crispées sur le volant, se concentra sur la route taraudée d'empreintes, enclencha la marche avant et accéléra. Saul lui demanda si tout allait bien mais elle ne répondit pas et regarda au-devant d'elle le halo de nuit plus claire à l'extrémité des bois dont ils franchirent la lisière d'un bond, les chaînes lacérant la poudreuse et claquant sur l'asphalte, les amortisseurs absorbant une salve résiduelle de soubresauts qui l'obligèrent à ralentir avant de relancer et parcourir une étendue de terres arables, enfouies sous les congères et la croûte de glace poncée par la bise.

La neige cessa et le vent leva de petits vortex diaphanes. Ils progressèrent vivement, enveloppés d'un voile de poudreuse déchiqueté derrière eux. Le ciel noir et étoilé tranchait avec l'anthracite plafond des nuages dont le front reculait et se défaisait à l'est. Ils atteignirent le remblai d'une voie ferrée et Saul lui ordonna de se ranger le long d'un hangar en planches grises.

La neige craquait sous ses pas quand il s'approcha de l'une des deux antiques barrières du passage à niveau et tenta de l'abaisser. La lisse se coinça à mi-parcours, son articulation fixée à l'axe de pivotement grippé par la glace et la rouille. Il la releva et s'accroupit et jura et souleva le contrepoids et fit retomber la lisse à l'horizontale, dans un fracas de métal brisé, baissa la seconde barrière et se retourna sur l'horizon clairsemé de bouleaux, attendit, écouta et distingua un lointain grondement, retourna à la voiture et demanda à Emma d'éteindre les phares et de se coucher sous le tableau de bord, ouvrit le coffre et tira un mouchoir en soie de la poche de sa veste et le plia en triangle, l'ajusta sur l'arête de son nez et sous ses yeux et le noua au-dessus de sa nuque, sortit sa Winchester du coffre et revint se poster à l'extrémité d'un quai désaffecté, devant un hangar et derrière un chariot à bagages éventré.

Les phares d'un camion révélèrent l'ombre et rognèrent le corps effilé des bouleaux et levèrent une auréole d'embruns sur la plaine. Saul coulissa sur son rail la pompe solidaire du canon de sa Winchester et fit remonter une cartouche dans la chambre. Les pignons de la boîte de vitesses du GMC émirent un craquement rauque quand son chauffeur rétrograda et s'arrêta dans un souffle d'air comprimé. Le chauffeur patienta longtemps, surveillant la voiture vide de l'autre côté de la voie ferrée, discutant avec son coéquipier de la vraisemblance d'une embuscade. Son coéquipier lui conseilla de reculer et de foutre le camp mais la route était trop étroite et ses limites indistinctes. Le chauffeur hésita, secoua la tête et se résigna à quitter la cabine, sauter du marchepied les mains en l'air.

Saul lui cria de faire trois pas en avant et ordonna à son acolyte de se manier d'éteindre les phares et de descendre sans faire d'histoires. Le coéquipier obtempéra et Saul fit signe à Emma d'allumer les phares de la

Buick et de venir se placer au milieu de la route. Les deux hommes portaient de vieux stetsons aux coups de poing cabossés et troués, des vestes à carreaux noirs et rouges et leurs visages étaient glabres, verdâtres, creusés. Saul tournait le dos à Emma. Emma l'entendait sans jamais discriminer le sens de ses paroles prononcées d'une voix tranquille, grave et couverte par le moteur de la Buick. Une tache sombre s'étendit sur la jambe de pantalon du type descendu du camion en dernier.

Une voiture sortit des bois et accéléra sur le plateau congestionné de glace. Le chauffeur et son acolyte, le bas de leurs pantalons givrés et enfoncés dans la couche de neige, les mains en l'air au milieu du champ, tournèrent la tête et scrutèrent les contreforts boisés. Saul entra dans la cabine du camion, sortit une enveloppe en papier kraft de sous le siège passager, la soupesa, en retira 100 dollars, la glissa dans la poche intérieure de son manteau et passa derrière le camion, défit les tendeurs de la bâche, déverrouilla la ridelle et l'abaissa, posa son fusil à pompe contre une roue arrière, grimpa au bord du plateau et tira deux lourdes caisses en bois de sapin puis s'en alla ouvrir les barrières du passage à niveau, récupéra son automatique dans le coffre du roadster, le fourra dans sa poche de manteau, tira sur la pointe de son foulard, sourit à Emma et lui dit d'avancer et doubler le camion et patienter un peu plus loin pour voir comment les choses allaient tourner.

Le quatre-cylindres de la voiture lancée à vive allure était maintenant parfaitement audible et Saul retourna se mettre à l'abri derrière le camion, glissa les mains dans les poches de sa fourrure et observa le sheriff engoncé sur la banquette de sa Chevrolet Superior noire, une paire d'étoiles à six branches peintes sur les portières avant, approcher, puis décélérer et faire halte au cul du camion. Le sheriff, grand et gras, parvint à s'extraire péniblement de sa voiture et la voiture tangua, grinça et se redressa sur ses amortisseurs. Il se racla la gorge et repoussa en arrière son feutre clair à calotte ronde, son front large, barré d'une cicatrice rose laissée par la doublure en cuir du chapeau.

– Vous avez une caisse de dix-huit ans d'âge qui vous attend, sheriff. C'est Salvatore Maranzano qui offre.

– Si c'est une tête de nœud de macaroni qui régale, alors je prends les deux caisses. Vos boss de carnaval me foutent vraiment les jetons.

– Maranzano n'est pas mon boss.

– Promis, si on me demande d'où me vient ma belle jambe, je ne le répéterai à personne.

– Vous avez également là-bas deux bootleggers en état d'arrestation, ça fait une caisse de dédommagement par connard. Il faut en prendre soin. Une bonne nuit de tôle leur évitera des engelures.

Le sheriff gueula aux deux types de ramener leur cul, ouvrit le coffre de la Chevrolet, chargea les caisses d'alcool en ahanant et déclara qu'il allait, pour sûr, les inculper, mais trouvait que c'était du temps foutu en l'air.

Saul claqua la ridelle, récupéra son fusil et grimpa dans le GMC, démarra, passa la voie ferrée, fit demi-tour sur une plaque en ciment derrière le hangar et stoppa près de la Chevrolet, à l'instant où le sheriff entravait les deux types dos à dos à l'aide d'une double paire de menottes, les obligeant à se coucher l'un sur l'autre entre la banquette arrière et les sièges avant, baissa la vitre du camion et tendit 100 dollars au sheriff, et le sheriff admit que cette méthode n'était pas orthodoxe et Saul confirma qu'il n'avait jamais vu un agent procéder de la sorte et lui conseilla d'être bienveillant avec ses prisonniers s'il ne voulait pas d'emmerdements. Le sheriff hocha la tête et marmonna qu'il n'avait pas de comptes à rendre à une grosse légume d'Atlantic City mais à ses électeurs, et que si un autre de leurs boss à la con, dont il n'osait même pas prononcer le nom, n'était pas satisfait de son travail, qu'il aille se faire foutre où se propose de réveiller lui-même sa feignasse d'adjoint occupé à baver au fond de son lit.

Saul conduisait le camion, Emma la voiture et le souvenir de la harde saisie dans le faisceau des phares de la Buick convoquait à nouveau sa terreur d'autrefois dans les montagnes. Ils traversèrent d'autres villes aux maisons bleu pâle et blanches avant d'atteindre la côte. La pointe de l'île de Manhattan à l'horizon saillait au-dessus de son reflet illuminé. Les eaux de la baie étaient lisses et noires et tavelées d'icebergs pilés et le reflet de la ville se troublait et se reformait dans leur traîne. Emma éprouva l'urgence d'un retour à New York et frissonna et freina de justesse pour ne pas s'encastrer dans le pare-chocs arrière du camion dont les feux s'empourprèrent dans un virage. Ils côtoyèrent encore de hautes dunes dans l'échancrure desquelles un vapeur de commerce manœuvrait en direction du large, son feu de poupe vitreux comme une étoile noyée.

Saul laissa le camion dans un entrepôt au nord de Manhattan puis monta dans la Buick. Ils s'arrêtèrent non loin du 21 Club et Saul retrancha de l'enveloppe

300 dollars en coupures de 20 dollars, les donna à Emma et enfonça le reste dans sa poche.

– C'est un prélèvement sur la banque à graisse de Maranzano.

Il attendit qu'elle lui dise quelque chose à propos de la soirée mais elle conserva le silence.

– Tu ne poses jamais de questions ?

## XI.

Les deux hommes étaient assis sur un banc d'église scié par le milieu, menottés et ligotés dos à dos et enfermés dans une vieille remise à bois. Le plus jeune s'était assoupi et, quand il se réveilla, son chapeau avait roulé sur le sol argileux et compact et les rayons d'un pâle soleil pénétraient entre les planches disjointes de la cabane et zébraient un désordre de cartons et d'outils hors d'usage, de bosals en cuir craquelé et desséché, de hackamores rouillés et suspendus à des patères d'écoliers. Il traita le sheriff de fils de pute et dit que son beau-frère Lepke le vengerait et sa mâchoire engourdie par le froid l'empêcha d'articuler d'autres insultes et d'autres souhaits. Il remua les épaules et les hanches et le métal froid des menottes entailla ses poignets un peu plus. Son collègue gémit et d'une voix épaisse lui conseilla de contracter régulièrement chaque muscle de son corps sans bouger ses putains de poignets s'il ne voulait pas s'endormir pour toujours et laisser passer sa chance d'ouvrir une boutonnière à ce fils de pute de sheriff. Insulter le sheriff suffisait à le maintenir éveillé et il frappa le plat de ses semelles à la surface du sol gelé, désespéré de ne plus éprouver la moindre douleur dans les orteils.

Le soleil s'immisçait maintenant à hauteur d'une mezzanine, révélant les ultimes degrés d'une échelle de meunier et le squelette d'une antique selle espagnole, un tas de bidons rouillés et cabossés, de burettes graisseuses et de caissettes en sapin remplies d'outils et de paperasses dont l'encre d'imprimerie s'était peu à peu délavée. Les deux hommes avaient faim et soif et cédaient parfois au sommeil et se réveillaient avec le croassement des corbeaux perchés sur le toit en bardeaux de la remise et percevaient le râle lointain d'une égoïne mécanique débitant des grumes.

La lumière avait varié tout le jour et quitté l'espace saturé d'odeurs de graisse, de rempaille pourrie et de résine quand ils entendirent des pas au seuil de leur réclusion. Ils écoutèrent un temps indéterminé, immobiles dans leurs pantalons raides de pisse, le léger grincement des bottes en cuir du sheriff et le doux craquement de la neige piétinée. Les pas s'éloignèrent et ils ne trouvèrent pas la force d'appeler et supplier et la pénombre sembla croître à mesure que leur souffle faiblissait et leur pouls ralentissait, à mesure que le froid les figeait au cœur de pâles espérances.

Ils n'étaient pas morts quand le sheriff revint et déverrouilla le cadenas de la remise et leva sa lanterne devant leurs visages blêmes, et ils n'étaient pas encore morts quand le sheriff les transporta l'un après l'autre dans une brouette au-delà de la lisière d'un bois, sous le balancier de grands pins blancs, et leur jeta des pelletées de chaux vive et de terre sur le visage et le corps.

# XII.

## Comment le père de Franck refusa de se joindre à l'expédition France 1925

Une ligne de fumée grise s'élevait d'un andain de feuilles mortes. Son père écoutait le feu crépiter un mauvais présage dans la claire lumière du matin, poings serrés sur le manche de son ramasse-feuilles dont l'éventail en fer-blanc tremblait imperceptiblement au-dessus de lui.

Franck, assis dans la cuisine devant une tasse de café froid et repoussée au centre de la table, cessa de noter entre les lignes d'un cahier d'écolier les besoins en matériel et les vivres indispensables à son expédition et regarda par la fenêtre la silhouette altérée de son père, immatérielle et singulière, livrée à de perpétuelles et navrantes routines. L'horizon se déployait rose pâle sous un soleil blanc dont la fragile lumière étirait l'ombre de toutes choses à la surface du givre.

Sa sœur entra dans la pièce et déposa une cagette de pommes sur l'égouttoir de l'évier, retira le journal du jour posé sur les pommes, le salua, ouvrit la trappe du fourneau et s'empara d'un grand tisonnier. La chaleur dégagée par les braises se propagea dans la pièce. Elle glissa une bouilloire cabossée sur le feu, saisit un moulin et un sac de café, s'installa face à lui et lui dit qu'il n'y avait toujours rien dans le journal à propos des douaniers mais que leur père refusait qu'elle l'accompagne et répétait sans cesse que doubler Edur les conduirait au désastre. Ils pouvaient vendre et passer ce qu'ils voulaient de l'autre côté de la frontière sans empiéter sur les affaires d'un type qui réglait les problèmes comme ils l'avaient vu faire là-haut. Franck haussa les épaules et tourna la tête et n'aperçut que le tas de feuilles fumantes dans l'herbe et la peur de son père lui sembla n'être plus qu'un point de douleur aveugle et recroquevillée sous l'andain calciné.

Elle l'accompagnerait quand même. Elle fit coulisser le couvercle en cuivre situé sous la manivelle du moulin et versa le café torréfié la veille dans une poêle. Des grains se répandirent sur la table et Franck les rassembla du tranchant de la main, les lui tendit et la remercia.

Ils décidèrent de suivre une route ancienne et délaissée, plus lente et passant à travers trois cols. Ametza proposa d'user d'un prétexte afin d'emprunter la Ford et recruter deux contrebandiers dont un muletier de bonne réputation originaire d'une vallée voisine, pisteur aguerri et connaisseur de l'itinéraire choisi. Franck approuva et ajouta que deux convoyages leur seraient nécessaires.

Leur mère entra dans la cuisine et Franck annonça la livraison des poitevines, à peine deux jours avant la date de la première expédition, décida de les conduire seul de la gare vers l'écurie par un chemin de traverse évitant le hameau. La mère récupéra le moulin à café et soupira. Leur père n'allait pas apprécier d'entendre braire ces maudites bestioles, ni de les voir chier et bouffer son foin entre les murs de son bâtiment. Franck déclara que ce n'était pas son affaire et la mère devina la faiblesse et l'orgueil de son fils déguisés en courage, sa main sèche et noueuse continuant d'actionner la manivelle du moulin dont les pignons broyaient le café avec un bruit sec et définitif.

Le lendemain au petit jour, Ametza emprunta la Ford. Plusieurs châtaigniers, abattus un an plus tôt, grumes débardées et envoyées dans une scierie hydraulique, avaient été débités et mis au séchage et taillés en piquets fendus. Diego Alduzin, fils du propriétaire, Alfonso Alduzin, ancien tireur d'élite, Basque espagnol revenu blessé à l'aine et à la mâchoire de la guerre hispano-américaine, avait appris la traque, le tir et la chasse aux côtés de son père, travaillait avec lui mais aussi à son compte, connaissait tous les chemins de muletier de la région, organisait seul un trafic d'absinthe depuis l'âge de quinze ans, haïssait Edur qui le détestait en retour depuis 1917 pour n'avoir jamais accepté de collaborer avec lui.

Une averse obligea Ametza à se ranger au bord de la route en amont d'une piste bourbeuse, impraticable aux attelages et aux camions. Elle patienta un peu et décida de changer le programme mis au point par son frère, d'engager Diego Alduzin afin de pallier le recrutement de Federico Abadiano, muletier bougre et sujet à un tas d'autres déviances.

La pluie cessait quand elle attaqua le chemin détrempé et creusé d'ornières où son père autrefois s'était embourbé avec la Ford encore neuve. Elle cahota et manœuvra entre les flaques profondes et fangeuses, longea une rivière, traversa un bois de hêtres aux troncs ivoirins, dont les feuilles jaune flamme tiraient sur le rouge et jetaient leurs ombres dans l'herbe. Une odeur de sciure de bois et de charbon flottait à la lisière des arbres maintenant disséminés sur la berge. Elle franchit l'arche d'un pont romain. La rivière au débit vert acide s'engouffrait dans un bief occupé par la roue à aubes de la scierie.

Alfonso Alduzin discutait avec deux ouvriers quand elle entra dans la cour. Alfonso la reconnut et s'approcha et lui sourit, retira ses gants, posa ses mains au bord de la portière, leva le menton et désigna la route par laquelle elle était arrivée. Elle haussa les épaules, coupa le moteur et lâcha dans un petit rire qu'il n'y avait pas de problème quand on savait conduire.

– C'est une fille comme toi que mon bourricot de fils devrait épouser.

– Je viens le voir.

– Pour lui demander sa main ?

– J'y avais pas pensé.

– Dommage. Il éclata de rire. Les piquets sont prêts.

– Je viens aussi pour ça.

– Diego est là-haut à s'abîmer les mains contre le fronton de la chapelle. On va charger ton pick-up pendant que tu vas le voir.

Elle escalada un chemin tracé entre de grands pins accrochés à un pan de montagne dont l'ascension débutait derrière les réserves à bois de la scierie, reconnut le chant d'une grive musicienne et distingua le claquement régulier d'une pelote lancée contre un mur brusquement interrompu par le bruit des bandes roulantes tournant sur leurs pignons de bois, le heurt des cames contre le mentonnet d'une scie dans le bois tendre d'une grume.

La cancha en terre battue était humide. De larges flaques reflétaient le ciel bleu et traversé de cumulus blancs. Elle s'avança au bord de la place et regarda Diego se déplacer rapidement, ajuster sa position, fléchir et armer le bras et frapper la pelote en ahanant. La pelote cognait le fronton adossé à la chapelle avec un bruit dur, sec et régulier, revenait selon l'angle induit et rebondissait aux endroits propices à la frappe suivante. Diego exécuta une frappe plus puissante et tourna sur lui-même pour reprendre son équilibre, aperçut Ametza et rattrapa la balle.

– Tu t'entraînes malgré la pluie ?

– Oui, on n'a pas de trinquet dans le coin, alors je joue entre deux averses.

– Quelqu'un que tu connais bien s'attend à ce que je te demande en mariage, mais je suis venue te parler d'autre chose.

Il rit et regarda sa paume calleuse et ses doigts déformés et répondit que ce genre de demande incombait normalement aux hommes. Elle approuva et expliqua ce qu'elle attendait de lui. Il réclama deux jours de réflexion car il savait contre qui la lutte s'engageait. Elle refusait d'attendre, le salua, lui tourna le dos et s'éloigna. Il courut derrière elle et lui tendit la main. Ametza la sentit rugueuse, ferme et difforme dans la sienne, fine et sèche, le remercia avant de redescendre vers la scierie, s'arrêta au milieu du chemin, vacilla et appuya le front contre l'écorce d'un arbre, laissa passer une ou deux nausées, posa une main sur son ventre et murmura qu'il ne pouvait pas s'agir de ça. Le soir de la Saint-Jean. Il ne pouvait pas s'agir du soir de la Saint-Jean.

Elle paya Alfonso et monta dans la Ford chargée de piquets.

– Il a dit oui ?

– Il n'a pas eu le temps de réfléchir.

– Ne reprends pas la route du pont avec ce chargement, tu pourrais t'embourber.

Alfonso se dirigea vers la calandre de la Ford et donna un quart de manivelle, se releva, examina Ametza, souriante, presque embarrassée derrière le pare-brise moucheté de traces de pluie. Il s'inclina et lui fit signe de passer. Elle braqua en direction du pont, les roues de la voiture traçant un arc de cercle sur le sol meuble et couvert de copeaux pourris. Il leva la main et cria, sa voix couverte par le vacarme de la scierie, qu'elle était encore plus têtue que son bourricot de fils et qu'il ne viendrait pas l'aider si elle plantait la Ford.

Elle conduisit longtemps et s'arrêta plusieurs fois, attendit que cessent les nausées et sillonna un chemin de terre cavé dans l'ombre froide d'un ubac couvert de pelouses subalpines où paissaient des moutons et trouva Federico Abadiano le muletier derrière la maison en planches brunes et au toit en lauzes qu'il habitait seul depuis la mort de ses parents. Abadiano rentrait des ballots de foin au fond de son étable. Il cessa de travailler et l'observa, baissa légèrement le front et s'adossa à la palissade du bâtiment. Elle lui proposa de participer à l'expédition. Il révéla un ventre blanc et mou en s'essuyant le visage avec l'un des pans de sa chemise, regarda la tige déchirée de ses bottes et cracha, négocia sa rétribution par principe et n'obtint rien de plus que la somme promise, se résigna d'une simple moue et accepta comme il acceptait toujours et sans surprise les rares propositions de convoyages.

Franck creusait un trou destiné à recevoir l'un des piquets en bois de châtaignier quand son père vint lui ordonner une fois de plus de renoncer à son projet. Il refusa. Le père retira son béret et le serra dans son poing et bafouilla qu'il n'avait plus besoin de lui pour la clôture ni pour autre chose et lui demanda de laisser son nom en dehors de la transaction. Franck se remit à creuser. Le père avança le long d'un cordeau tendu entre les trous, se baissa, l'arracha, retira les piquets témoins et les balança dans l'herbe. Franck laissa tomber sa pioche et traita son père de lâche et son père rétorqua que les lâches et les généraux survivaient aux orgueilleux et aux imbéciles.

# XIII.

## Première expédition

Il ne voulait pas de Diego dans le convoi mais s'y résigna quand sa sœur lui annonça qu'elle ne participerait pas à l'expédition si Diego ne se joignait pas à eux. Le jour se levait dans trois heures et il avait passé la nuit assis à trembler dans le froid et se vider, misérable entre deux somnolences au-dessus du trou à merde de la cabane ajourée et dressée au flanc de la maison. Il s'essuya avec le papier journal du soir signalant la disparition de trois douaniers en montagne et balança plusieurs pelletées de sciure dans le trou, ouvrit la porte et sortit sous les flocons d'une neige éparse et pria pour qu'il neige sans discontinuer.

Il fit chauffer un grand baquet d'eau dans une pièce attenante à la grange où dormaient les mules récupérées la veille, s'immergea et ferma les yeux et se répéta qu'il n'avait pas besoin de la bénédiction d'un lâche incapable de comprendre que la fuite et le renoncement étaient une malédiction et qu'ils avaient été maudits par sa faute et quand le train de quinze mules qu'il guidait pénétra l'orée des bois pour ne plus en sortir avant d'atteindre l'Espagne, soixante sabots frappant sur le sol creux et tapissé d'aiguilles, sa vie lui sembla tout entière contenue dans la marche, le rythme et le souffle des bêtes dont l'échine libérait une vapeur odorante.

Abadiano montait seul une mule parmi le troupeau, se penchant et crachant sans cesse un jet de salive noirâtre dans les fougères. Sa sœur et Diego chevauchaient leurs mérens et discutaient en suivant la caravane. Les ornières étaient couvertes de givre et les sabots enfoncèrent avec un bruit spongieux dans la première combe empruntée au fond d'une vallée karstique, étroite et tapissée d'une terre noire et meuble. Une pellicule de neige veinait de signes abscons la pourriture d'un tapis de feuilles mortes. Ils suivirent cette combe sur une centaine de mètres et trouvèrent un chemin encaissé et retourné par les sangliers. Aucun oiseau ne chantait en ce lieu quand ils en doublèrent le col.

La piste s'élargit et le vent chassa un liseré de poudreuse aux jointures des branches. Franck observa le ciel sans nuages entre les sapins de Douglas plus nombreux que les feuillus, et le précipité de glace pilée, épousseté à l'encoignure des arbres, scintilla. Chaque pas vers la frontière l'éloignait de l'ombre de son père et le confortait dans son audace. Le chemin enjambait un pont de rondins toujours humide et glissant, jeté au-dessus d'un torrent dont les eaux se déversaient dans des vasques successives et de plus en plus larges au fond desquelles nageaient des truites. Il envoya sa chienne au-devant de lui et saisit le licol de la mule de tête bâtée et chargée de vivres et l'entraîna à sa suite afin de franchir sans encombre le pont rudimentaire et percé de barres d'ancre aux crochets rouillés.

Ils avancèrent trois heures durant le long d'un sentier sinueux entre les pins noirs et traversèrent une vallée où poussait un maquis à l'horizon duquel s'élevaient d'abruptes parois couleur de métal fumé. Déportée par une brise de noroît, une odeur de charbon brûlé leur parvenait des contreforts du Pays basque français comme un écho de solitude et le signe d'un temps parcouru à rebours de la civilisation. Plein sud depuis quelques minutes, ils rencontrèrent les tourbières d'un plateau envahi de sphaignes. Prairies ondoyantes et bariolées d'un lacis de ruisseaux à la surface desquels le ciel se reflétait plus acide et plus pâle.

Franck ne connaissait pas l'endroit et ne se souvenait pas à quel moment la piste lui était devenue étrangère mais repéra son délitement dans la végétation rase et sous un affleurement de schiste bleu, tira sur les rênes de sa mule et ne se retourna pas pour consulter Diego. Impassible, Abadiano mâchait et crachait son jus de chique entre les sabots des bêtes. Ametza et Diego allaient côte à côte. Diego manipulait le convoi depuis l'arrière à force d'inflexions et d'ordres induits.

Franck sortit un paquet de cigarettes roulées de sa poche, en porta une à sa bouche et chercha ses allumettes, distingua les silhouettes de Diego et de sa sœur passer devant lui, la chienne à leur suite dans une déclivité humide, les sabots des mérens éclaboussant l'herbe d'un vert profond, la caravane ébranlée, hommes et bêtes patrouillant entre les bornes étroites d'une voie invisible. Il releva la tête et tira sur sa cigarette et suivit du regard sa sœur juchée sur son cheval, se résigna à poursuivre.

Au-delà du marécage, au sommet d'une éminence enclose d'une forêt de sapins, une chapelle en ruine et son clocher à plateau énucléé annonçaient l'ultime jalon d'un voyage illisible sur les cartes. Les mules s'abreuvèrent à l'onde d'une source si froide que les hommes ne pouvaient y boire sans souffrir et grimacer. Désaltérées, les mules s'en remirent à la désinvolture de Diego droit sur sa selle et louvoyant sous le couvert des arbres au seuil d'un labyrinthe infrayé dont il était seul à connaître les pièges.

Le sol devint houleux et accidenté. Le terrain plissait et creusait de profondes dépressions aux pinacles desquelles Diego ouvrait cette piste inconcevable et bientôt close derrière lui. Un piton hiératique accroché à main droite, parfois dans leur dos, d'autres fois devant eux, se dressait derrière les arbres. Les mules progressèrent à la file entre deux ravines, contournant les sapins et suivant une manière de sentier glissant d'aiguilles. Franck cherchait des repères, recensait et consignait les décisions de Diego, observait le faîte des arbres, la possible apparition d'un pic ou d'un fragment de falaise susceptible de lui enseigner la façon de s'orienter et se souvenir.

Les fronces et les vallons s'estompèrent. Les mules foulaient du bois mort et de vieilles pommes de sapin dont les craquements tiraient les hommes de leur torpeur et les inquiétaient comme les signes d'une présence aux aguets parmi les fougères. Ils longèrent un dévers rugueux et abordèrent une saignée taillée dans les bois par une ancienne avalanche. Des milliers de pins gisaient enchevêtrés au sol et Diego indiqua une paroi de roche sombre et les mules gravirent à sa suite cette travée, en direction d'un vaste effondrement de rocailles, bonasses et laborieuses, frôlant le chaos des arbres brisés à l'est, la lisière intacte des bois à l'ouest.

Le soleil creusait un mikado d'ombres géantes sous les sapins enchevêtrés, pénétrait à main droite la palissade ajourée des bois et couchait, sur la rousse canopée des fougères aux lobes racornis, une clarté de poussière soulevée par les bêtes. Un petit groupe d'isards prit la fuite vers les hauteurs quand ils abordèrent enfin l'épais bourrelet d'une première moraine, qu'une plaque de neige décrochée de la paroi était venue frapper. Franck tira le Baikal de la housse sanglée à son troussequin, le cassa, glissa deux cartouches dans leurs chambres, épaula et visa un vieux mâle. Diego reconnut le bruit de la clef de bascule et le claquement de la culasse contre le canon, se retourna et ordonna sèchement à Franck de ranger son arme. Franck haussa les épaules et dit qu'il avait toutes ses chances et Diego répondit qu'il avait toutes les chances de les ensevelir, serra les flancs de son mérens, mena l'étalon au pas entre les arbres brisés et le vaste éboulis au pied de la paroi. Franck dépassa les mules au trot et le rattrapa et lui conseilla de garder ses injures pour lui seul et Diego répliqua qu'il n'avait pas prononcé la moindre injure.

– On doit de toute façon s'arrêter. On peut pas rester sans manger toute cette foutue journée.

– Mange sur ta selle et reste derrière pour surveiller les mules, si tu veux pas qu'on reste coincés toute la nuit à cet endroit et qu'on ne retrouve plus les mules au matin.

– Je ne crois pas que ça soit toi qui diriges l'expédition ni que tu sois habilité à me dire ce que je dois faire ni quand je dois manger et si je dois pisser et chier sur ma selle.

– Je te dis juste ce qu'il y a à faire si tu veux arriver entier avec tes mules. Mais si tu préfères, tu peux passer devant et tirer dans les éboulis au risque de te les prendre sur la gueule.

– J'en suis parfaitement capable.

– De te les prendre sur la gueule ?

Ametza poussa son mérens et avança à leur hauteur.

– Tu devrais écouter Diego.

Franck serra convulsivement les mâchoires et regarda sa sœur.

– C'était pas ce qu'on était convenus.

– Mais tu as accepté et Diego connaît le coin.

– C'était pas l'équipe que je souhaitais réunir et je savais qu'il allait nous emmerder avec ses airs supérieurs.

– Je peux vous laisser là si vous voulez, mais vous me payez pour les deux passages.

– C'est plus le moment de discuter. Diego, tu restes. On va continuer, ce serait stupide d'échouer pour une chèvre et à cause de l'erreur de jugement de mon frère.

– J'ai pas commis la moindre erreur de jugement et tu m'as imposé ton choix.

– T'étais pas obligé d'accepter. Je préférais que Diego soit là si on prenait Abadiano et c'est toi qui voulais qu'Abadiano nous accompagne.

Franck exécuta un demi-tour serré sur sa mule et regagna sa place à l'arrière du convoi, cassa son fusil, hésita et observa les mouflons éloignés sur la paroi, retira les deux cartouches logées dans la culasse. Diego avança son mérens et Federico balança à Franck que c'était quand même pas trop tôt qu'on reparte et Franck répondit que sentir la merde en plus de baiser des brebis obligeait à fermer sa gueule.

Ils franchirent la passe étroite au sommet de la saignée et sillonnèrent longtemps dans l'ombre plus froide d'une seconde forêt à mesure que le soleil descendait dans leur dos. Franck ressassait sa colère et le regret d'y avoir cédé sans bénéfice, s'agaçait et chassait à grands gestes les toiles d'araignée distendues et cédant dans un faible et répugnant craquement contre son visage. La haine d'Abadiano fermentait en deçà de l'odeur des mules et de la réconfortante odeur de résine sur l'écorce des pins, mais elle ne l'inquiétait pas et le divertissait presque. Il mangea un morceau de pain et de lard et somnola et laissa sa monture conformer son pas au reste de la caravane. Un ruisseau sec sinuait entre des plaques de roche sédimentaire quand ils quittèrent les sous-bois dans le dernier soleil dont l'éclat embrasait d'ocre un alpage et pénétrait à l'avant-garde d'une boulaie. Un groupe d'accenteurs alpins s'envola, tintinnabulant et se posant et s'envolant encore et les mules s'alignèrent pour boire à un filet d'eau nourri par la fonte d'un névé d'altitude et dans les flaques à la surface desquelles se formait une membrane nictitante de glace translucide.

Le ciel à leur départ était bleu et sombre, presque noir à l'est. Le corps des bouleaux touché par la clarté mourante du jour s'affolait d'ombres, et le balancier de leur cime effaçait et ravivait les visages des quatre cavaliers figés sur l'arrière-fond des sous-bois comme un lot de figurines mises en plomb par un vitrailliste.

Ils atteignirent une clairière et entravèrent les mules à de vieilles souches puis firent un feu au sommet d'un tertre de glaise durcie et mangèrent en silence. Abadiano buvait du vin et découpait des tranches d'oignons à l'aide d'un couteau au manche de buis noirci par l'usage, mâchait et regardait furtivement et suivit Ametza du regard quand elle s'éloigna dans les bois pour vomir.

Le défilé de roche était proche et le froid y coulait la rengaine de son souffle maussade. La nuit les assiégea, noire à la périphérie des flammes. Une colonne de fumée grise s'élevait d'entre les bûches de conifère et leur pyramide finit par s'effondrer dans les braises. Ils déroulèrent leurs couvertures à même le sol et s'allongèrent sans se souhaiter la bonne nuit.

Diego sommeillait quand Ametza s'endormit. Franck demeura longtemps travaillé de méfiance, s'abandonnant par instants et par instants s'éveillant à la sèche détonation des bulles de silice captives du bois. Sa chienne se lova contre lui.

Les flammes étaient basses et rougeoyaient à l'entour des bûches consommées. Abadiano repoussa sa couverture, se leva et vint s'accroupir au-dessus d'Ametza, renifla son haleine et promena longuement l'ombre de sa main sur son visage et sur les courbes de son corps recroquevillé sous les couvertures. La chienne se dressa et gronda.

Franck se réveilla au milieu de la nuit et tourna la tête vers le feu moribond mais n'eut pas la force de le nourrir ou de l'attiser, demeura sur le dos et contempla Pégase au sud-est, dont il suivait enfant la course vers l'est. Markab, Andromède, Almach, Mirach et Alpheratz, Persée et Cassiopée au nord, ferma les yeux sur de froides et géométriques enluminures zodiacales, réticentes à lui livrer la trame de son avenir.

Ils se mirent en route et chevauchèrent aux confins d'un brouillard si dense que le décompte des mules était impossible. Chacun pouvait s'imaginer seul et perdu sous l'infect grésil d'une neige glacée. Ils retrouvèrent une piste en fin de matinée et pénétrèrent une brèche ouverte dans le défilé de granit côtoyé depuis la veille. Le grésil cessa dans la passe empierrée de dalles moirées de glace et piquées d'éclats de mica. Ils entamèrent l'ultime et lente courbe de ce cañon. Les murailles se rapprochèrent et frôlèrent les épaules des mules rétives et circonspectes sous la coupe de leurs guides opiniâtres à les mener jusqu'au soir en un lieu distinct de celui de la veille par des chemins escarpés et des routes forestières éventrées d'ombres malignes. Une arche effondrée annonçait l'extrémité du cañon donnant sur un alpage, et le temps se fit plus doux en descendant vers un col ouvert sur une vallée aux versants fauves et évasés sous une chape de nuages compacts. Deux aigles royaux planaient en cercles concentriques sous le plafond d'épaisse grisaille. Une forêt de sapins culottait de vert le fond de la vallée touchée en fin d'après-midi après de tranquilles déambulations entre des blocs de grès rouge et jaune enfoncés dans la terre ou levés comme des stèles néolithiques affleurant çà et là en pavages feuilletés, cassants et grêlés de traces de pluie fossilisées.

Ils déjeunèrent en lisière des bois et laissèrent les mules paître à leur guise. Personne ne s'était adressé la parole depuis la dispute de la veille quand ils décidèrent de reprendre la route. Ametza chevaucha au côté de Diego, le souvenir d'une nuit de la Saint-Jean infusait, tacite entre eux, secret dont elle portait seule l'aveu. Abadiano entendit l'appel du départ et termina de chier, accroupi au sommet d'une roche plate et dressée entre les sapins, remonta son caleçon et son pantalon d'un même mouvement le long de ses maigres cuisses glabres et parcourues d'un entrelacs de veines bleues, se reboutonna et leva les yeux sur la cime des arbres et cligna des paupières, son visage à peine moins pâle que ses cuisses, son esprit menuisant le canevas d'une vengeance torve et muette.

Le soleil les trouva une heure avant le crépuscule, arpentant les grands bois et le lent déclin d'une piste sablonneuse. Certains arbres portaient des lacérations de griffes d'ours et les mules renâclaient par endroits et la chienne reniflait et flairait l'air et le sol, se précipitait dans les bois à la poursuite d'une harde de chevreuils affolés et décochant au loin des aboiements étranges. Ils bivouaquèrent dans la lumière du soir, à l'entrée d'une grotte peu profonde.

Il y eut d'autres bivouacs avant l'Espagne, la trace d'autres ours et la manifestation fantomatique de loups dans la futaie, d'autres étoiles et la maraude d'une chose malveillante et dissimulée dans le brouillard. L'expédition menée à bien, Santo, accompagné d'autres hommes, récupéra les mules et chacun s'en retourna en train. Abadiano seul resta sur le quai. La seconde traversée, prévue la semaine suivante, fut reportée de quelques jours et l'équipe se trouva restreinte quand Diego se fractura le poignet sur un terrain de pelote.

## XIV.

Abadiano pénétra dans le bar et demanda s'il pouvait téléphoner et le patron lui répondit qu'il n'y avait pas de téléphone. L'alcade seul en possédait un. Il se rendit chez l'alcade et actionna longtemps la cloche du portail d'une antique maison de pierre brune. Personne ne vint lui ouvrir. Il recula et observa les quatre grands palmiers flanqués aux angles de la bâtisse et s'en fut, menuisant d'informes projets et de perfides griefs à l'encontre d'Echeverria sœur et frère.

Il trouva un téléphone à l'intérieur de l'un des austères bâtiments d'une caserne de la Guardia Civil située à une dizaine de kilomètres de marche, le long d'une route carrossable sillonnant le fond d'une vallée où le soleil ne pénétrait jamais, inventa l'excuse d'un appel d'importance et les militaires le conduisirent, par pitié, plus que par obligation, au bout d'un couloir lambrissé, devant un téléphone mural fixé sur un énorme boîtier. Il obtint le numéro du propriétaire d'une boutique de tabac à Pamplona et demanda si Edur pouvait lui parler. Edur n'était pas là mais passerait peut-être dans la soirée pour régler un problème avec ses fournisseurs. Il pouvait laisser un message ou rappeler.

Il raccrocha, retira son béret et passa une main sur la tonsure poinçonnée à l'arrière de son crâne et sortit, se jucha en face de la caserne sur un muret, à l'ombre d'un figuier, tira du fromage et du pain rassis de son havresac, un oignon, une bouteille de cidre, éplucha l'oignon et mangea, obscur, déterminé, contemplant comme en surplomb de lui-même le mouvement de lancinante mastication de ses muscles maxillaires et le cercle pâle de son crâne dégarni, soufflant bruyamment par le nez, endurant sa laconique brûlure d'orgueil, épaules voûtées, buste chétif dans sa chemise trop grande, son gilet sale, tout son être baignant dans une souveraine odeur de merde et de tabac froid. Il s'accorda une sieste dans l'après-midi et s'en réveilla comme un chien se lève et quitte son galetas pour s'allonger un peu plus loin dans la cour d'une ferme, attendit le déclin du jour avant de retourner quémander un autre appel. On le lui refusa. Il insista, obtint Edur et l'informa d'un ton égal, presque asthénique, du trajet du prochain convoyage, raccrocha et quitta la caserne au crépuscule et refit les dix kilomètres en sens inverse sans jamais se donner la peine de jubiler ni même celle d'imaginer les conséquences de sa délation, le passage de rares camions révélant sa silhouette bouffée de lumière, chaque voiture l'arrachant dans un souffle à son odeur d'excrément.

# XV.

## Seconde expédition
## Avec l'Ange

Franck guidait Ametza et le muletier Abadiano à travers les chemins estompés. Il s'aidait du souvenir de son passage antérieur et laissait sa détermination seule le gouverner au surgissement des accidents et des traîtrises du terrain.

Ils firent une courte halte non loin de l'un des murs de l'église en ruine, et mangèrent en lisière des grands bois longeant les hautes parois et les crêtes aux jointures marbrées de rets et de veinules minérales étincelantes le long de failles et de cassures travaillées par les glaces. Abadiano, vêtu d'un trois-quarts en peau de mouton, noirci aux revers et aux basques, releva son col et prédit de la neige avant la fin du jour.

Ils repartirent, empruntant les mêmes crêtes, les mêmes sentiers escarpés et parsemés de pommes de pin, et parvinrent avant la nuit aux abords de la même clairière forclose d'une forêt de bouleaux, balayèrent les cendres de leur premier bivouac et fendirent du bois à la hache, rassemblèrent un tas de branches mortes et allumèrent un feu. Les premiers flocons fondirent à la surface du petit tertre. Ils mangèrent, accroupis devant les flammes, des œufs durs, du pain et du jambon, et se couchèrent dans leurs couvertures imprégnées d'odeurs de moisissure et la neige cessa pour ne revenir qu'à l'aube. Franck s'enroula dans son couchage, sur le flanc, tête posée sur un sac de toile contenant des vêtements de rechange, ses pensées doucement érodées par la chaleur. Il rêva de sa sœur et dans son rêve sa sœur venait près de lui et s'accroupissait et remontait les manches de sa robe sur ses avant-bras couverts d'un pelage noir, et les lui tendait afin qu'il les touche.

Le ciel était bas, un brouillard givrant érodait formes et silhouettes soudain vivantes d'une vie mélancolique et lente. Franck repoussa ses couvertures rigides de glace et de neige et regarda la morne surface des cendres. Abadiano et sa sœur se levèrent, tremblants, les cheveux et les sourcils, les cils blanchis, vieillards précoces et chus d'un sommeil vitrifié. La chienne s'étira et s'ébroua et frôla l'envers attiédi des bûches posées sur leur lit couleur de mâchefer. Les naseaux des mules exhalaient de courtes fumerolles et leur conciliabule se détachait, grisâtre dans la pâleur de l'aube.

Ils versèrent du café froid dans leurs tasses de métal et reprirent la route, engourdis, ensommeillés et avalant sans plaisir leur maigre pitance en selle, le flanc de leur bête réchauffant l'intérieur de leurs cuisses et de leurs mollets.

Ils émergèrent du brouillard vers midi et empruntèrent le cañon sous un ciel bleu et froid. La ligne des crêtes saillait entre les nuages. Ils quittèrent la passe étroite et serrée entre deux parois pour le versant sud de la montagne, enfoncèrent les limbes à nouveau, attentifs au voyage de leurs ombres projetées dans une brume infusée de lumière.

La brume finit par se lever et les nuages disséminèrent leurs flocons à travers bois. Ils poussèrent au pas le long d'un sentier escarpé et surplombant une large route forestière. Le sentier escaladait un adret. Les mules progressèrent sans crainte dans la pente entre deux combes boisées avant d'attaquer un défilé creusé de main d'homme dans la roche calcaire où leurs fers sonnèrent une diphtongue singulière.

Ils circulèrent entre de gros blocs de granit et sous la lourde ramure de sapins plantés comme des pipes de foire sur un tapis mécanique et le sentier finit par fléchir et s'encaisser et se diviser. Une odeur de sueur et de feu de bois leur parvint et Franck vit sa chienne détaler au-devant de lui en flairant le sol. La neige trempait les bords de son feutre, oblique, régulière, le forçant à baisser la tête. La chienne s'était arrêtée et aboyait. L'ombre dispensée par les arbres perdait en intensité. Plusieurs sapins avaient été déracinés au pied d'une éminence. Ils entamèrent la pente douce de cette éminence et se retrouvèrent au centre d'une coupe claire envahie de fougères mortes. Cinq hommes en armes les attendaient. La chienne, grimpée sur un arbre brisé et tiré en travers du chemin, grogna. Ametza serra les talons et s'arrêta botte à botte avec son frère. Abadiano, commanditaire en retrait au milieu des bêtes, surveillait le frère et la sœur.

Edur leur ordonna de descendre de leurs montures et de s'en retourner chez eux. Abadiano quitta sa mule puis escalada une ravine, se posta au sommet d'un talus et s'accroupit sur ses talons, tira du tabac à chiquer de l'une de ses poches, le plaça entre sa joue et sa gencive et patienta. Franck regarda sa sœur et sa sœur lui rendit son regard et ce regard lui signifia une dette accumulée par orgueil et par bêtise et il comprit que sa sœur n'avait jamais douté de sa capacité au reniement et s'attendait à le voir glisser au bas de sa mule comme il allait glisser sans attendre.

Les croassements d'une bande de choucas à bec jaune retentirent. Edur exigea d'Ametza qu'elle pose pied à terre, n'attendit pas qu'elle obéisse et s'approcha et l'attrapa par le bras tandis que le frère suppliait la sœur de descendre sans faire d'histoire. Edur tordit le bras d'Ametza et lui arracha un cri de douleur et de rage. Désarçonnée, Ametza griffa le visage d'Edur et s'effondra entre les pattes des mules affolées. Les mules se dispersèrent au bas de la route et l'une d'entre elles, poursuivie par la chienne, chuta dans une combe et se releva en brayant et détala entre les arbres, encourageant ses congénères à l'effroi et à la débandade.

Edur recula d'un pas et passa une main sur son visage éraflé et regarda autour de lui et distingua Anton et ses hommes courant après les mules, Franck immobile dans la poussière, Ametza profitant du chaos pour s'élancer et fuir.

Il la rattrapa et se jeta sur elle au bord de la ravine et de la combe au fond de laquelle la mule s'était effondrée. Ils glissèrent et roulèrent et se cognèrent aux caillasses, entraînant des mottes de terre et de neige dans leur chute, se relevèrent, Edur véloce au-dessus d'elle. Edur la giflant si fort qu'elle le distinguait à peine, flou et dédoublé, luttant et s'acharnant à lui arracher ses bas de laine et sa culotte, la saisir et la renverser, soulever sa jupe sur ses jambes mortes et blanches tandis qu'une chose à l'intérieur d'elle rompait et inondait son entrecuisse et le stupéfiait, à genoux, son membre cramoisi sorti de son pantalon baissé, son gland rouge de sang, ses yeux exorbités.

Elle entendait la chienne aboyer et sentait l'odeur de terre retournée et de sang, sa tête trop lourde, sa nuque trop faible, la cime des arbres et leur doux balancier, la neige singulièrement grise, éparse et lente. Elle endurait les hommes et son frère, l'obscénité de leurs regards quand elle reçut un peu de terre sur le visage et comprit qu'Edur escaladait la ravine. Elle se redressa, remonta ses bas sur ses jambes souillées et sur l'arrière de ses cuisses dont la peau était incrustée de petits cailloux, perçut des injures, le choc mat des poings d'Edur cognant son frère, coups de pied et crosse de fusil, se retourna et vit son frère jeté à terre et tabassé, recula dans un cri, déjà trop loin quand elle comprit qu'elle courait, trop loin pour supplier qu'on épargne son frère, les balles explosant autour d'elle, les mules lâchées par les tireurs épaulant et tirant sans la vraiment viser, les mules emballées, la sclère de leurs yeux luisante dans le dévers, les balles frappant et arrachant des échardes et criblant d'écorce ses cheveux. Elle vit deux mules s'effondrer devant elle dans une volte sanglante et sourde, courut longtemps et finit par ne plus rien entendre, s'arrêta et se retrouva pliée en deux, essoufflée, un goût de cuivre dans la gorge, la sensation du sang poissé entre ses cuisses.

Le crépuscule approchait quand elle perçut l'ampleur de sa dérive, seule et dévastée au fond d'une cuvette parcourue d'un sillon d'eau stagnante. La chienne apparut, queue entre les jambes, oreilles basses, sa silhouette découpée au sommet d'un épaulement. Ametza l'appela doucement, la serra contre elle, la caressa et lui parla à voix basse.

Elle boita vers l'est et trouva par hasard la mule bâtée de son frère, fit un rapide inventaire du matériel et de la nourriture rangée dans les fontes. Les couvertures étaient toujours roulées et sanglées au troussequin et la crosse du Baikal dépassait de la selle. Elle se remit en route, la mule sur ses pas, marcha le plus vite possible, souhaitant atteindre avant la nuit l'endroit de l'attaque. Son ventre était douloureux et le saignement l'inquiétait. Elle chargea le Baikal et s'arrêta dans les ténèbres, attela la mule, s'enroula dans une couverture et s'endormit contre une souche, écœurée de sa propre odeur et de l'odeur de son sexe, traversée de cauchemars, son frère, Edur et son neveu, le reste des hommes pénétrant son bassin large et capable de les contenir tous en gésine avant de les expulser. Elle ouvrit les yeux en pensant à Diego et serra la chienne revenue se blottir dans ses bras avant de sombrer en un endroit dépourvu de souvenirs et d'images, se réveilla peu avant l'aube.

Elle attaqua l'ascension du dévers bleui dans l'ombre givrée des sapins. La trace des Brenneke à tête plate écrasées dans le bois et le grésil des plombs enfoncés dans l'écorce la guidèrent. Ses jambes tremblaient quand elle aperçut le cadavre d'une mule aux entrailles dépenaillées et remarqua plus loin un couple de choucas picorant la flaque de sang résorbée et blanchie, laissée par l'embryon. Elle gravit la ravine et se retrouva sur le sentier et vit son frère gisant sous le tronc jeté en travers du chemin, s'approcha et se pencha et prononça son prénom à voix basse et constata qu'il respirait encore.

# XVI.

## Comme frère et sœur

Ametza l'exhortait. Elle prononça le prénom de son frère une fois encore et se pencha au-dessus de son visage tuméfié, écouta son souffle rauque et recula, contempla l'arête de son nez déviée et brisée, le sang coagulé sur ses lèvres boursouflées et entrouvertes sur ses dents ébréchées, se redressa et se leva sous l'effet d'une angoisse convulsive, regarda autour d'elle et demeura vacillante. Son odeur se dilatait et l'écœurait. Elle s'accroupit et plongea son visage entre ses mains, se recroquevilla, cuisses serrées sur les glaires et le sang séché, irrémédiablement sale, perdue et coupable. Franck balbutia et la colère la submergea. Elle lui ordonna de se la fermer ou de lui expliquer comment faire pour hisser sur la mule ses quatre-vingts kilos de viande et de merde.

Elle l'abandonna un instant à sa respiration rugueuse, ses mauvais rêves et ses contusions, s'empara d'une corde enroulée à la selle de bât de la mule, hésita devant l'effort, considéra l'idée d'un renoncement, s'en détourna et déroula la corde, revint sur ses pas et la noua en lasso, improvisa un harnais rudimentaire, l'ajusta autour du buste de son frère et sous ses bras.

Franck gémit quand elle tenta de l'asseoir contre le tronc, pleura dans son sommeil quand elle approcha la mule, attacha les rênes de l'animal à une branche de l'arbre abattu et passa la corde par-dessus la selle de bât et tira. Franck hurla et la mule tenta de s'enfuir à reculons. Ametza tira de toute la force qui lui restait et lâcha, recommença et lâcha, retira ses gants, s'essuya le front, examina l'intérieur de ses mains écorchées, réfléchit, enfila des gants et poussa un hurlement de rage, regarda la crosse du Baikal et secoua la tête et décida de mettre la mule à terre et de traîner son frère en travers de la selle et se demanda à voix haute comment mettre une saloperie de mule à genoux.

Elle fit rouler le corps de son frère au bord de la ravine. Son frère bredouilla un chapelet de dévotes inepties entrecoupées d'excuses. La violente puanteur émanée de son pantalon l'écœura jusqu'à la nausée quand elle le laissa secoué de tremblements au bord de la ravine pour se diriger d'un pas lent vers la mule occupée à brouter de jeunes pousses de bouleau levées entre les fougères roussies. Elle conduisit l'animal sous la ravine, attacha l'une de ses brides à une souche, enroula une cordelette à son rudimentaire pommeau de selle et noua son extrémité à la racine d'un pin affleurant et replongeant dans la terre fiable de la paroi. Elle observa la trace de son presque enfant dévoré par les bêtes et se demanda si le lieu était un endroit sacré ou l'endroit d'un sacrilège, remonta se placer derrière son frère couché sur le côté, la bouche pleine de vomi et balbutiant de nouveau son absurde mantra. Elle s'aida de la corde prolongeant le harnais de fortune afin de déposer son frère en travers de la selle de bât, sans le faire basculer ni tomber, y parvint à la première tentative, et descendit au bas de la ravine pour l'attacher, poignets et chevilles liés sous le ventre de l'animal.

Le soir était glacial quand elle cessa d'avancer. Les étoiles figées entre les sapins sur un fond de ciel sombre, cobalt à l'ouest et sur les montagnes. Elle dirigea la mule au bord d'une roche plate et défit les liens de son frère, grimpa au sommet de la caillasse, étendit une couverture et peina à le hisser et l'y coucher sur le dos. Les cheveux de son frère étaient poissés de sang. Elle lui découvrit une plaie à la base du cou, la pansa doucement avec un foulard sale. Il grogna, protesta et adressa des menaces. Ses lèvres étaient crevassées, sa barbe, ses cils et ses sourcils givrés. Elle posa une main sur son front brûlant, le couvrit d'une seconde couverture et lui donna un peu d'eau. Il ouvrit la bouche, acquiesça et déglutit avec avidité. Elle but après lui.

Des particules de quartz brillaient dans la roche quand elle alluma une flambée. Elle s'enroula dans la couverture qui lui restait et contempla le feu, adossée à la roche et secouée de frissons. Son frère gisait au-dessus d'elle comme une hantise. Le reflet et les ombres des flammes dansaient et déformaient la paroi sans jamais la réchauffer. Elle demeura longtemps sans penser à dormir, se demandant si l'embryon avait eu froid en sortant de son ventre et s'il resterait à jamais une trace dans la terre de sa presque tombe. Son frère ronflait et criait parfois dans son sommeil. Elle ferma les yeux, abdiqua au retour d'images de violence, se laissa submerger, lutta contre Edur, et s'endormit.

L'âcre fumée grise, plaquée sur son visage, la suffoquait et la réveillait. Elle sursauta et nourrit le feu sans jamais discerner la part des rêves de la réalité, somnambule et prélevant dans le tas de branches et de bûches humides, réservées près d'elle.

Au matin elle scruta le ruban de pâle clarté sur la ligne de crête, enveloppée dans sa couverture, indécise, fébrile et courbatue, inquiète du rythme rauque et de la respiration de son frère.

Il entendit son prénom. Son prénom ravivait la douleur logée au profond de ses os. Il entrouvrit les paupières et la lumière le blessa. La peur s'était tue dans sa chair, logée au profond de ses os. Il tenta d'articuler une faveur et lâcha un vague sifflement, essaya une seconde fois d'ouvrir les yeux et ses paupières collées se dessillèrent assez pour l'éblouir un peu plus. Il passa la langue sur ses dents ébréchées et retourna au silence.

Il émergea plus tard, engourdi et déçu, incapable de saisir le motif de son amertume, retiré aux confins d'un désespoir capitonné.

Le jour se leva. Il s'était plusieurs fois pissé dessus et son pantalon était raide d'urine froide. Il ne souffrait plus de la rigidité glacée de la roche sous ses omoplates et le goût atroce dans sa bouche lui paraissait un peu moins désagréable dans l'aube dont la clarté l'enveloppait d'un voile jaune et sale. La peur s'était détachée de lui comme un fruit gaulé. Il douta connaître un jour autre chose que le lent balancier, le rythme, l'interminable voyage dont il subissait l'aléa en silence et sentit la présence alentour d'une cohorte de charognards resurgis de la seule nuit présente en sa mémoire et se souvint cette nuit-là n'avoir été qu'une flaque de chair sanguinolente et affaissée entre les cuisses de sa sœur.

Elle trouva deux mules errantes sur le chemin avant de passer le col. Le ciel se dégagea au nord et la température chuta sous zéro dans la journée. Elle s'arrêtait parfois, dénouait les liens aux chevilles et aux poignets de son frère afin de lui soulever le buste et laisser le sang circuler. Sa face congestionnée prenait par endroits la couleur d'une betterave mure. Les ecchymoses s'étendaient, auréolées de bleu et de noir. Ils passèrent le col ouvert entre deux parois de granit et sillonnèrent la forêt de bouleaux, suivirent les chemins de crête sous un grand soleil et dans l'ombre des sapins, regagnant peu à peu la vallée en froissant de vastes étendues de fougères fanées sur la terre durcie au givre.

La fièvre lui troublait la vue quand elle s'arrêta et s'adossa au mur de la chapelle. La mule de son frère s'écarta de l'ombre projetée par l'édifice et pâtura. À l'aide d'un poêlon en fonte elle brisa l'épaisse couche de verglas recouvrant la surface d'un abreuvoir. Le fracas sec et glauque de la glace brisée fit sangloter son frère.

Ils arrivèrent dans la lumière du crépuscule, diluant le souvenir cuisant de leur débâcle dans la froide poussière levée sous les sabots des quatre mules restantes de leur expédition. La cime des montagnes était couverte d'une neige épaisse, tombée dans la nuit.

Le père parti chercher un médecin, la mère veillait son fils étendu sous les couvertures. Ametza trempait dans un bac d'eau chauffée sur le foyer de la lessiveuse. Franck demanda plusieurs fois à sa mère de fermer la fenêtre et chasser les taons entrés dans la pièce. La mère lui lava doucement le visage et lui retira le foulard imbibé de sang et répondit qu'il n'y avait pas de taons dans la chambre.

Ametza se savonna longtemps, se rinça et s'enveloppa dans un drap propre, passa une chemise de nuit imprégnée d'une légère odeur de lavande, regarda le baquet rempli d'une eau savonneuse et trouble et le renversa. La crasse et l'ultime trace de son fils et du fils de Diego, était-ce un fils, répandues sur le sol en terre de la buanderie.

Franck était conscient quand le père revint accompagné du médecin. De larges mains jaunes, phalanges velues, grand et gros, vêtu de noir, une pipe glissée dans sa poche de poitrine, ses vêtements imprégnés de tabac et de phénol, les revers de ses pantalons trop courts, le médecin ausculta Franck et lui administra du laudanum. Côtes cassées. Dents ébréchées. Cheville foulée… Contusions. Trauma crânien. Pas de poumon perforé. Pas d'hémorragie. Un filet de sang s'écoulant doucement et continûment d'une plaie située à la base du cou lui avait permis de survivre à son voyage tête en bas. Impossible de le transporter dans un hôpital au risque d'apposer une date de péremption au miracle de son retour. Il laissa des consignes pour les bandages et les soins, une ordonnance sur la table de chevet et prévint qu'il repasserait voir si les bandages étaient changés régulièrement. La mère lui demanda d'ausculter Ametza mais le père décida qu'elle n'en avait pas besoin. Le père resta au chevet de son fils et le fils révéla par bribes l'attaque et le responsable de l'attaque dans les montagnes, le viol et l'avorton, la fuite et le déshonneur des lâches condamnés à demeurer dans le vestibule des enfers, harcelés par les taons.

# XVII.

## Fantômes des Noëls passés
## New York
## 1927

Saul voulait initier Emma et le Chinois resta debout dans une attitude de soumise componction, raide et silencieux devant les panneaux d'un paravent en bois sculpté. Phénix et dragons aux interminables circonvolutions naviguaient sur un relief de volutes poussiéreuses et conventionnelles. Saul invita Emma à s'étendre sur une couche matelassée dont le cadre en bois reposait sur quatre pattes de tigre en laiton, adressa un signe de tête au Chinois et le Chinois s'approcha. Son costume en soie aux manches éliminées émit un léger froissement quand il se baissa et s'empara d'une longue épingle trempée dans la coupelle en porcelaine contenant le chandoo. La coupelle reposait sur une table basse en acajou, près d'une lampe ad hoc et d'une longue pipe en bambou surmontée d'une demi-sphère en terre cuite. La lampe à huile chassa les ombres de la face plate et concentrée du Chinois quand il passa l'épingle au-dessus de la flamme. La flamme boursoufla l'opium. L'homme façonna la consistance ambrée de la drogue au bord du fourneau de la pipe avant de tordre l'aiguille d'un geste rapide dans son étroite cheminée, le chandoo recouvrant la surface du fourneau.

Saul recommanda à Emma d'inspirer un seul et long trait et de conserver la fumée avant de l'expirer par les narines. Le Chinois plaça la pipe entre les mains d'Emma couchée sur le côté et maintint la demi-sphère en terre cuite du fourneau au bord de la flamme tandis qu'elle tirait une longue bouffée. L'odeur était forte. Elle posa la tête sur un traversin de coton, garda la fumée, expira et regarda Saul s'allonger en face d'elle. Le Chinois récupéra la pipe et la cureta afin d'en récupérer le dross pour l'ajouter au chandoo que fumerait Saul. Elle sentit son appréhension se dissiper et présagea d'un rêve chantourné, camelote d'images défilant à la lueur de lanternes en papier rouge éclairant des palanquins transportés par de maigres coolies longeant au pas de course des pagodes aux toitures couvertes de tuiles en porcelaine, et cette certitude cilla dans l'odeur dégagée par l'opium, l'abandonna, nauséeuse et patiente, étendue au fond d'une fumerie de Mott Street, pupilles étrécies, prise d'une effarante euphorie dont la constante ascension la conduisit au seuil d'un songe inattendu, affranchie de la pesanteur et cabotant à l'orée d'un couloir tapissé de velours et bordé d'un sombre lambris à hauteur d'épaule.

Elle survola un escalier et traversa une lourde porte encastrée dans un mur de brique ouvrant sur un bar dont Saul était l'un des propriétaires, son dos effleurant le plafond de métal enfoncé de motifs floraux et délicats. Les appliques feulaient à son passage et personne ne la remarquait voyageant à travers la fumée des cigares, maraudant au-dessus des tables de jeu entre lesquelles montait une odeur de whisky du Kentucky. Les bribes de conversations, l'écho de raisonnements laborieux ou fluides dont dépendait la victoire ou la condamnation à mort des moins aguerris parmi les joueurs, les combinaisons et les spéculations, la duplicité et les intentions insanes d'hommes en chemises de popeline amidonnées, gilets et boutons de manchettes, rien ne lui échappait, ni les secrets ni les crimes à venir, pas même la main gagnante d'Arnold Rothstein et sa nuque pommadée accrochant le reflet d'une lampe attique, son visage paisible au-dessus de son nœud papillon, Rothstein insensible aux menues distractions perturbant ses adversaires, prénoms de putains triturés jusqu'à l'érection, vertiges anxieux d'une dette impayée et promptement soldée dans un caniveau si la chance continuait de les éconduire.

Quatre tables plus loin, elle entendit prononcer le prénom de Saul. Salvatore Lucania, Charlie Luciano, pas encore Lucky, pas encore l'œil en coin, adossé contre un mur, vigilant et mangeant des pickles, causait à voix basse d'un soldat braqué dans le New Jersey, livreur de moonshine et détenteur d'une enveloppe contenant une dette de jeu, beau-frère de Lepke Buchalter qui se foutait pas mal de la disparition de son beau-frère mais souhaitait qu'on le retrouve à cause de la peine que ça ferait à sa femme de voir sa tête ensanglantée dans un journal local.

Meyer Lansky, calé dans le dossier de sa chaise, se plaignit d'aigreurs d'estomac, plissa les yeux, haussa les épaules et mentionna la mort de François-Ferdinand, estima que la mort d'un shmock parfois déclenche une guerre quand bien même la mort d'un shmock ne vaut pas la première balle de toute une guerre, convoqua en souriant Maranzano et les résidus de Mustache Petes siciliens, bandits racketteurs trempés dans la naphtaline et tous les sales types à sale gueule qui avaient fait leur temps, leva un œil malveillant et surprit Emma glissant au plafond, brusquement suffoquée et aspirée dans les hauteurs sous un froid soleil.

Elle dériva au-dessus d'une rue jalonnée de baraques lépreuses et affaissées, bardeaux de pin, briques noircies et fenêtres brisées. L'ombre de femmes en guenilles, visages hâves et vieillis avant l'âge, cheveux serrés sous des bonnets de batiste, fichus crasseux, accoutrées de jupons superposés et de jupes douteuses, les hommes aux yeux caves chiquant et tractant des charrettes à bras entre deux tas d'ordures où détalaient les rats, lui sembla une foule hétéroclite et familière à la langue rauque, Irlandais et Italiens, catholiques perdus pour la grâce, dévoués à la violence et aux rengaines stériles de l'adversité. Elle dépassa une voiture, son cheval étique, sabots enfoncés au mitan d'un gué bourbeux dont le pavé branlant et carié émergeait de flaques croupies où pullulaient les moustiques aux jours d'été torrides, déambula parmi les fantômes d'une ville qui n'était pas encore sienne, chemina à travers les restes d'un labyrinthe creusé d'ornières, palimpseste et cadastre d'une cité créole disparue, criarde et fardée comme une putain en cheveux aguichant Nègres blancs et Nègres réchappés du Sud, racolant dans les arrière-cours et dans les tavernes emplies d'une musique furieuse dès le crépuscule et pour la nuit entière, Master Juba, gigue et shuffle africain dont les rythmes chassaient des mansardes, dépotoirs et dortoirs d'Old Brewery, les Dead Rabbits, les Roach Guards, les Black Birds, les Bowery Boys, les Whyos rameutaient les maquereaux et leurs pipes de corail, les politiciens du Tammany en quête d'électeurs. Elle se mouvait et se perdait en ce monde semblable aux daguerréotypes serrés entre les pages des livres rangés dans la bibliothèque de Saul, longeait les cabanes à merde rencognées au fond des culs-de-sac, les cages à poules éventrées, vides depuis longtemps et vomissant une paille moisie et poissée de fientes, les palissades placardées d'affiches, les loques désagrégées et suspendues à des cordes à linge tendues entre les murs ladres, leur toile grisâtre engendrant un surcroît de pénombre sous les perrons dressés sur pilotis, un surcroît de licence dans les recoins propices à l'embuscade et au meurtre.

Un vent glacé s'engouffra dans Orange Street et la fange gela et craqua sous ses pieds dans les ornières. Invisible et joyeuse, elle allait, coudoyant le sort des damnés réduits à l'entretien de la crasse, âmes sordides dédiées à la mendicité et à l'invention du pire au seuil de chaumières crachant une maigre fumée de bois de palissade, à l'intersection bondée d'Orange Street, Cross Street, Antony Street, lieu-dit des Five Points et de Paradise Square, son triangle ourlé par Little Water Street sous les auvents desquels se vendait tout ce qu'il était possible de marchander à la lueur d'un bec de gaz, la chair, la virginité, les combats de chiens, les paris, les combats de boxe, la vermine et la charité, la promesse d'une rédemption méthodiste et d'un bal pour orphelines.

Elle croisa Monk Eastman en costume noir et chapeau melon trop petit, posé sur ses cheveux gras et partagés d'une raie au cordeau, son énorme tête filetée de cicatrices, ses arcades sourcilières proéminentes et maintes fois entaillées, sa fossette au menton, son regard sévère et juvénile, son nez difforme et maintes fois brisé. Monk la salua d'un hochement de menton avant de s'engouffrer dans une blanchisserie et d'en sortir, dans sa main tendue la crosse d'un Colt Navy Pocket calibre 31, son associé Max Kid Twist Zweifach sur ses talons, armé d'une hachette et d'un poing américain, coiffé d'un bowler hat, jeune lui aussi, quelque chose de bienveillant et de déterminé dans le regard, de doux et de cruel.

Ils foulèrent à pas lestes le trottoir d'Anthony Street sur les plates-bandes de Paul Kelly et remontèrent en direction d'Orange Street où vaquaient porcs et animaux de basse-cour, dindes échappées de leurs enclos miteux et délimitant des parcelles de boue plantées d'arbres pelés et enguirlandés de cordes à linge. Ils pénétrèrent dans la bâtisse délabrée d'Old Brewery, la foule des gueux s'écartant sur leur passage dans les dortoirs puant la chair malpropre, la défécation et le vomi, sillonnèrent des allées garnies de galetas pouilleux et jetés sur les planchers grinçants, considérant leurs ombres à la lueur des bougies et des rares lampes à huile comme l'ombre de rivaux effleurant la surface de tentures usées et de draps tirés entre des poutrelles vermoulues, couple dissemblable et parodiant les duos d'acteurs produits sur toutes les scènes du Bowery, les marionnettes manipulées derrière les tentures du théâtre chinois de Murder Alley, assassins délogeant de gros chats à l'affût, enjambant des ivrognes plus morts que saouls, repoussant dans les recoins encombrés de détritus des enfants effarés, des jeunes femmes édentées aux mamelles distendues sous leurs châles, des vieillards décharnés ne se prononçant pas encore sur le tarif des sacrements, 100 dollars pour la mort, 25 pour un genou en moins.

Monk Eastman et Max Kid Twist Zweifach gagnèrent les combles et se présentèrent au chevet d'un type ronflant et bavant sur son matelas infesté de puces et Monk lui tira une balle à bout portant dans le front. 100 dollars d'occiput sur l'oreiller. La déflagration fit sursauter Emma et le Chinois se pencha pour lui tendre une seconde pipe. Elle tira une longue bouffée avant de s'allonger de nouveau, heureuse en son exil, libre de conduire ses songes et libre de croire qu'elle pouvait les dominer, migrer sans encombre à travers les âges et tenir la violence à distance.

À presque 4 heures du matin au Blue Bird Café dans la 14th Street sur Union Square, elle vit Monk et Jerry Bohan entrer, accompagnés des membres d'un gang antédiluvien. Monk et Bohan s'installèrent à sa table. Monk, survivant, héros de la guerre maintenant vieille de deux ans, revenu patriote et absous par le gouvernement pour acte de bravoure mais déchu de ses pouvoirs sur le pavé, déclara que les Noëls en Europe sur le front lui manquaient autant que New York et les batailles de rue à l'époque des Noëls dans la tranchée, cligna de l'œil à l'endroit d'Emma avant d'entamer une conversation leste et avinée avec Bohan. Bohan écoutait distraitement les forfanteries décrépites de Monk, réminiscences des Five Points démolis et assainis, évocation obscène d'une actrice, danseuse du Bowery, bien différente de vous, mademoiselle Ametza, déclara-t-il, levant son visage cabossé et la fixant de son œil mi-clos et renfoncé sous une arcade sourcilière affaissée et mélancolique.

Il s'adossa et but son whisky et confia sa défaite, détrôné bien avant la guerre et remplacé par des Juifs comme Rothstein, intelligents et éduqués, l'avenir, rusés, pas les hommes de la rue pour lesquels il vendait de la dope, Juifs mais pas comme on avait toujours affirmé qu'il l'était lui-même car il était chrétien pour ce qu'il lui restait d'âme, Anglo-Saxon secondé par des Juifs et gouverné par des Juifs, Américain d'hier bientôt mort sur le trottoir d'en face en ce lendemain de Noël 1920, tué pour une dette présumée entre lui et Bohan, ce fils de pute d'agent corrompu de la Prohibition déterminé à lui tirer cinq balles de calibre 32 dans le dos.

Elle aperçut Bohan penché sur le corps inerte de Monk et s'éleva au-dessus d'eux dans la nuit du Lower East Side, dans l'aube grise, d'un bleu presque turquoise, sise en bordure des façades aux corniches travaillées, descendue comme la manne entre les tènements ravagés, peuplés de nouveaux Américains tombés de leur mauvais sommeil et psalmodiant au bord de leurs draps douteux, au seuil de leurs ateliers puants et bientôt embués de vapeur, s'éleva un peu plus encore dans les airs, et l'île ne fut plus qu'une saillie vallonnée et dissimulée sous d'épaisses forêts sillonnées par les Manhattes, une lande intacte, vendue 60 florins aux Hollandais, reprise par les Red Coats défaits par Washington, une promesse pavée d'or et refourguée aux milliers d'entre les damnés de l'autre rive venus se soumettre aux soupçons des inspecteurs leur retournant la paupière à l'affût d'un trachome ou d'un vice endogène.

Manhattan et son cadastre, rues et avenues quadrillées par le procureur Dewey, s'étendaient vers le nord et la Harlem River, ses ponts suspendus de ferraille et de brique levés comme d'antiques fragments de cathédrales enjambaient l'East River vers Brooklyn. Elle voyait cela et plus encore, la cité à travers les âges, l'endurance et les songes sanctifiés par l'échec, la rencontre entre deux gosses sur un trottoir verglacé de Hester Street. Janvier, ciel de cendre, Meyer Lansky, Juif chétif et obstiné marchant seul sous une averse de neige aux confins du Lower East Side. Un gang de jeunes Italiens aux ordres de Salvatore Charlie Luciano, rassemblés autour de Meyer à l'angle d'une impasse, jurant de le traîner derrière les barriques, les charrettes et les monceaux d'ordures pour lui foutre une branlée s'il ne versait pas cinq *cents* par semaine pour sa protection. Meyer, cinq ans plus jeune que Luciano, inflexible, son refus dans les yeux de Luciano, poings serrés, blême colère d'un lutteur en terre de Canaan, va te faire foutre, tu peux te la carrer au cul ta protection. Elle voyait cela, la victoire de Meyer, Luciano l'insultant dans un demi-sourire, elle assistait à cela et les retrouvait bien des années plus tard, frères en bénédiction attablés dans un delicatessen sur Delancey Street, mangeant casher et discutant de ce qu'il fallait entreprendre pour faire du fric et de qui exécuter pour régner avec plus d'efficacité qu'Eastman et les Mustache Petes, les bandits de quartiers, les Irlandais fendeurs de crânes armés d'un shillelagh en bois de prunellier, les Siciliens bouseux et les Juifs débraillés, réchappés des shtetls et des pogroms routiniers n'émouvant au monde personne d'autre qu'eux-mêmes, voyait Abe Reles disputant un poker dans un café de Brownsville, attendant un coup de téléphone pour se rendre lui et ses larrons de la Murder & Co sur les lieux d'une mission, poinçonner et ficeler un type lesté de chaussures en ciment, le balancer au fond d'un lac des Catskills.

Puis elle distingua le sud de Manhattan en feu, noire fumée d'émeute, des hommes se dresser contre la conscription et se battre à coups de hache et de poings de métal hérissés de pointes effilées, des Noirs pendus à des becs de gaz, potences improvisées au seuil de taudis borgnes, des bourgeois lynchés, des enfants noirs affolés, l'un d'entre d'eux broyé sous une armoire jetée d'une fenêtre, ses camarades rassemblés entre les flancs d'une barge ancrée au milieu de l'East River, sauvés d'un orphelinat des Five Points saccagé par les Irlandais.

Puis elle glissa et dériva de l'autre côté du fleuve, à l'aplomb des grands bois enneigés du New Jersey, reconnut un homme corpulent et coiffé d'un feutre clair à calotte ronde, étoile de sheriff à six branches épinglée sous son manteau, gros homme de loi haletant et traînant deux corps vivants vers une fosse creusée en lisière d'une futaie.

# XVIII.

## *Mazel Tov*
## New York
## 1927

Saul mangeait casher et se rendait à la synagogue le vendredi soir, étudiait le Talmud pendant de longues périodes, se lassait et finissait par ingurgiter un tas de choses non conformes aux interdits alimentaires, se déliait de toutes prescriptions, n'allait plus à l'office et retournait à la fumerie, cédait à toutes sortes d'envies séculières et prohibées dont il émergeait avec dégoût, au départ d'un nouveau cycle de piété. Emma travaillait pour lui et avec lui, lisait tout ce qu'elle trouvait dans sa bibliothèque, livres d'histoire annotés dans les marges, entre lesquels un Machiavel à couverture écornée et ramollie, *La Divine Comédie*, *Le Paradis Perdu*, le Talmud, *Macbeth* et la Bible, la fascinaient.

Un soir de printemps, ils quittèrent le Flatiron et descendirent Broadway à pied. Leur couple à contre-courant de la foule sortie des bureaux, des ateliers de confection aux volets d'acier, multitude laborieuse sur les trottoirs aux dalles cadencées de joints noircis, engouffrée dans les bouches de métro, transhumance aux auréoles de sueur, accrochée au cuivre des barres à l'arrière des trams et des omnibus quittant Manhattan vers Brooklyn dans un bruit de ferraille et d'acier, de cloches tintinnabulantes dans la tiédeur laconique d'avant la bruine et son aura de lumière cloquée aux lampadaires.

La circulation culottait l'air d'un parfum d'essence brûlée et Broadway, reprenant pour un temps le tracé du premier sentier indien élargi au passage des charrettes hollandaises remplies d'huîtres, s'incurvait du côté de St. Paul. Ils entrèrent dans Houston Street et marchèrent encore un peu. Saul ouvrit son parapluie, abrita Emma et lui demanda de se promener en l'attendant car il devait se rendre seul à un rendez-vous. Elle répondit qu'elle avait hâte que vienne l'été. Il était arrivé à Manhattan en été après la fuite de Johnny Torrio, son ancien boss, pour se mettre hors de portée de Hymie Weiss et Bugs Moran et lui dit que New York, à la belle saison, suffoquait autant que Chicago. Il lui promit de l'emmener à Saratoga jouer aux courses, marcher dans les Adirondacks ou dans les Catskill Mountains. Pas les montagnes, non, une femme dans son état ne pouvait pas se déplacer sans risque pour l'enfant. Il la regarda et la prit dans ses bras et l'embrassa et lui demanda si c'était certain et lui proposa d'en parler après sa réunion, d'officialiser et de célébrer puisque tout allait changer.

Dave Miller retourna la pancarte suspendue à la porte de son delicatessen casher, verrouilla le loquet et baissa les stores sur son nom imprimé en lettrages dorés et cintrés, David Miller Delicatessen 1902, installa une grande et longue table dans la pièce et disposa son meilleur corned-beef dans une assiette de porcelaine blanche, du pastrami, des cornichons, du chou rouge, une salade de pommes de terre luisante de mayonnaise dans un énorme saladier, des tranches de pain noir et de pain de seigle grillées et couchées dans plusieurs corbeilles calfeutrées de serviettes immaculées, des ramequins d'olives noires, des poivrons et des cornichons obèses, farcis à l'aneth et garnis de pâte d'anchois, des harengs fumés roulés dans la saumure, du saumon et des courgettes marinées dans des bocaux en verre, des œufs durs.

Luciano, Meyer, Siegel, Costello, Anastasia et Saul, entrés par la porte de service, quittèrent leurs manteaux et leurs borsalinos et prirent place debout autour de la table et sous deux lampes en métal brossé dont les ampoules jetaient deux flaques sphéroïdales sur le plateau chargé de mannes consacrées, leurs mains bientôt baignées de lumière, occupées à se confectionner des sandwichs.

– Va falloir augmenter de 5 000 l'enveloppe destinée à Joseph Warren que Joey the Coon transporte chaque semaine dans son sac en papier, dit Luciano, portant à sa bouche un petit sandwich au corned-beef.

– Ça fait 15 000 prélevés sur la banque à graisse rien que pour ce fils de pute de chef des cognes, s'énerva Siegel, est-ce qu'il a un gosse supplémentaire ou une belle-mère malade à charge dont on pourrait le débarrasser ?

Luciano lui adressa un sourire.

– Il s'en va et sera remplacé par Whalen à qui il va parler de notre accord, et si on veut convaincre l'ancien de convaincre le nouveau que les choses entendues ne doivent pas changer, pas trop de descentes de flics dans les speakeasies et les boxons, faudra mettre un peu plus la main à la poche. T'en penses quoi, Meyer ?

– O.K. On mettra ce qu'il faut dans le sac en papier de Cooney, j'ai pas envie de passer mon temps en garde à vue le lendemain des nuits où l'un de ces flics irlandais à la con estime s'être fait pomper de travers.

– Alors c'est réglé pour le surplus de graisse.

Luciano termina son sandwich, se versa du café, tira une chaise et s'installa. Ses cheveux noirs, crantés et pommadés, sa cravate club en soie bleu marine à pois bleu ciel et les revers de son costume bleu foncé à fines rayures tennis chatoyaient discrètement. Lansky tira lui aussi une lourde chaise, s'assit et prit un cornichon farci aux anchois.

– On a aussi deux petits nouveaux. Un sénateur républicain et un candidat au Congrès. Les deux ont besoin de fonds pour leur campagne et de nos connexions pour que les électeurs mettent le bon vote dans la bonne enveloppe.

– Oui, ils sont venus me voir chacun leur tour et voir Lansky hier en fin de soirée au Lindy's, renchérit Costello. Je leur ai dit qu'on allait réfléchir. Le premier veut investir dans la construction d'une route et cette route passera au pied d'un lotissement de luxe du New Jersey dans lequel nous avons tous des parts à hauteur de 40 % et dans lequel sa femme à également des parts.

– Je sais de qui il s'agit. L'un de ces deux gus est une véritable merde. Aussi fiable qu'une girouette qui, je t'en fous mon billet, une fois le cul bien au chaud dans l'hémicycle du Congrès ne proposera pas une seule des lois qu'on lui soumettra. Alors, on va le faire poireauter le temps nécessaire à la formation d'hémorroïdes, et puis on refusera respectueusement. Pour Henry pas de problème, on aura besoin de lui au Sénat et je sais qu'il veut et peut faire un maximum de fric dans des affaires immobilières, tout ce qu'il y a de plus légal, des investissements dont nous partageons les bénefs. Je voulais également qu'on discute de Maranzano et de Joe The Boss.

Un camion passa dans la rue et les vitres du delicatessen tremblèrent dans leurs joints. Luciano baissa les yeux et sembla s'absenter un instant, desserra légèrement sa cravate, une Old Bertie dont Arnorld Rothstein lui avait appris à faire le nœud et se souvint qu'il la lui avait tendue chez son tailleur en disant qu'elle s'accorderait parfaitement avec son complet, leva les yeux sur Meyer, sourit et déclara qu'il adorait cette bouffe.

– On devrait obliger tous ses connards de vieux Don à manger casher, ça modifierait peut-être leurs cervelles de papistes.

Meyer enfourna la dernière bouchée de son cornichon. Luciano déplia une serviette et s'essuya les doigts avant de jeter son dévolu sur la salade de pommes de terre.

– On a parlé avec Meyer et décidé de les faire marner un peu, de ne pas se rallier immédiatement à l'un ou à l'autre, d'attendre pour voir lequel a le plus d'intérêt à défendre les nôtres. Donc, je ne sais pas encore, mon cœur balance entre ce gros porc de Masseria et ses alliés de Brooklyn, vous savez combien tout ce qui vient de Brooklyn me fait chier, et ce connard d'infatué de Maranzano avec ses airs d'empereur romain. Quand on aura foutu l'un des deux au tapis restera l'autre et nous serons libre de travailler sans avoir de comptes à rendre à personne et il n'y aura plus de chef, de *capo di tutti capi*, que des familles capables de faire du business et de partager les mises comme il se doit.

Luciano posa sa tasse à café et se servit une épaisse tranche de saumon, prit un petit couteau à beurre et se prépara un second sandwich, tartina avec application son corned-beef favori sur du pain de seigle, ajouta du chou rouge râpé et des cornichons en tranches, déposa le tout au bord de son assiette, essuya délicatement ses énormes mains dans un torchon immaculé.

– Je veux un peu de champ avant de prendre une décision et je ne veux pas qu'il nous fasse chier à cause de Lansky et Siegel et Mendelssohn et nous emmerde avec Lepke pour rester entre Siciliens aux principes de paysanos tombés de la vulve de leur mère par accident, du côté de Castellammare. Va falloir surveiller les approvisionnements de gnôle, regarder si nos camions ne se font pas un peu plus braquer que d'habitude et voir si on n'essuie pas un peu plus de descentes de flics dans nos établissements parce que j'ai demandé un délai à Maranzano et que ça n'a pas eu l'air de lui plaire et aussi parce que j'ai accepté un rendez-vous proposé par Joe Bananas avec Joe The Boss. Ce que j'accepterais pas, quoi qu'il arrive, c'est que l'une de ces deux antiquités réussisse à fourrer son nez dans notre affaire de gnôle. Vous savez comme moi que c'est là-dessus qu'ils veulent faire main basse.

Lansky s'empara d'un lourd pichet aux parois transparentes et recouvertes de buée, se versa de la bière fraîche dans une chope, préleva une assiette au sommet d'une pile placée sur une desserte et se servit un peu plus de salade de pommes de terre.

– Il faut aussi qu'on cause du problème de Lepke, toujours crispé sur son histoire de beau-frère disparu. Il mène sa petite enquête depuis qu'il a découvert qu'un sheriff du New Jersey s'était vanté auprès d'un journaliste du *Daily Mirror* de mettre au pas, voire hors d'état de nuire, les soldats et les conducteurs de camions des bootleggers juifs sillonnant son comté. Il se trouve que le beauf de Lepke se promenait le soir de sa disparition avec une enveloppe pleine de billets dans la juridiction de ce trou du cul de flic. L'argent était destiné à éponger une dette de jeu contractée auprès d'un des lieutenants de Schultz. Lepke s'est arrangé avec Schultz à propos de la dette mais il veut qu'on s'intéresse de plus près à ce sheriff parce que sa femme le fait chier avec ça. Lepke est un sentimental. Saul, si tu as un peu de temps et comme c'est toi qui t'es occupé de tout ça, peut-être que tu peux discuter avec ce sheriff.

– Cette tête de nœud d'élu devait récupérer une partie du contenu de l'enveloppe et quelques bouteilles. Nucky le paye pour qu'il ferme les yeux dans son secteur. C'est un lieutenant de Nucky qui m'a filé le tuyau et ça nous a permis de finir d'humidifier les speakeasies quand on n'avait plus rien à refourguer. Ce connard de sheriff devait relâcher les convoyeurs dès le lendemain matin, mais je crois qu'il m'a raconté de la merde et s'est vanté juste pour se faire réélire et je suis maintenant presque certain que l'un des conducteurs était le beauf de Lepke. Je ne sais pas si Nucky voulait doubler Lepke à propos du fric dans l'enveloppe, ou s'il était mal rencardé.

– L'argent n'était pas celui de Masseria. C'est pas plus mal pour nos affaires. Donc, tu arranges ça comme tu veux pour que Lepke nous lâche, et on n'en parle plus. Ne cause pas de Nucky à Lepke. Je ne tiens pas à foutre la merde entre ceux avec qui on travaille. Surtout pas avec Nucky. Les plages du New Jersey sont trop précieuses. Donc arrange les choses sans froisser Atlantic City et fais attention avec ce gros porc de sheriff, parce que si on déglingue trop de types élus par les évangélistes, ça risque de faire grincer les dents de nos copains de l'administration judiciaire. Retrouve le beauf de Lepke, et s'il faut rembourser le fric de Lepke ou de Nucky, ça passera dans nos participations aux bonnes œuvres. C'était juste un tuyau percé mais comme tu dis, ça a remis les speaks à flot. Répare ça vite.

– Je vais régler ça.

Ils mangèrent encore et fumèrent des Partagas et parlèrent des bookers et décidèrent d'en rester à un prélèvement de 5 dollars, 10 dollars par pute selon les bordels et la rentabilité des putes, évoquèrent des problèmes de livraison de dope et des problèmes de logistique, puis discutèrent de baseball, de Babe Ruth et des mérites de Lou Gehrig dans l'accession des Yankees aux World Series quand Saul annonça qu'il allait épouser Emma et serait papa dans l'année. Tous se réjouirent et le félicitèrent, *Le'haïm* et *Mazel Tov*, et s'invitèrent au mariage et vidèrent la salade et la bière et finirent le corned-beef et le saumon et Luciano déclara en riant que Gay Orlova ne voulait pas l'épouser malgré toutes ses demandes faites à genoux et laissa 200 dollars dans l'un des hamacs de la caisse enregistreuse de l'épicier avant d'éteindre les lumières et de sortir le dernier par la porte de service.

Le chien bavait et haletait sur la banquette arrière. Les amélanchiers et les cornouillers perdaient leurs pétales et la route en était parsemée et glissante. Saul et Hyman roulèrent lentement le long de maisons cossues en bardeaux blancs, de pelouses et de parterres plantés de lupins bleus de Californie, de tulipes et de rosiers, passèrent dans l'ombre des chênes blancs, des cottonwoods et des liquidambars, des pins et des cèdres avant d'entrer dans la rue principale d'une petite ville et de garer leur Chevrolet Sedan noire volée au point du jour. Hyman avait très envie de pisser et coupa le contact. Saul retira ses verres fumés, les glissa dans la poche intérieure de son complet gris clair et indiqua d'un hochement de tête à Hyman d'aller dans un café. Hyman gravit les marches d'une véranda et pénétra dans la salle d'un restaurant fréquenté par des employés, des secrétaires, des commerçants, un groupe de cantonniers vêtus de salopettes amidonnées et de vestes de cheminots, bavardant au-dessus de leur tasse, de leurs œufs brouillés au bacon et de leurs pancakes arrosés de mélasse. Les pales d'un ventilateur brassaient l'air saturé d'odeurs de cannelle et de beurre fondu. Il poussa la porte des toilettes, retira ses mitaines de conduite, exécuta une petite danse et se soulagea, se lava les mains et sortit, entrouvrit la porte de l'établissement et fit signe à Saul de le rejoindre. Saul soupira, se leva et ordonna au chien de se coucher. Le chien couina et s'allongea sur la banquette.

Saul et Hyman s'installèrent au comptoir et Saul posa sur ses cuisses son feutre beige, serti d'un gros-grain de couleur bronze, et commanda deux cafés qu'un homme fluet à la voix fluette et aux cheveux gris leur servit avec empressement. Hyman demanda des œufs retournés, des toasts et de la confiture et Saul lui dit qu'ils n'avaient pas que ça à foutre, pisser pendant trois heures et essayer la carte d'un restaurant et jouer aux citadins égarés parmi les taciturnes et honnêtes gens récurés au savon noir. Hyman s'enquit du prénom qu'ils avaient choisi pour l'enfant, Emma et lui. Saul sourit et remua la tête. Pas encore décidés.

– J'espère que le chien de ta sœur va pas se soulager sur les sièges pendant notre absence.

– Pas de risques et on s'en fout de la voiture.

– Je m'en fous pas si le chien de ta sœur…

– Il nous fallait un clébard et celui de ma sœur m'a déjà rendu ce genre de service et j'ai jamais rien entendu de désobligeant sur lui à propos d'un siège auto.

Un gamin aux yeux délavés, lèvre supérieure ourlée sur une denture chaotiquc, les observait. Hyman déboutonna sa veste et retira son feutre pâle et sourit au gosse. Une jeune femme brune, dents blanches, taches de rousseur, seins hauts et fermes serrés dans un tablier bleu clair noué à la taille, leur versa un second café, puis déposa sur le comptoir les œufs accompagnés d'une saucisse et de pommes de terre rissolées. Hyman la remercia et lui annonça, en la fixant de ses yeux sombres, qu'il repenserait à elle, le soir en comptant ses bénédictions. La serveuse rougit et Saul donna une tape sur l'épaule de Hyman et lui demanda depuis quand un youpin comptait ses bénédictions et reprocha à la serveuse de perturber son collègue avant la difficile journée de travail qui les attendait.

Ils sortirent et Saul posa la paume de ses mains sur la balustrade écaillée et rugueuse et contempla la rue éclairée d'une lumière suave, la circulation éparse, pick-up et voitures à cheval, la chaussée parsemée de crottin frais, contracta les muscles de ses épaules endolories par une séance de sparring datant de la veille et remarqua sur le trottoir d'en face le léger renflement de la bannière étoilée sur sa hampe à l'entrée d'une banque.

– Ce con de gamin n'en finissait pas de fixer la bosse de ton Navy.

– Tant qu'il fixait pas l'autre bosse.

– Pas question que tu retournes voir cette fille avec ce qu'on doit faire dans le coin. Le patron nous matait du coin de l'œil et les habitués aussi. On avait dit pose pipi, pas gueuleton et tentative de trempage de cigare.

– O.K. patron.

– Pas de O.K. patron avec moi ou j'abîme ta petite gueule au prochain sparring.

– Bientôt, avec Lansky et Siegel, tu seras l'adjoint du patron des patrons.

– Luciano n'est pas encore *capo di tutti capi.*

– Ça viendra.

– Pas sûr que le titre intéresse Lansky, mais je te tiendrai au courant.

– O.K. patron.

Saul s'installa au volant et chaussa ses verres fumés. Le chien, langue pendante, se levait et s'asseyait sur son arrière-train, lâchait de temps à autre un sporadique, grave et stupide aboiement. Les vitres arrière de la Sedan étaient couvertes de traces de bave et de truffe humide. Saul démarra. Le reflet du drapeau se détachait encore dans le rétroviseur quand ils quittèrent la rue. Ils roulèrent une dizaine de *miles*, s'arrêtèrent pour les besoins de l'animal, attendirent longtemps son retour. Saul s'impatienta, l'appela, faillit sortir un Derringer calibre 45 planqué au-dessus de sa cheville et tirer sur le chien. Ils repartirent et sillonnèrent de vastes prairies piquées de fleurs sauvages, suivirent le tracé de clôtures en bois blanc dont la ligne se déformait sur les flancs du capot papillon de la Sedan.

– T'es sûr que sa femme n'est jamais là le lundi matin ?

– Elle est toujours chez sa mère, dans le Queens, pour lui faire les courses et le ménage.

– Je vais te déposer avant d'arriver chez lui et tu inspecteras le terrain avec ton couillon de chien pendant que je le cuisine gentiment. Il faut bien commencer par quelque part et je te fous mon billet qu'il a planqué les convoyeurs pas loin de chez lui parce que ce genre de connard infatué manque sévèrement d'imagination.

Hyman descendit dans l'ombre d'une église baptiste. Saul se rangea devant l'étroite véranda de la maison du sheriff. Un rosier en fleur et de la glycine grimpaient à l'angle de la baraque et sous la fenêtre d'un second étage aux fenêtres à guillotine ouvertes. Il frappa à la porte et passa en revue ses prénoms favoris.

Dix minutes plus tard, le sheriff le chassait sous les insultes.

– Sales youpins de merde, vous ne me faites pas peur, ni vous ni tous les nègres frictionnés à l'huile d'olive, les macaques et les Levantins avec vos manières doucereuses et vos sous-entendus, venez encore traîner vos pompes de maquereaux dans ma juridiction pour me donner des conseils en forme d'ultimatum, et je vous perce un deuxième trou du cul à la chevrotine !

Saul démarra la Sedan, fit marche arrière, exécuta un demi-tour et se posta derrière l'église. Le V6 tournait au ralenti. Il se pencha et saisit le Derringer et surveilla la route dans le rétroviseur. En nage, Hyman fit monter le chien dans la Chevrolet.

– T'as vérifié ?

– Bingo ! T'avais raison. Les macchabées sont en lisière d'un bois, pas très loin d'une cabane sous un renflement de terre. J'ai donné un morceau du vêtement du beau-frère de Lepke au molosse et ce con l'a trouvé en un rien de temps avant de se mettre à gratter la terre comme un dératé. Il a fallu que je le traîne derrière moi par le collier pour l'éloigner. Il allait tout retourner. Il a même failli me bouffer la main.

# XIX.

Hyman gara une Hudson-Essex bleu nuit devant le petit restaurant. La salle était déserte. Une brise tiède remuait les rideaux de mousseline dont le mouvement esquissait de pâles ombres sur les parquets de chêne. Des bruits de vaisselle tintaient dans une autre pièce. Il se jucha sur un tabouret, jeta un œil sur les revers de son costume en drap de tweed et sur ses brogues bicolores dont le cuir grinçait imperceptiblement. Un jeune garçon aux oreilles décollées poussa la porte derrière le bar et se présenta devant lui, tenant une pile d'assiettes blanches sur les avant-bras. Une vague odeur de poubelle, de friture et d'herbe coupée stagnait entre les pales immobiles du ventilateur. Hyman conseilla au garçon de poser la vaisselle sur le comptoir et le garçon glissa sa pile sous le bar, recula sans dire un mot et disparut par la porte. Ses pas rapides résonnèrent puis s'éteignirent quelque part au sommet d'un escalier. Le silence perdura puis cessa, éconduit par des bruits de talons.

Hyman sourit quand la jeune femme brune entra dans la salle. Il avait compté et recompté ses bénédictions et commanda un café. La jeune femme, son mari occupé à négocier avec un maraîcher du coin, le restaurant presque toujours vide à cette heure entre deux services, bavarda avec lui. Le garçon se glissa dans l'entrebâillement de la porte. Hyman lui fit signe d'avancer. Il refusa. Hyman commanda un verre de bière. La jeune femme dit qu'ils n'en vendaient pas. Il dégaina son Navy Colt de son holster, en retira le chargeur et le montra au garçon. La jeune femme haletait et le garçon s'approcha. Hyman fit le tour du comptoir et déposa l'arme dans les mains du gamin. Surpris par son poids, Il la conserva sans mot dire et sans bouger. Hyman sortit une pièce de 1 dollar de la poche de son gilet et la lui tendit. Je te le rachète. Le garçon rendit le Colt et empocha le dollar. Tu peux aller t'offrir ce que tu veux et revenir un peu plus tard, quand j'aurai fini de boire la bière que ta maman va me servir. La jeune femme dit que le fils de son mari était idiot et qu'il pouvait se perdre s'il sortait seul. Hyman secoua la tête négativement. Il ne va pas se perdre. C'est un bon garçon. L'attardé claqua la porte et s'éloigna dans la rue. Hyman se dirigea vers la porte, la verrouilla et retourna la pancarte suspendue au carreau par une chaînette.

– Mon frère était comme lui. Un sacré demeuré. Alors, cette bière que vous ne vendez pas ?

La jeune femme acquiesça et quitta le bar pour la cuisine. Il la suivit, l'entraîna dans le couloir sombre et emmanché d'un escalier, la déshabilla et lui fit l'amour contre un mur. Sa peau était très blanche et ses fesses rondes, ses seins, comme il s'y attendait, menus et denses. Il l'embrassa et lui demanda qui lui vendait la bière. Elle l'ignorait. Il l'entraîna au bord de l'escalier, lui dit qu'il viendrait de temps à autre lui rendre visite et la pénétra en levrette, ses larges mains posées sur le haut de ses fesses. Elle répondit qu'il n'y avait jamais personne à cette heure, le mercredi, et commença à gémir doucement. Quand il se rhabilla et revint dans la salle, l'idiot suçait un sucre d'orge et patientait docilement devant la porte close. Il lui ouvrit et lui glissa un autre dollar dans la main et lui dit d'aller acheter un poudrier pour sa jolie maman. Sa maman était morte et il ne se souvenait jamais de son visage, sauf quand il la voyait sur les photos du premier mariage de papa. Hyman haussa les épaules. Vas-y quand même, mon grand.

Il coupa le contact de l'Essex garée sur un chemin de terre moucheté d'ombre et de lumière et traversa seul le bois peuplé de chants d'oiseaux, dépassa le tertre où les restes du beau-frère de Lepke reposaient, franchit une prairie dans la franche clarté du jour, fredonna une berceuse yiddish dont le couplet l'obsédait depuis la veille. Les sauterelles et les papillons s'égayaient devant lui. Il cessa de chantonner et gagna la porte de service de la maison ornée de clématites et de roses jaunes, tira son poudrier de la poche latérale de son costume et se poudra le visage à l'aide d'une houppette et s'introduisit par la porte de derrière, crayeux comme un spectre, le cuir de ses chaussures grinçant sur les tapis et le parquet encaustiqué.

Le sheriff, assis à la table de la salle à manger, lui tournait le dos et lisait son journal, un Coca décapsulé et perlé de buée, une assiette de viande froide servie sur un grand torchon à carreaux. Hyman tira son Navy Colt, fit trois pas rapides, colla le canon sur la nuque du gros sheriff et lui demanda s'il avait tué et enterré deux convoyeurs dans son jardin et s'il bossait pour Masseria. Le gros sheriff secoua la tête, ouvrit une bouche pleine de dinde et de mayonnaise, et n'eut pas le temps de déverser son lot rituel d'insultes, sa cervelle répandue dans une déflagration sur la nappe blanche et grêlée de fragments d'os, d'assiette, de dents et de gencives.

L'odeur de cordite mêlée à l'écho de la détonation, le souvenir de l'œil de l'élu sorti de son orbite et retenu par le nerf optique souillé de mayonnaise, incongrûment disposé sur le papier noirci de caractères d'imprimerie, le poursuivirent longtemps sur le chemin du retour vers New York.

Tôt le lendemain, il gara une Auburn beige et noire devant le restaurant et déjeuna servi par la jeune femme. Il lut le *Daily Mirror*, le meurtre du sheriff relaté avec force détails en deuxième page, déchira un morceau de journal, griffonna et glissa un mot à la jeune femme et l'attendit à la sortie de la ville, au volant de l'Auburn. La jeune femme prétexta quelques courses et son mari la supplia d'emmener l'idiot car il savait et comptait sur la présence du garçon pour la décourager de faire ce qu'elle avait déjà fait avec d'autres. Elle oublia l'idiot, acheta un exemplaire du *Mirror*, le plia et le rangea dans son sac et descendit la rue principale d'un pas rapide, gagna la sortie de la ville et monta dans la voiture.

Hyman roula dans la campagne, s'arrêta sur un chemin de terre et revint en ville une heure plus tard. La jeune fille lut l'article plusieurs fois dans la journée, excitée à l'idée d'un lien entre Hyman et le meurtre que l'on supposait avoir été exécuté par une femme en raison d'un poudrier retrouvé près du cadavre, rangea le journal dans l'un de ses vieux sacs à main suspendu dans son armoire à vêtements, et l'oublia.

Il y eut d'autres rendez-vous, six mois d'accouplements intensifs dans des voitures toujours différentes, des après-midi passées dans les motels de la région, parfois deux jours dans un bungalow de Brigantine Beach au bord de l'Atlantique. À la fin de l'hiver, les rencontres s'espacèrent. Hyman vint seulement les mercredis, ne vint plus qu'un mercredi de temps à autre, la jeune femme, désespérée et fielleuse avant l'amour, persiflant un tas de reproches et de suppliques après l'amour, chaque sermon incitant Hyman à espacer leurs retrouvailles et ne plus revenir, y songer parfois, quand l'œil énucléé du sheriff visitait ses rêves.

## XX.

### Pas un homme, un clown
### New York
### 1928

Saul acheta le *Daily Mirror* et ordonna une semaine plus tard à Hyman et deux de ses sicarios d'aller déterrer de nuit le beau-frère de Lepke. Les types exhumèrent une paire de cadavres et se servirent du chien pour distinguer le beau-frère. Le molosse, incontrôlable, tenta d'arracher un morceau de viande au cadavre le plus proche et l'un des deux morts fut choisi au hasard, l'autre fut coulé dans un bloc de béton, au sous-sol d'un restaurant d'East Village. Lepke organisa les obsèques de son hypothétique beau-frère au Mount Zion.

Le lendemain des funérailles, Saul Mendelssohn s'allongea au fond de sa fumerie et décida que sa femme et son enfant seraient juifs, émergea d'un voyage euphorique où tout était pardonné et déambula dans l'aube jusqu'à la synagogue d'Eldridge Street. De longs nuages effrangés de soleil passaient au-dessus des bas-reliefs en brique et leurs ombres rapides éteignaient l'éclat blanc des pare-brise sur les boulevards. Il grimpa dans un tram et remonta Broadway dans un tintement de cloche et s'assit, les yeux rouges et cernés, mal rasé, ballotté, affamé et dénombrant la somme de ses fautes dont le détail lui semblait un alignement de tessons maçonnés à la crête d'un mur.

Il commanda un bagel chez Katz's et se rendit dans une salle de boxe dont il avait acheté les poids, les gants, les espaliers et les sacs de frappe et payait l'abonnement du téléphone et payait le loyer. Hyman alternait des rounds au sac. Saul lui adressa un signe et salua les boxeurs de sa connaissance et ceux dont il n'avait jamais vu le visage le saluèrent avec déférence. Il grimpa le colimaçon de métal d'un escalier menant au bureau du gérant. Vieil Ashkénaze aux cheveux noirs, face ravagée, l'arête du nez ressoudée plusieurs fois et les oreilles boursouflées. L'homme quitta son fauteuil pour l'accueillir et Saul lui fit signe de ce rasseoir, prit place en face de lui, déballa son bagel et réclama du café. Le vieux préleva une tasse parmi les mugs alignés sur une étagère derrière lui et s'empara d'une énorme cafetière en émail, posée sur un réchaud militaire. Saul mangea et but son café dans la familière odeur de cuir, de chaussettes sales et de sueur rance, écoutant à plaisir l'impact sec et rapide des gants, jabs, cross, uppercuts et crochets heurtant le ruban de cuir des sacs craquelés et malaxés à hauteur de poing. Le claquement des cordes à sauter et l'écho des frappes se propageaient sous un plafond en planches de refend et pénétraient assourdis dans la mezzanine par de grandes espagnolettes entrouvertes.

Le vieux le fixa et lui dit que l'opium avait flingué bon nombre de ses boxeurs bas du front. Saul tourna la tête et regarda Hyman, maintenant sur le ring, travaillant au corps un type plus grand et presque aussi rapide que lui.

Il repoussa son café et jeta un coup d'œil aux affiches épinglées derrière le vieux, réclama un second café, une serviette propre pour descendre au sauna et suer toute la merde fumée dans la nuit. Le vieux approuva et se releva sur ses jambes frêles et arquées. Le reflet de son visage cabossé passa furtivement sur la vitre d'une affiche annonçant un combat entre Jack Johnson et le Canadien Burns. Il saisit l'anse de la cafetière et versa du café noir et fumant dans la tasse de Saul.

Saul demanda d'où lui venait cette affiche et le vieux répondit que son fils l'avait trouvée à Londres avant de traverser la Manche et d'aller perdre une jambe sur le front de la Somme et la lui avait achetée car il savait qu'il aimait bien Johnson. Un nègre intelligent. L'esprit d'indépendance. Un vrai pugiliste pratiquant une belle boxe, un type dont les poings avaient démoli Burns et James J. Jeffries à Reno en 1910, malgré les pronostics de Jack London et malgré les hurlements de la foule, à mort le nègre, et malgré ou peut-être grâce aux *Coon songs* chantées pendant le combat auquel il avait assisté et dont il se souvenait dans les détails.

Saul lui demanda s'il appréciait que ce nègre ait épousé plusieurs Blanches et le vieux répondit que ça ne le regardait pas et que le combat seul l'intéressait, le combat et tout ce que deux types encaissent et perdent. Le peu de chose gagné ne l'intéressait pas non plus.

Saul passa un coup de téléphone et ordonna à l'un de ses hommes de se rendre à son bureau, au 65, Bleecker Street, de lui rapporter un costume, une chemise, des sous-vêtements propres, une cravate et une paire de chaussures, raccrocha, prit sa serviette et descendit dans la salle et longea le ring, adressa un signe de connivence à Hyman. Hyman fit deux rounds supplémentaires et sauta à la corde dans un recoin obscur où d'autres boxeurs soulevaient des poids et les reposaient dans un tintement clair de fonte entrechoquée.

Une rangée de medicine-balls reposaient, leurs sphères imperceptiblement affaissées au pied d'une petite porte ouvrant sur les vestiaires. Saul se déshabilla et entoura ses hanches étroites d'une serviette et passa devant les lavabos, entra dans une cabine lambrissée et s'assit sur un banc dans la chaude atmosphère d'humidité. Hyman finit par le rejoindre et versa une louche d'eau sur les pierres brûlantes, s'installa et raconta par le menu les hésitations des soldats devant les deux zombies déterrés et la connerie du chien rendu fou par l'odeur des charognes et s'amusa de ce que l'œil du sheriff s'était écrasé sur son journal.

– Je crois que ce con lisait déjà les titres du lendemain.

Hyman raccompagna Saul dans une Chevrolet Capitol Touring neuve. Saul s'allongea sur le lit. Emma près de lui ne lui posa aucune question et n'exigea rien, lui dénoua sa cravate et défit les premiers boutons de sa chemise, lui caressa le front, sa main fine dans ses cheveux noirs, crantés et pommadés. Il la remercia dans un vague murmure et lui demanda d'ouvrir la fenêtre et laisser entrer le bruit de la rue afin de ne pas s'endormir ou dormir peu de temps et la supplia de revenir s'asseoir et de lui accorder une faveur, devenir juive pour que son enfant le soit et lui confia qu'il regrettait parfois de ne plus voir les eaux du Michigan, de ne plus entendre les vagues aux jours de tempête et la glace venir craquer et sarcler les grèves tapissées de galets et lui demanda si elle connaissait Caruso, *Vesti la giubba*, lui chantonna l'air entendu, tant de fois fredonné par des Italiens dans les rues du South Side, *Eppur è d'uopo sforzati ! Bah ! Sei tu forse un uom ? Tu se' Pagliaccio !* Ce chant, la nuit dernière, avait traversé son rêve sous opium, pas un homme mais un clown, comme tous les hommes un clown à la face enfarinée. Caruso, mort depuis une demi-douzaine d'années, l'avait visité et lui avait chanté *Vesti la giubba*, puis s'était tu et des chants d'oiseaux dont il ignorait le nom et l'existence avaient pris la relève, et son fils, l'enfant qu'elle portait, lui était apparu au milieu d'un bois, dans les montagnes, lui avait parlé, lui avait dit que dans le Talmud où quelque part dans un autre livre, peut-être le Zohar, peut-être dans les midrashim, peut-être ailleurs, l'enfer était un lieu dépourvu d'oiseaux.

Elle murmura qu'elle savait pour l'enfant, pas un avorton puisqu'elle serait bientôt sa femme. Assoupi, il acquiesça, oui, pas l'un de ces hommes qui s'enfarine le visage, un garçon, un roi, un juge dont tu seras la mère. Emma cessa de lui caresser les cheveux, écouta son souffle régulier sourdre d'entre ses lèvres charnues et le sentit s'enfoncer au profond d'un sommeil sans rêves et sans images dont les ténèbres se délieraient au matin suivant avec le retour des ombres derrière ses paupières.

Elle se tenait debout, faible devant la fenêtre de sa chambre du Mount Sinai Hospital en cette fin d'après-midi glaciale et la silhouette des immeubles s'effaçait derrière les rafales d'un blizzard à son commencement. Les bourrasques viraient et formaient des trombes sur la chaussée et la neige grésillait aux carreaux et s'accumulait en cristaux, levait une poudre abrasive et rugueuse, un brouillard aux confins duquel de rares voitures circulaient, leur feu arrière comme la flamme d'un lampion consumée dans sa falote et fragile cosse de papier.

Elle attendit longtemps, incrédule et sentant un reste du parfum, l'odeur de Saul et de ses cheveux sur le revers de son peignoir, un vague effluve de tabac joint au souvenir béat et lancinant des pleurs de Sarah que les vrombissements du vent ne parvenaient pas à éteindre. Elle recula et s'assit au bord du lit et regarda la nuit livide et les stalactites descendre sous la traverse haute de la fenêtre, attendit, tranquille et ravie, la venue de sa fille, la venue de l'infirmière de service, l'instant où sa fille blottie contre elle, ses minuscules poings serrés et ombrés de fossettes, ses chevilles menues, sa bouche charnue comme l'était la bouche de Saul, lui saisirait le téton.

Le vent hurlait dans Manhattan et elle n'avait jamais eu peur de perdre l'enfant durant sa grossesse. Ametza morte au pays lointain. Emma Mendelssohn, Juive américaine mariée à Saratoga dans l'État de New York, née d'un combat et d'un exil parachevé au Mount Sinai Hospital. Emma Mendelssohn, mère d'une fille venue à terme, dont le père s'était épris dès la première rencontre. Emma. Sa fille la connaîtra pour toujours sous ce prénom choisi à Ellis Island par un Américain, Ametza morte à Ellis Island sous la plume d'un fonctionnaire américain, morte au pays lointain.

L'infirmière frappa à la porte et lui montra la petite emmaillotée et langée. Sarah gémit. Une plainte presque inaudible et reconnaissable entre toutes. Emma, envahie d'une gratitude incommensurable et sans objet, lèvres décolorées, joues hâves, épuisée, tendit les bras.

La petite chercha et colla son visage contre le sein de sa mère et la mère la regarda téter. L'infirmière posa sa main sur le montant de métal froid du lit, acquiesça et se tourna vers la fenêtre, son jeune profil, calme et éclairé sous sa coiffe par la lumière jaune de l'abat-jour. Il n'y aurait pas de visite avant la tombée du vent et le blizzard pouvait durer, trois, peut-être quatre jours, et durant trois ou quatre jours empêcher bon nombre de patients de dormir. Une seconde infirmière entra et sourit et souleva un encombrant bouquet de roses offert par Saul.

Les infirmières se retirèrent et fermèrent la porte et les crissements de leurs pas dans le couloir laissèrent la mère et la fille à leur solitude. La mère, sentant croître un amour sans mesure, observait attentivement le minuscule visage rouge et fripé de la fille.

La lumière de l'abat-jour s'éteignit et la chambre demeura dans la pénombre. L'ombre de la commode et du bouquet de fleurs s'affermit. Emma se pencha sur sa fille et constata qu'elle dormait. Sa tiède et délicate respiration pulsait à la pliure de son coude. Elle lui caressa le visage et lui dit qu'elle l'aimait. Sa voix couverte par le souffle du vent, celui de sa fille et le sien confondus en un seul et inaudible murmure, elle ramena l'ourlet du drap et des couvertures sur le minuscule corps et se cala entre les oreillers et s'abandonna, muscles ankylosés, travaillée de douleurs passagères, contractions et tensions, relâchements, raideurs inédites, chaque organe migrant doucement, ses entrailles et ses seins gourds, sa chair se resserrant sur l'espace laissé par la délivrance, une perte quand sa fille n'était pas entre ses bras, une désertion quand elle ne pouvait plus respirer son odeur, effleurer sa tête aux cheveux soyeux et sentir palpiter le sang sous la fine membrane de peau recouvrant la fontanelle.

À l'aube, le vent hurlait encore. Elle ignorait quand Saul pourrait les rejoindre et ferma les yeux. Manhattan bientôt confiné dans cette quiétude étrange d'après la tempête. Rues blafardes et sillonnées de congères dont la hauteur obstruait les voies étroites et exposées à la meurtrière cisaille des vents. La ville abandonnée, mutique et soumise à l'inventaire d'une division de chasse-neige arpentant au matin la gueule de bois d'un monde enseveli, déblayant et soldant le souvenir d'errances le long des avenues vers Central Park et les bavardages insipides engagés avec les femmes de gangsters, gravides elles aussi, acceptant de prêter à leur mari les qualités d'homme d'affaires respectueux des lois fédérales et de la Halakha, l'ascendance estimable de fils d'émigrés ayant fui la violence des pogroms et l'affrontant de nouveau pour mieux la contraindre, les attributs de la puissance et de l'élégance devant lesquels s'inclinaient d'autres hommes, cosaques ou politiciens, vulgaires ou flics corrompus comme l'étaient tous les flics.

Et cette division de chasse-neige balaierait le souvenir de neuf mois d'une attente paisible. Saul la réveillant chaque nuit, insatiable, la désirant puis vacant de sang-froid à ses occupations. Neuf mois d'études, de lectures à la grande bibliothèque et l'obtention prochaine de son *high school diploma* et cette promesse faite à Saratoga, pendant leur mariage, chuchotée à l'oreille de l'époux, se tenir à l'écart du tumulte, des livraisons de moonshine et des meurtres, s'il la laissait étudier et s'inscrire, au printemps prochain, à Columbia University.

Elle serra sa fille contre elle et l'embrassa doucement et songea que les choses advenaient quand la volonté seule les obligeait et songea que la ville serait bientôt dégagée de toute sa glace par la seule volonté des hommes, New York retrouvant son tohu-bohu, le brouillard levé et les oripeaux du passé livrés aux foules excessives et pratiquant un anglais de tapage, un anglais de colonie libérée dans le sang, une langue ancienne et brutalisée au sein de laquelle tous s'engendraient en un combat douteux.

# XXI.

## Cela te convient-il ?
## Ametza
## 1925

Ametza distingua la silhouette de sa mère au pied de son lit. Un rai de lumière passait sous les volets et projetait une mitraille d'éclats livides sur la tapisserie imprimée de roses bleu pâle. Sa chambre d'enfant était pleine du parfum des fleurs séchées et de l'odeur de sueur aigre de sa mère. Elle s'étira, se redressa sur son oreiller et regarda le corps épais de sa mère enveloppé d'obscurité, bâilla et s'assit à la tête de son lit et sentit une douleur lui traverser le bas-ventre. Elle plaça une main entre ses cuisses et trouva son drap humide de sang.

Sa mère s'approcha et déposa une infusion de sauge sur la table de nuit, tira une enveloppe de la poche de sa blouse et la glissa à côté de la tasse. Ametza se recroquevilla et sa mère s'installa près d'elle et la serra dans ses bras. Ametza demeura un instant immobile, puis repoussa sa mère et repoussa le drap, se hissa de nouveau contre l'oreiller, saisit la tasse et but une longue gorgée. Sa mère se leva, s'écarta du lit, souleva l'espagnolette des volets dans un grincement de ferraille grippée et laissa entrer la lumière vive et froide du matin. Une valise attendait près de la porte et son unique robe neuve était suspendue comme un spectre à un cintre dont le crochet avait été passé dans l'anneau de la clef de l'armoire. Elle but une seconde gorgée de sauge et regarda son vêtement plaqué aux portes patinées de l'armoire.

– Papa est là ?

– Non.

– Franck ?

– Franck n'a pas cessé de parler dans son délire et ton père est resté près de lui à l'écouter. Il a dit que tu n'étais plus sa fille et que tu serais partie quand il reviendrait. J'ai écrit une lettre à ma sœur. Tu la prendras avec toi. Tu seras partie pour Santander quand ton père sera de retour.

Passé la frontière espagnole elle aperçut la mer grise et jointe à la baie, les plages de San Sebastiàn, peut-être d'une autre ville car elle s'était assoupie et recroquevillée sur son mal de ventre, fébrile et nauséeuse, assise sur la banquette en bois d'un autobus Citroën bicolore dont les rapports craquaient et le moteur peinait dans les montées. Une vieille ronflait et lui soufflait sa mauvaise haleine et sa tête roulait et tombait sans cesse sur son double menton. Le ciel était couvert à l'ouest et l'ombre d'un cuirassé avançait sur le bord effilé de l'horizon. Une pellicule de buée s'étendait sous les joints verdis de la vitre, puis s'ouvrait à la manière d'un obturateur grippé sur les montagnes et leurs sommets assiégés d'ocres feuillus. Leurs pentes et leurs replis assombris se divisaient en versants bleus et indistincts au sud. Une strate de nuages bas et surplombée d'un ciel pur louvoyait et couvrait les reliefs arasés à l'ouest, glissait dans l'échancrure d'étroites vallées, se coulait et rampait et serpentait dans le corridor de rivières poissonneuses. À la sortie d'un virage, une pluie collante lubrifia la carrosserie du bus.

Ametza entra dans Bilbao et descendit de l'autocar devant la gare de la Concordia et regarda la vieille ville en contrebas du Nervion, ses eaux troubles et gaufrées de pluie entre deux berges de brique. Elle paya son billet avec l'argent de sa mère.

La pluie cessa. Elle disposait de deux heures pour échanger ses francs et trouver un endroit où manger. Le vent scinda les nuages et le soleil illumina les bâtiments alignés sur la berge ouest de la rivière. Ses rayons obliques traversaient les vitres poussiéreuses des oriels, plaquant leurs ombres distendues sur leurs murs auréolés. Elle laissa sa valise à la consigne et sortit de la gare et sentit grandir en elle une indifférence velléitaire. Somnambule, elle remonta vers les quartiers bâtis au siècle précédent, changea son argent au guichet d'une banque et regagna la vieille ville, entra dans une auberge et commanda un ragoût de boulettes de viande servi dans un épais caquelon. Les rares hommes attablés alentour l'observaient et la jugeaient, seule, pâle et épuisée, ses pieds serrés dans ses chaussures mouillées, son ventre douloureux. Elle lut un peu le journal froissé qu'elle avait acheté en France le matin même. Un article mentionnait la disparition de douaniers en montagne. Des recherches infructueuses sur le point d'être abandonnées. Elle ferma et replia le journal et plongea la main dans son sac, effleura la lettre rédigée par sa mère, hésita à l'ouvrir, tenta d'imaginer la vie qui l'attendait à Santander mais ne perçut rien au-delà de sa place réservée dans un compartiment de troisième classe.

Une antique locomotive 220T et ses wagons louvoyaient sur une voie tracée entre des parois de schiste, au fond de vallées, le long de rivières aux eaux vives et sombres. Les montagnes s'ébréchaient et divergeaient en pentes douces, leurs dévers bordés de vastes marécages et de plages embouties par les houles. La 220T fit halte dans de nombreuses gares de village, franchit un col et quitta le Pays basque pour la Cantabrie, longea l'Atlantique sur un plateau de végétation rase à l'horizon duquel s'élevait une paroi convexe et grise. Elle reconnut une roche saillante et bossue comme l'échine d'un cachalot fendant les eaux et sentit le parfum des forêts d'eucalyptus se confondre aux scories de charbon.

Souriantes et coiffées d'un béret, leurs cheveux tressés en nattes blondes, trois collégiennes vêtues de robes neuves et égayées d'un col Claudine aux reflets bleus immaculés étaient assises face à elle. Elles bavardèrent, sortirent des poires et des pipas et lui en proposèrent. Passé Laredo et Colindres, de nombreux voyageurs descendirent et le train traversa un estuaire de jonchères et de rosières, de terres alluviales habitées d'oiseaux marins et migrateurs. Ametza s'excusa, plia son manteau, le cala en guise de coussin entre son épaule et la vitre, et ferma les yeux. Avait-il eu froid en la quittant ? S'était-il aperçu qu'il tombait d'entre ses cuisses sur la terre molle et visqueuse ? En avait-elle été la mère ? Homoncule, créature défectueuse et culbutée d'un recoin de matrice lubrifiée. En serait-elle à jamais la mère ? La terre t'a-t-elle paru froide, enfant ? Âpre et noire, mon presque enfant ? Y demeureras-tu pour les siècles des siècles, enfant ? Couché dans les limbes de mon échec, mon enfant ? Ametza ouvrit les yeux sur un lointain de ciel et de mer brouillé d'une vapeur grisâtre, épaisse, consistante et bosselée comme une glissière en zinc soudée sur un auvent, abaissa lentement les paupières et s'assoupit.

Le train suivait lentement les quais du Sardinero quand elle ouvrit les yeux. Les freins crissèrent. Une voix nasillarde résonna dans un haut-parleur. Les gamines sourirent et lui confirmèrent d'un hochement de tête l'entrée en gare de Santander. Elle déposa son vieux manteau sur ses genoux, les yeux gonflés de sommeil, écouta la voix crachoter et répéter, *Santander final de trayecto.* Sur sa droite un vapeur descendait les eaux vertes et agitées en direction du large. Sa proue divisait les vagues et soulevait un halo d'embruns dissipés en arc-en-ciel et son panache de vapeur noire se couchait, sapé par la vitesse et le vent. Le train, dans une courbe immense, révéla les docks doublés, le port marchand, les wagons aveugles et isolés sur des voies de garage, les bassins jalonnés de grues désœuvrées et squelettiques.

Elle quitta la baraque de la gare isolée sur les quais, louvoya entre les charrettes chargées de bagages et les fiacres, froissa et jeta son journal français dans une poubelle comme une chose caduque et compromettante, emprunta un large trottoir sous un rempart d'immeubles aux balcons parfois tendus de drapeaux, marcha dans l'ombre des marquises et dépassa plusieurs kiosques à journaux dont les quotidiens suspendus à des épingles à linge signalaient un attentat contre Mussolini commis par un député socialiste et franc-maçon.

La circulation était rare sur l'avenue et les quais étaient battus par un vent frais, venu de la rive opposée de l'estuaire. Des barcasses de pêche et des vapeurs affublés de chaudières ventrues gîtaient à l'amarre, gravides et rustauds dans leur carré de digues. Elle traversa l'avenue et tourna le dos à la mer puis s'engouffra sous l'arche d'une banque. Un tram fit tinter derrière elle sa note claire et la rattrapa dans une rue calme et ombragée. Elle longea une esplanade occupée d'un kiosque où des enfants jouaient au cerceau sous la tutelle de duègnes endeuillées et se souvint s'être amusée en cet endroit, autrefois, avec son frère.

La façade de la demeure s'élevait derrière un vieux magnolia dont les racines passaient sous un ancien muret de pierre surmonté d'une grille en fer forgé. Elle s'arrêta devant le portillon, posa sa valise, hésita devant le heurtoir à tête de fauve fixé sur la porte, jeta un œil aux trois autres demeures contiguës, ocre ou pâles, plus anglaises qu'espagnoles.

L'entrée était sombre et silencieuse et sentait l'encaustique et le cigare. Le domestique, échalas gominé au visage revêche, la laissa patienter longtemps entre deux portes closes, dans un vestibule octogonal et meublé de fauteuils tendus de cuir martelé. Deux battants percés de vitraux opaques la séparaient d'un grand hall et les fragments de verroterie jointés de plomb encerclaient deux ovales ornés de lys dont la couleur rehaussait, en s'y reflétant, la pâleur de son visage amaigri. Son cœur battait dans ses poignets et son ventre était encore douloureux et plusieurs fois elle manqua de s'en aller mais déposa sa valise à ses pieds, résignée et lasse, ressassant son bannissement, à la merci d'une lettre enfouie au fond de son sac.

Un peu grasse et moins grande, moins éprouvée par les ans, bien que plus âgée que sa sœur, Maria Rivera Villacampo lui ressemblait néanmoins. Elle lut la lettre et sourit. Ses cheveux noirs et ondulés, sous le lobe de l'oreille en lisière de sa nuque fine et blanche, réfléchirent la lumière tamisée d'un grand abat-jour rose, frangé de fils de soie. Elle se tenait droite, assise au centre d'un Chesterfield, le visage poudré, les yeux sombres et surlignés de noir, genoux serrés, les jambes légèrement de biais devant une table basse sur laquelle reposait un biscuit, Diane, dit-elle d'une voix douce à l'intention d'Ametza, immobile dans un petit fauteuil en velours rose, le ventre travaillé de légères contractions, une tasse de thé en porcelaine chinoise décorée d'oiseaux exotiques, déposée devant elle.

– Alors, tu vas rester et vivre ici et nous allons te donner une éducation. Cela te convient-il ?

– Oui, madame.

– Oui, ma tante. Et ce sera comme si tu étais un peu ma fille.

– *Si, señora.*

– Oui, ma tante. Cela te convient-il ?

– Oui, ma tante.

– Nous te présenterons ton oncle ce soir. Il faudra l'appeler *mon oncle.*

– *Si, señora.*

Il y eut d'autres instructions, laconiques et comme dispensées à une domestique pour son premier service, et *si señora* et oui ma tante et ce sera comme si tu étais un peu ma fille, et jusqu'au soir des suggestions distribuées comme des ordres et jusqu'au soir cette affection outrée, prématurée, plus torve encore à l'arrivée de l'oncle aux regards appuyés, et cette frénétique mascarade endurée bien après le crépuscule tombé en une bruine froide sur la ville et sur les darses, et nous te donnerons une éducation, et oui mon oncle et *si señora* et oui madame, et la mansuétude de deux inconnus avides de gauchir et d'abuser le sort et l'infertilité de la tante, et jusqu'à l'heure du coucher cette mansuétude sur la foi d'une lettre dont les mots expiraient à présent au fond d'un secrétaire en bois de rose.

# XXII.

## Ametza
## Santander
## 1925

Une question la réveilla bien avant l'aube et l'occupa longtemps dans le silence interrompu par le craquement des meubles et des planchers. Les premiers chants d'oiseaux s'échappèrent d'entre les feuilles rigides du magnolia dont le lobe battait aux carreaux. Elle regarda le jour venir et resta pieds nus sur le parquet blond de la chambre. Elle n'avait plus mal au ventre. Elle regagna son lit, évita une table sur laquelle un vieux télescope luisait faiblement, dégagea les draps et n'aperçut pas la moindre trace de sang, leva les yeux sur un christ ostentatoire et dolent sous l'indulgence duquel elle avait un peu dormi, observa la plaie incise dans l'ivoire de son flanc et recula lentement sans oser la quitter du regard, isolant du reste de ce corps cireux la fente obscène, profanée et féconde.

Elle ramassa quelques vêtements froissés dans sa valise et enfila un long couloir conduisant à un grand escalier sombre et desservant les quatre étages de la demeure, poussa doucement chaque porte close. L'une d'entre elles s'ouvrit sur une étroite salle de bains équipée d'une baignoire, d'un lavabo en marbre blanc et d'un bidet.

Un bruit caverneux de plomberie se propagea derrière les murs et remonta des entrailles de la maison. Elle attendit, incrédule au bord de la baignoire et supposa que le jet, d'abord malingre, saumâtre puis brutal, irrégulier et froid, devrait bientôt tiédir. Elle s'émerveilla bientôt de voir de la vapeur s'élever, enfonça la bonde dans le siphon, entra vêtue de sa chemise de nuit dans la baignoire, la retira et la plongea dans l'eau et la saupoudra de sels de bain trouvés dans des bocaux disposés sur une petite table en acajou encombrée d'une mappemonde. Le dos immergé, elle fixa un fragment d'Espagne et de Portugal et traversa l'Atlantique de papier verni décoré de chimères, serpents ailés et visages d'anges joufflus soufflant au-delà des méridiens tracés comme à la pointe d'un couteau dans la peau d'une pastèque, de caravelles naviguant en un inconcevable voyage le long de lignes en pointillé. L'eau était presque froide quand elle se lava.

Ne trouvant pas de draps pliés dans la grande armoire jouxtant une psyché embuée, elle hésita à s'envelopper dans une serviette éponge. Les appliques fixées de part et d'autre du miroir grésillèrent et s'éteignirent. Elle se tourna vers une petite fenêtre et grimpa sur l'assise d'un antique fauteuil aux accoudoirs moisis, la déverrouilla et l'ouvrit, s'habilla d'une robe défraîchie et retourna dans sa chambre.

Elle descendit et confia sa chemise aux soins d'une domestique occupée à quelques lustrages rébarbatifs. La jeune femme s'interrompit de mauvaise grâce, baissa les yeux sur le paquet de linge humide et demanda qu'en faire, l'emporta et ne le lui rendit jamais.

Elle déjeuna dans une petite salle à manger aux murs décorés d'une marine en grisaille et s'enquit de sa tante auprès de la domestique. Sa tante ne venait jamais au salon avant le milieu de la matinée.

La vie s'organisa. Chaque jour de semblables rituels. Au dîner, les mêmes souvenirs remués. Rance héritage et collections d'anecdotes familiales, insipides resucées de l'oncle. Son père et l'évocation de son séjour omis. Sa tante, sans cesse rappelée à sa condition ainsi qu'à son infertilité entre d'abstruses considérations politiques, approbations mâtinées d'une défiance toute catholique à l'égard de Mussolini, monologues suintant un déplaisir d'aristocrate manqué, soumis aux fantômes de banquiers suffisants, aux spectres d'anciens armateurs ruinés et grimés en hidalgos dont la lignée, au bord de l'extinction, brasillait dans les cendres d'un cigare fumé en fin de repas.

Chaque nuit, les fantômes évoqués par l'oncle échouaient à endosser leur rôle de spectres. Chaque matin, passé l'aube, les jours où le soleil luisait sur les rails des tranvías, le long de Puerto Chico, elle quittait la demeure et s'approchait des quais pour contempler la baie et finissait par ne plus rien discerner que le son glauque de la marée s'engouffrant dans les fissures de la maçonnerie. De faibles vagues léchaient et submergeaient les deux ou trois marches d'un escalier de schiste bleu, dont les degrés s'enfonçaient diffractés dans une masse d'eau mouvante et transparente, se retiraient, abandonnant dans le ressac une résille d'écume exténuée sur un monde traversé d'une lumière de vitrail.

Tout l'hiver elle songea à son père vivant des subsides d'un bataillon de putains, son père, bien avant elle exilé en cette ville, tout l'hiver elle méprisa les fantômes infatués, figés dans leurs daguerréotypes, Rivera, Villacampos et consorts appariés et encadrés, tout l'hiver elle maudit la faiblesse de ce père qui l'avait obligée à rejouer son exil, l'impotence de sa mère dont les ambitions avaient engendré pour elle un quotidien déficient, taciturne et cadencé par le carillon d'horloges de salon, une vie occupée de leçons données par des répétiteurs âgés, à dessein d'éducation et de mariage.

Elle se conforma aux promenades, aux bavardages douceâtres, à l'heure du thé dans les salons de l'hôtel Real, à la messe dominicale en la cathédrale de l'Assomption de la Vierge Marie, aux sermons imbéciles et politiques des prêtres carlistes, abdiqua sans repentance sous le poids des crucifix de procession brandis entre soleil et crachin par les rues de la ville, supporta l'ombre projetée du crucifié sur l'anonyme avorton tombé d'entre ses cuisses et se demanda jusqu'à l'été si quelque chose dans sa vie pouvait encore changer.

## XXIII.

### Retrouvailles
### Edur
### Santander
### Fin du mois d'août 1925

La portière d'une torpédo Citroën 5 HP s'ouvrit dans un couinement et deux jeunes filles coiffées à la garçonne, l'une diaphane et vêtue d'une robe droite en lamé, taillée au-dessus du genou, l'autre rousse et vêtue d'une robe rouge et moulante, en soie de Chine, s'extirpèrent de l'habitable en jurant et se plaignant de l'exiguïté du véhicule.

Edur descendit, claqua la portière et sourit aux filles et les filles réclamèrent leurs bagages et gloussèrent en tapant du pied et en s'impatientant sur le trottoir d'une ruelle de la ville haute, dont la pente croisait la perpendiculaire d'un boulevard. Edur s'accroupit, posa un genou sur le marchepied poussiéreux et chercha sous la banquette une cale en bois, la coinça contre la bande roulante d'un pneu, se releva et repoussa du plat de la main le haut de la roue de secours fixée à la portière. La portière claqua. La blonde l'interpella.

– T'es un vrai plouc et un sacré radin, Ed !

– J't'ai déjà dit de pas m'appeler Ed.

– Dire que tu nous as fait voyager depuis Pamplona dans ce canard boiteux sans jamais t'arrêter pour nous payer un verre.

– Un canard boiteux pour deux dindes, j'connais pas mieux.

– T'es un vrai gentleman, Ed, ça pour sûr qu't'es le seul gentleman que je recommanderai quand tous les gentlemen y seront morts !

Edur retira son béret, épongea son front avec la manche de son costume, soupira et défit les lanières attelant deux petites valises en carton au coffre en cul-de-poule de la voiture, les déposa sur le trottoir, traversa la ruelle déserte et ajusta la veste de son costume sombre de premier communiant, se lécha la paume de la main et la passa sur ses cheveux courts et drus, pénétra dans un corridor en marbre par une lourde porte cochère, regarda ses chaussures mal cirées, la tige craquelée et striée de pliures blanches, se courba et tapota le genou poché de son pantalon sale de la poussière du marchepied, entendit les deux filles derrière lui, portant leurs valises et soupirant, estima une fois de plus ce qu'il pouvait en tirer et se demanda combien pouvait coûter une nuit passée à les essayer.

Le grand hall du bordel était frais, carrelé de marbre et traversé d'un tapis rouge. Un escalier à double révolution, décoré de lampadaires supportés par des nymphes aux seins nus, montait vers le grand salon et les chambres. Une femme, âgée d'une cinquantaine d'années, brune, belle, le nez droit et fin, les attaches fines, les yeux sombres, les accueillit, jeta un bref regard aux filles et leur ordonna de la suivre au flanc du grand escalier et poussa une porte capitonnée de cuir bordeaux, derrière laquelle se trouvait un vestibule aménagé en bureau, traversa la pièce et referma une seconde porte donnant accès à un salon bourgeois décoré de fougères de Boston, puis désigna un siège confortable au fond duquel Edur s'installa.

Elle s'assit sur le tabouret d'un petit secrétaire en bois précieux et les filles se dévêtirent tandis qu'elle leur posait une salve de questions d'une voix froide et mécanique. La rousse, française, avait travaillé six mois dans un bordel de luxe à Toulouse. Le bordel avait été incendié par un client ivre et jaloux. La blonde venait de Pamplona et son mari l'avait répudiée après l'avoir trouvée dans le lit conjugal avec une autre fille, et peut-être avec un type, mais elle ne s'en souvenait pas précisément parce qu'elle avait un peu trop bu en ce jour de liesse.

Les deux filles étaient belles et très jeunes, une peau laiteuse et tavelée de taches de rousseur, ventres ourlés, des fesses rondes et larges, une taille serrée et des seins hauts, ceux de la rousse légèrement plus lourds et parcourus de veines bleues, les yeux de la blonde, noirs et intenses, ceux de la rousse, marron, presque dorés. La maquerelle leur demanda de se retourner et nota plusieurs choses dans un cahier, ouvrit un petit tiroir et sortit un rouleau de billets de banque, préleva une liasse et la repoussa au bord de son secrétaire à l'intention d'Edur.

Edur quitta son siège et la maquerelle remarqua son érection et comprit l'agacement de cet homme rétribué au bord d'une table et sentit son odeur de sueur rance et de tabac froid et perçut une menace latente dans l'économie de ses gestes quand il saisit la liasse, compta et recompta, approuvant d'un hochement de tête avant de retourner dans son fauteuil et tirer de la poche intérieure de sa veste un cigare.

La maquerelle se leva et lui interdit de fumer dans son bureau et donna l'ordre aux filles de se rhabiller. Edur expliqua que c'était un très bon cubain, une façon comme une autre de fêter ça. La maquerelle l'ignora. Edur rangea son cigare et demanda combien pour les deux filles et s'il avait droit à une ristourne pour la nuit. La maquerelle réclama la liasse, préleva quelques billets, ajouta le prix de la location d'une veste convenable, car son établissement était un établissement haut de gamme et précisa ne tolérer aucune brutalité sur ses employées.

Il attendit longtemps, affalé sur un canapé dans le salon désert, fumant et buvant de l'alcool de poire et du café, admirant les croûtes pompeuses accrochées aux murs, fantasias de cavaliers arabes soulevant des volutes de poussière, scènes de bain turc vaguement inspirées d'Ingres, servantes noires et dénudées et asservies à de blanches majas alanguies, indolentes et torpides. Il s'attarda sur les larges fesses d'une femme blanche et cambrée, qu'un Maure barbu s'apprêtait à égorger d'un coup de couteau à lame recourbée, s'approcha du tableau et décida qu'il n'avait jamais rien vu d'aussi beau, jamais de femme aussi belle, nue et chaussée de mules, comprit que le type allongé sur le lit ordonnait le massacre des autres types autour de lui et se rêva à sa place, s'inquiétant d'une chose ajournée dans la scène, subtile et qu'il ne parvenait pas à éclaircir, fascinante et tout aussi familière que l'odeur de sa propre sueur.

Quand la chambre fut prête, un type au visage grêlé, efféminé et hautain, vint le chercher. Edur le suivit à l'étage et lui demanda une paire de mules. Le type revint avec des mules rehaussées d'un ruban de fourrure blanche. Edur le chassa sans remerciement ni pourboire et ordonna aux deux filles de se dévêtir, à la blonde de chausser les mules et de lécher la rousse, puis baissa son pantalon et monta la blonde brutalement et vint aussitôt, décontenancé, se retira, s'essuya dans un pli de la robe en soie de la rousse, remonta son pantalon et s'isola dans un coin de la pièce, alluma un autre cigare et demanda à la blonde de continuer de s'occuper de la rousse. La rousse le traita de chien et la blonde s'exécuta en larmoyant.

Edur orchestra plusieurs scènes du même genre, but de l'alcool de poire et se reposa entre trois brèves saillies inaugurales, s'endormit avant la quatrième, se réveilla en sursaut sur une chaise, pantalon aux chevilles, sexe à l'air et bouche pâteuse, distribua d'autres consignes aux filles, les lorgna, regarda son pénis se redresser mollement, se leva et remonta son pantalon sur ses genoux afin de gagner le lit à baldaquin, puis s'acharna sur la rousse. La répétition et la monotonie de ses fantasmes finirent par le désappointer et l'obligèrent à chercher de nouvelles mises en scène. N'en trouvant aucune capable de le rembourser sur la somme laissée à la maquerelle, il abdiqua, se rhabilla et donna aux filles quartier libre, descendit au salon, s'affala de nouveau dans le canapé.

D'autres hommes discutaient avec d'autres filles. Il les écouta, envieux d'il ne savait quoi d'aisé et de naturel dans leurs propos. Certains tripotaient les filles et certains dansaient et le considéraient d'un regard morne et sans condescendance. D'autres montaient avec la pute de leur choix. Le majordome efféminé, cupidon de longue haleine aux yeux lestés de poches de graisse, circulait avec des mouvements de hanches ouatés, son plateau d'argent chargé de tasses à café et de flûtes à champagne supporté d'une main, se rehaussait du col et se payait de feinte dignité au milieu des transactions et des chuchotements, des gloussements et de la musique nasillarde sortie de la bouche d'un électrophone au cornet acoustique rutilant et ouvert comme une fleur de métal outragée.

La rousse et la blonde descendirent au salon et s'installèrent sur une banquette en demi-lune, conspirant et buvant leur café dans de fragiles tasses en porcelaine, tandis qu'un homme portant des chaussures bicolores, mince et vêtu d'un costume gris en laine d'été, leur souriait et les agréait de sa feinte indignation.

L'homme se tenait assis entre les deux putains quand Edur s'approcha, son cigare et son verre de champagne à la main, le bouscula légèrement et attesta d'un regard qu'elles étaient en main pour la soirée. Le type s'excusa, se redressa, s'inclina et se présenta. Juan José Manuel Rivera Villacampo. Edur l'observa avec un demi-sourire et déclara qu'il était normal de s'arranger entre gentlemen. L'homme acquiesça sous les verroteries d'un lustre suspendu au centre de sa moulure ovoïdale. Edur passa une main sur ses joues mal rasées, tira sur son cigare, souffla la fumée en direction des filles.

– Rivera, comme notre Premier ministre et général !

Juan José Manuel désigna une croix de Bourgogne en rubis, piquée au revers de sa veste.

– Que notre Premier ministre et général aille se faire foutre chez le diable en personne ! Pour ma part je suis carliste !

Edur leva son verre de champagne.

– Vive Christ-Roi !

– Vive Christ-Roi !

– C'est la seule chose qui compte en ces temps de décadence. Christ-Roi !

– Je comprends mieux pourquoi nous convoitons les mêmes femmes.

– Vive Christ-Roi !

– Dieu, la Patrie et le Roi !

– Christ-Roi !

Plusieurs hommes dans la pièce levèrent leurs verres. Vive Christ-Roi ! Juan José Manuel se pencha en avant et plaça, en signe de confidence, une main ouverte à la commissure de ses lèvres.

– Éloignons-nous un peu afin de ne pas blesser ces dames.

– Pas sûr qu'elles se vexent si facilement, mon cher Juan José Manuel.

– Vous avez sans doute raison, mais je satisfais à cette règle pour toutes les femmes, et ceci afin de me tenir digne chaque jour devant la seule que j'ai jamais vraiment aimée.

– À la femme que vous aimez, cher Juan José Manuel !

– Vive Christ-Roi !

– Vive les femmes qui nous plaisent vraiment et ne sont jamais nos épouses !

– Hélas !

– En attendant, consolation vaut mieux que désolation, et je te laisse ces deux filles contre un amical dédommagement, mon cher Juan José Manuel. Vive Christ-Roi ! Et portons un toast à l'élue de ton cœur !

– Dieu, la Patrie et le Roi ! Je lève mon verre à ma chère et tendre, à ses cuisses d'ivoire si douces, à sa tendre poitrine intouchée, au velours…

Villacampo s'interrompit et chancela. Edur tira de nouveau sur son cigare, expira lentement sa fumée grise et lourde au revers de la veste de Villacampo, plus grand que lui et titubant sur ses talons, paupières closes et cherchant une suite à sa tirade, ne trouvant rien d'autre à ajouter qu'un prénom qu'il délaya sur sa langue ankylosée, doucement et pour lui seul.

Edur était assis à la terrasse d'un salon de thé sous les arcades et buvait à petites gorgées un café au lait. Deux balayeurs contournèrent le kiosque à musique d'une esplanade rectangulaire et se mirent au travail, soulevant un nuage de poussière jaune et dissipant des volées de moineaux entre les branches de frêles oliviers. Il ferma les yeux, écouta le chant des oiseaux et le chuintement des balais et ne les ouvrit pas même quand le serveur se pencha et déposa sur la table trois œufs frits et des toasts et lui dit qu'il fallait s'attendre à une chaude journée. Edur posa les mains à plat de part et d'autre de son assiette et le garçon lui demanda s'il se sentait bien. Edur cligna des paupières sur un fragment de ciel bleu et traversé de nuages filandreux, ne répondit pas et le garçon s'éloigna, et le mince nuage de poussière déplacée par les balayeurs pénétra sous les arcades.

Une citerne tractée par des chevaux passa dans une contre-allée. Il reconnut Ametza au-delà de l'esplanade et sur le trottoir de la contre-allée, marchant dans l'ombre des immeubles.

## XXIV.

### Second bannissement
### Ametza

Juan José Manuel entra tard et sans frapper dans la chambre d'Ametza, vint à son chevet et resta silencieux, incube recroquevillé dans la moiteur et dans l'obscurité, approchant son visage et humant ses cheveux, écoutant sa respiration calme et régulière, cédant soudain à l'audace de tendre une main tremblante en direction de son épaule nue et s'arrêtant à mi-chemin, interdit, soupesant parmi les choses susceptibles d'autoriser et disculper sa concupiscence, triant parmi les fragments de récit dégoisés par ce type au bordel, la nuit précédente, décidant de se lever dans un léger craquement de genoux, retirer sa veste et ses vêtements, se présenter nu, en érection, vacillant, le souffle saccadé, transporté et contrit, prononçant d'une voix chancelante des mots d'amour dont le débit sourd et rauque l'effraya et le poussa à s'agenouiller et implorer le pardon.

Elle ne risqua pas le moindre geste, réveillée par les sanglots, et ne prononça pas le moindre mot. Elle espéra qu'il cesse de geindre et quitte la pièce.

Désabusée, elle finit par presser l'interrupteur de l'abat-jour sans se tourner vers son oncle. Les yeux ouverts et fixés sur la petite table de nuit éclaboussée de lumière, elle l'écouta se lamenter et prier, lui proposa longtemps la tacite et laconique possibilité d'une retraite sans déshonneur, remonta le drap sur son épaule, puis ferma de nouveau les yeux. Il débita une série de stances et de couplets adressés aux statues de plâtre de la cathédrale de l'Assomption, récita des formules latines comme autant de sorts et de philtres et finit par se taire, renifla, posa le front au bord du matelas et demeura dans sa posture de pénitent sentimental. Elle se retourna et le surprit enfin, nu, blanc et osseux, sursauta et ne parvint pas à réprimer un éclat de rire devant l'expression désemparée de son cul blafard, éconduit, en déroute dans les ténèbres du couloir.

Elle se rendit au matin sur les quais, en bordure des escaliers. Les vagues translucides et étales débordaient et poissaient la surface bleue d'une marche. Un banc de sable se détachait, clair et hypnotique au fond des eaux, et l'ombre véloce de mulets obèses s'y profilait. Les eaux de la baie étaient désertes et planes entre deux marées et le soleil à l'est, derrière les monts, nacrait les dévers d'un blanc de métal humide. Elle marcha en direction du club nautique et ne trouva aucun secours dans la beauté des choses, mais regarda le bassin aux barcasses amarrées et le fronton des bâtiments colorés, l'ennui, les mouettes à l'aplomb des vapeurs, les goélands posés sur les eaux comme des hortensias décapités.

Elle ne rencontra ni son oncle ni sa tante et les domestiques l'évitèrent jusqu'au soir. Elle dîna seule devant une enveloppe sur laquelle figurait son nom. À la fin du repas, elle palpa l'enveloppe lestée d'une clef. Elle monta dans sa chambre et trouva sa valise bouclée, le lit et les meubles recouverts de draps, et demeura devant son bagage sans éprouver ni surprise ni regret. Elle ouvrit la lettre, trouva de l'argent en plus de la clef, un billet d'embarquement à destination de New York *via* Rotterdam, l'adresse d'une cousine éloignée de son oncle, un mot rédigé par sa tante, lapidaire et lui expliquant qu'un transatlantique appareillait à la fin de la semaine suivante, le nom d'un domestique à qui elle devait s'adresser pour déménager, l'étage de la chambre de bonne où elle pouvait loger en attendant.

Elle traversa l'esplanade et son kiosque. Le domestique portait sa valise et la déposa au seuil de sa chambre. Elle la hissa sur une chaise et resta debout devant une petite fenêtre ouverte sur le clocher de l'église Santa Lucia et songea qu'elle n'avait jamais envisagé pareil voyage et pareil exil, jamais envisagé de se rendre un jour à New York.

Elle passa une semaine de solitude. Heures rythmées par les cloches de l'église, assise sur son lit et devant l'armoire, accoudée à la fenêtre, dans les rues de Santander, pas perdus, l'incertitude en lieu et place de l'ennui et de l'angoisse, une liberté réduite à d'interminables déambulations où rien d'autre ne se profilait qu'un horizon de proscrit.

Le RMS *Ausonia* était à quai. Elle vint le voir une première fois, puis chaque jour, sa silhouette prémonitoire et assoupie dans le clair soleil, son ombre tourbe sur les eaux. Elle scrutait les mouvements du personnel le long des coursives, incapable d'expliquer ce qu'elle cherchait à déceler, seule sur la cale, ne possédant rien d'autre que l'idée d'une traversée sur le papier encollé d'une antique mappemonde, le nom d'un transatlantique et le nom d'une ville.

## XXV.

### Le réveil
### Franck
### 1926

Il se contentait de gagner la rivière sur ses jambes trop faibles et sa première sortie s'était achevée dans l'herbe, au seuil de la maison de son père, et cela faisait maintenant trois semaines qu'il s'acharnait, poussant chaque jour un peu plus loin le long des berges. Assis, les yeux baissés sur ses cuisses trop maigres, il écoutait les eaux lentes et le chant des oiseaux et s'interdisait la moindre velléité de départ, car la fuite et le mouvement étaient cause de malédiction. L'ombre des nuages s'attardait sur la vallée, des frissons le parcouraient, rétif à l'idée de devoir regagner sa chambre. Il retirait ses chaussures et trempait ses pieds dans le courant et pensait que son père avait eu raison de bannir sa sœur, car il n'aurait pas supporté d'affronter son regard.

Un matin d'octobre, il parvint à la lisière d'une forêt dont le versant sud escaladait les hauteurs vers la caillasse nue et grise. Il pénétra dans les bois et s'assit sur une souche et savoura sa rémission sous les chênes. Une mésange charbonnière lançait une phrase simple et répétitive dans la lumière douce et rasante. Il se roula une cigarette, fuma, palpa l'arête de son nez cicatrisé et cracha un brin de tabac collé sur sa langue. La mésange cessa de chanter et s'envola et quelque chose se contracta dans sa poitrine. Il tira une bouffée de tabac, la conserva assez longtemps pour n'en recracher qu'un mince filet grisâtre et jugula son envie d'aller charger son Baikal rangé dans le râtelier et de se faire sauter la cervelle. Franck se leva et pensa que tout irait bien s'il entendait une seconde mésange, écrasa son mégot contre un arbre et n'entendit pas d'autre chant et supposa qu'il avait mal énoncé la règle d'un jeu de dupes dont les conditions avaient été établies bien avant sa naissance.

Il revint chez lui et trouva sa mère dans le potager, courbée sur une rangée de légumes. Il s'approcha et elle se redressa, rouge, essoufflée, tira un mouchoir de sa vieille blouse, s'épongea le front et lui annonça d'une voix grêle, presque menaçante, le départ de sa sœur.

– Où est-elle ?

– En Amérique.

– Où ça, en Amérique ?

– New York.

– New York ?

Il s'allongea sur le couvre-lit dans sa chambre et comprit que sa mère n'attendait rien de lui en compensation de la perte d'Ametza, tenta d'imaginer New York. L'Amérique. Sa sœur en Amérique.

Il se réveillait la nuit, hurlant et suppliant Edur d'épargner sa vie, dans l'obscurité, recroquevillé sur son matelas, immobile et souffrant, attendant la venue d'un second cauchemar. Il ne se rendormait pas et priait pour le salut de son âme, implorait jusqu'au matin et jusqu'à la consomption de sa peur dans la lumière pour l'âme du neveu et celle des douaniers jamais retrouvés.

Un crépuscule d'octobre le décida à braver ses superstitions. Il rangea ses affaires dans une valise, glissa son Baikal dans sa housse, récupéra le peu d'argent subsistant de ses trafics et s'en alla une fois la nuit tombée. Il roula vers l'est et franchit la frontière. L'aube le trouva sur une longue piste carrossable, dans les contreforts espagnols, au volant de la Ford volée. Il se rangea sous un bosquet de tilleuls et fit une sieste avant de repartir en fin de matinée, sous un ciel parfaitement bleu.

La venta était déserte. Juan Pedrera l'accueillit et se réjouit de le retrouver. Amaigri, amoché, mais vivant. Ils discutèrent longtemps, burent de l'eau-de-vie dans de petits verres sales et sous les saucissons suspendus au plafond de la grande pièce obscure et chauffée d'un vieux poêle dont les feulements meublaient leurs silences.

Franck proposa à Juan de travailler gratuitement pour le dédommager, et Juan lui offrit de réceptionner et stocker la marchandise de contrebande débarquée de nuit par bateau, sur la plage de Laredo et sur d'autres plages éloignées du littoral, quand la Guardia Civil l'emmerdait avec son zèle à géométrie variable. Ils scellèrent l'accord d'une poignée de main et Juan ouvrit l'un des tiroirs de son bureau, en sortit une boîte en fer-blanc cabossée, dénicha un jeu de clefs enfoui sous un tas de paperasse et de bons alimentaires français, le tendit à Franck et lui expliqua que la maison n'était pas grande, accotée à une remise en bois et bâtie en retrait d'une plage, sous les eucalyptus, à l'embouchure du río Asón, entre Laredo, la ville de Colindres et Santoña.

Franck entra dans Laredo en fin d'après-midi, se ravitailla dans une épicerie tenue par une vieille femme, la pupille droite couverte d'un voile laiteux, vêtue de noir, ridée et voûtée, juchée sur un tabouret de bar coincé entre un comptoir et des étagères garnies de boîtes appertisées et poussiéreuses. Les veines du comptoir s'estompaient sous la crasse. Elle le servit avec lenteur, et, suspicieuse, lui demanda s'il était français. Il acquiesça. Elle frappa son addition sur les touches fatiguées d'une énorme caisse enregistreuse de la National Cash Register Company. Il quitta l'épicerie, sentant l'œil orphelin de la vieille posé sur lui et disposa ses provisions à l'arrière du pick-up, dans une cagette contenant plusieurs saucissons, des bouteilles d'alcool fort, du lait et du beurre baratté chez Juan.

Il déjeuna avec Santo de sardines grillées et de poivrons dans un bar non loin du port. Santo le présenta au propriétaire du bar et l'homme, Jose Azaña, gros et grand, une rangée de dents jaunes et gâtées, lui serra la main.

– Alors, tu travailles pour Juan ?

– Oui.

– Tu devras passer ici au moins une fois par semaine pour prendre tes consignes et tes vivres et te renseigner sur le lieu et l'heure des livraisons. Le repas et le café sont pour moi.

Les mouettes hurlaient et chiaient sur les trottoirs et souillaient les larges feuilles des platanes et l'odeur des anchois saumurés imprégnait l'air aux alentours des conserveries aux murs ladres et grossièrement chaulés à hauteur des fenêtres grillagées et voilées de toiles d'araignée derrière lesquelles scintillait le filament corrosif d'ampoules électriques. Il remonta dans la Ford. Le capot était couvert de fientes. Une brise marine pénétra dans l'habitacle quand il quitta la rue et fit demi-tour devant le bassin du port médiéval, ses larges cales pavées et immergées à marée haute. Une poignée de vieux dévidaient leurs inepties, affalés sur des chaises sorties de la salle du café où il avait rencontré Santo. Les hommes buvaient du rouge dans une outre et fumaient. Des gosses plongeaient dans les eaux calmes du bassin.

Il quitta Laredo et roula dans l'ombre des montagnes en bordure de la côte et s'arrêta dans Colindres, en face de l'atelier d'un garagiste recommandé par Juan. Le garagiste remplaça sa plaque d'immatriculation par une plaque espagnole.

Il reprit la direction de Laredo et bifurqua sur un chemin de sable entre de petits champs de maïs et de courtaudes prairies où paissaient des chevaux de labeur. Il roula vers la mer et traversa un paysage de dunes et d'euphorbes, de chardons bleus et d'herbes de plage, s'engagea sur une piste plus large et flanquée de ronciers envidés sur eux-mêmes, traversa une pinède et freina à l'intersection d'une lande dégagée et sablonneuse, gibbeuse et colonisée de roseaux. Le moteur tournait doucement. Il déplia une carte sur ses genoux, vérifia l'itinéraire tracé par Juan au crayon à papier, leva les yeux sur la forêt d'eucalyptus signalée par une flaque vert pâle sur le plan. La maison se dressait loin derrière les arbres bercés dans la brise. Il embraya et pénétra l'ombre et l'odeur mentholée. La lumière descendait à moitié de leurs troncs décharnés et squameux.

Il se rangea au flanc de la maison, coupa le moteur et descendit et s'approcha d'une ravine surplombant la plage du Regatón divisée en deux bandes de sable, l'une claire, l'autre limoneuse. La carcasse échouée d'un vapeur pourrissait non loin du squelette d'un antique chalutier enlisé dans la vase. La forêt bruissait dans son dos du froissement sec de milliers de feuilles oblongues et de l'appel strident des hirondelles sur le départ. Les eaux de l'estuaire refluaient vers la baie, et la rive opposée, au-delà d'une vaste étendue de marais, se soulevait avant de dissiper ses crêtes derrière une brume rose. Les pièces mécaniques de la Ford émettaient de faibles cliquetis en refroidissant. Il tira le jeu de clefs de sa poche. La lumière pénétra dans une vaste pièce, simple et équipée d'une petite table rectangulaire et de quatre chaises, d'une cuisinière à bois et d'un évier. Tous les placards étaient vides et propres, seul le dernier contenait un peu de vaisselle et de rares ustensiles. Il rangea ses provisions, ouvrit les volets, chassa l'odeur de renfermé et de crottes de souris, balaya les deux pièces, trouva une mésange morte sous la literie, l'enveloppa dans un chiffon et l'abandonna au bord des eaux. Son lit, équipé d'un mince matelas, était disposé sous la fenêtre. Il trouva des draps usés et blanchis et trois couvertures pliées au fond d'un coffre flanqué le long d'un mur. Il sortit et fit le tour de la baraque et n'aperçut pas de toilettes mais repéra une citerne d'eau de pluie équipée d'un robinet. Un tuyau de caoutchouc reposait, lové dans une ancienne barrique percée d'un trou d'évacuation. La barrique était juchée sur une palette en pin, calée contre le mur de la maison. Il grimpa au sommet de la citerne, fit coulisser une trappe et regarda son reflet à la surface de l'eau limpide. Le fond de la citerne était propre. Juan lui avait conseillé de l'ouvrir les jours de pluie, de la vidanger et la nettoyer régulièrement. Il retourna dans la maison et la trouva monacale, ses murs de brique, son sol en terre battue.

Sur la plage il ramassa du bois flotté, l'assembla en fagots entassés au flanc de sa cheminée. Il récupéra un savon dans ses provisions, raccorda le tuyau à la citerne et se doucha dans la demi-barrique. L'eau s'écoulait du tuyau, froide et claire, rompant sur son corps et à ses pieds en délivrant une vague odeur d'eucalyptus. Il sécha nu au soleil et rentra en frissonnant dans la maison, enfila une chemise propre, un pantalon et un débardeur en laine. L'air commençait à fraîchir quand il alluma un feu. Les flammes montaient du bois mort et blanc comme l'os.

Les fenêtres n'étaient toujours pas fermées et le feu brûlait encore quand il sortit la table devant la maison, s'assit dans le crépuscule, mangea et but. Quelques chauves-souris volaient entre les arbres, au ras de la plage et devant les montagnes tannées et noircies dans le contre-jour. Il écouta le feu crépiter, purger les âmes antérieures tapies dans les recoins de la maison. À marée basse, la plage, jonchée de paquets d'algues, grouillait de puces de mer. Des colonies de moustiques se dressaient en rubans sombres sur le rivage, harcelées et rompues par la battue silencieuse des chauves-souris. Un groupe de chevaux passa devant lui, leur silhouette se détachant paisible sur un fond de sable sec. Un peu saoul, il douta de sa vision et les chevaux s'éloignèrent et disparurent et les premiers oiseaux de nuit chantèrent et la quiétude dilapida ses craintes.

Il se réveilla tard et ne se rappelait pas avoir préparé son lit, fermé fenêtres et volets ni s'être glissé sous les draps, mais il était conscient de l'endroit où il se trouvait, acceptant les scories du dépaysement et les prémices d'une tristesse mâtinée d'un sévère mal de crâne. Il déverrouilla la serrure et se tint sur le pas de la porte, dans la lumière saturée de cris d'oiseaux, les yeux gonflés, la bouche pâteuse, se demandant si rembourser la mauvaise personne, s'acquitter sans discernement et gratuitement de tous les manquements dont il était responsable, n'était pas un second motif de lâcheté et de fuite.

La mer était haute, l'air limpide au-dessus des montagnes, légèrement pâle au sud, sur les crêtes empierrées et grises. Un héron allongeait le pas, circonspect et scrutant l'étroite bande de sable immergée et bosselée de clair-obscur. Il se souvint des chevaux et gagna la ravine et chercha une preuve tangible de leur passage. Rasséréné, il baissa son caleçon et pissa. Le jet crépita et le héron s'envola en poussant un cri. Il éprouva une joie immense à le regarder frôler le courant, de ses rémiges anthracite avant de s'arracher à son reflet.

Il tira l'étui du Baikal oublié sur le plateau de la Ford, le déposa sur la table couverte de rosée et torréfia du café dans une poêle en fonte, déjeuna de pain et de lard, se déshabilla et descendit nu sur la plage. L'eau était froide et le courant puissant. La carcasse immergée des bateaux formait des remous sonores et frangés d'écume. Il nagea droit devant, se retrouva au milieu de l'estuaire et se tint face à l'embouchure entre Santoña et El Puntal, défendu d'un rempart de dunes, puis dériva.

## XXVI.

### Un combat
### Franck
### Laredo
### 1928

Sa vie s'organisa, simple et soumise à nombre de rituels improvisés puis scellés par l'habitude. Au point du jour, un pluvier argenté parcourait la rive et lançait des sifflements mélancoliques. Il déjeunait dehors, au soleil, se baignait, arpentait les alentours à pied et rencontrait souvent le même troupeau de chevaux errant de pâtures abandonnées en platières poussiéreuses et boueuses après la pluie. Les feuilles d'eucalyptus craquaient sous ses pas et crépitaient pendant les violents et fréquents orages venus du large. Il surveillait la ligne des crêtes et des contreforts, la nuance et le changement des couleurs à la surface de la roche et sur les arêtes stériles, observait l'ombre des nuages sur les versants boisés.

Longtemps désœuvré, il lança ses lignes au hasard dans les vasières, apprenant à se repérer avec le soleil dans les marais de Santoña, posant parfois ses cannes contre le parapet du pont tournant de Colindres et sa résille de métal dont le dessin glissait d'heure en heure sur la bande en macadam de son tablier avant de choir et s'étirer à la surface des eaux tourbeuses de la ría de Treto.

Il se rendait à Laredo, se ravitaillait chez l'épicière, déjeunait chez Miguel avec Santo, un homme qui travaillait avec Juan, Miguel refusait chaque fois de les laisser payer. Il parlait avec les vieux, leurs mains calleuses et tavelées de pêcheurs consacrées à d'interminables parties de brisca. Les vieux lui indiquaient les coins sur la côte où prendre des dorades et tirer le canard, et l'un d'entre eux lui vendit un Renato Baldi calibre 12, à canon superposé. Il se renseigna sur la possibilité de travailler un peu en ville et Santo lui apprit que l'alcade cherchait des ouvriers pour des travaux de terrassement et de voirie. Il se rendit à l'Ayuntamiento et tomba sur un préposé inapte à le renseigner. Franck quitta la mairie et grimpa les marches menant à la vieille ville ceinte de remparts en ruine et déambula sous les pans de murs ladres des maisons aux balcons étroits et cintrés, sous les blasons des hautes demeures fortifiées. Du linge pendait aux fenêtres et les pavés sous ses semelles étaient polis, sales et ambrés. Une demi-douzaine de gosses discutaient et braillaient, agenouillés autour d'une valise ouverte sous les arcades d'une place rectangulaire, au centre de laquelle se dressait une fontaine de métal noire et massive, cuirassée et ornementée de dorures. Franck s'approcha et perçut le glapissement de chiots à peine sevrés et demanda aux enfants s'il pouvait y jeter un coup d'œil. Les gamins reculèrent et il se pencha sur la valise et comprit que la portée entière était condamnée à subir leurs jeux et leurs cruautés jusqu'à la mort. Il s'enquit de l'endroit où ils les avaient trouvés et s'il pouvait leur en acheter un. Ils les avaient ramassés sur le port, près d'un dépotoir, et lui réclamèrent un *douro* pour le plus vaillant.

Dans la voiture, il déposa le chien sur la banquette et le chien le regarda en tremblant au milieu d'une petite flaque de pisse en expansion. Il le souleva délicatement d'une main et lui dit que ce n'était pas grave, que la voiture ne lui appartenait pas, le caressa et le mit sur le plancher.

Il trouva dans la remise à bois une dizaine de planches poissées de résine, quelques outils, la plupart rouillés et soudés à la cloison d'un établi poussiéreux, un sac de clous et une cordelette de chanvre effilée, récupéra deux gonds, un jeu de charnières sur les poteaux jumeaux plantés dans le sable à l'entrée du bois d'eucalyptus et fabriqua une niche au toit articulé. Il plaça la niche devant la maison, en ouvrit le couvercle, déposa le chien à l'intérieur, lui donna des sardines en conserve et de l'eau. Le chiot renifla sa pitance et pleurnicha.

Chaque soir, une semaine durant, il caressa la robe claire et tavelée de son bâtard d'épagneul, assis au bord de la ravine et contemplant les eaux noires, sombrant et se laissant aller au chagrin.

Le lundi de la semaine suivante, deux canards chipeaux remontèrent l'embouchure de l'Asón en direction des marais. Il se leva et décida d'essayer sa nouvelle arme, déposa le chiot dans sa niche et s'éloigna à pied le long de la plage du Regatón. Le chien hurla et son braillement s'estompa tandis qu'il doublait la carcasse des bateaux enfoncés dans le sable. Il gagna les marécages aux sillons et boyaux taris, luisants de vase entre des mottes de terre recouvertes d'herbes souples et de roselières.

Le ciel était immense et rose au-dessus de lui. Il progressa vers le sud, traversa une zone inexplorée et s'approcha d'une prairie sise sur un socle de roche. Des ibis et des passereaux, des libellules, s'égayaient sous un horizon partagé d'un galon bleu tiède, rouge pâle, presque orange. Il grimpait au sommet d'une motte herbue et camuse, fusil cassé derrière la nuque, surveillait les platitudes encloses de montagnes et passait sans effort d'un monticule d'herbe au sommet suivant. Des milliers de petites chiures de boue maculaient la vase à l'entrée de galeries creusées par les vers de sable et ses bottes s'enfonçaient dans le sol alluvial avec un bruit spongieux quand il franchissait le lit d'une rigole inondée entre deux monticules de tourbe et de caillasses.

Un canard détala au-dessus des herbes. Il épaula, tira deux fois et le manqua, éjecta les deux cartouches vides et prit le chemin du retour. La lumière faiblissait. Il se hâta et se dirigea vers la prairie, franchit d'un bond plus leste et moins assuré les fossés entre les tertres. Le bord de la prairie était friable et céda sous son poids. Il bascula et chuta dans une mare, tenta de se relever et s'enfonça dans la vase jusqu'aux genoux. Il manquait de prise et s'agita dans l'eau froide sous l'effet de la panique et de la colère, et s'embourba rapidement jusqu'à la taille, cessa de se débattre, chercha son fusil, palpa sous l'eau sale et ne trouva rien. Des crabes par centaines quittèrent la mare et grimpèrent sur les talus. Il les entendit escalader la fange dans un bruit de salive et comprit qu'ils reviendraient avec les oiseaux et se demanda qui des crabes ou des oiseaux le boufferait en premier.

Il voulait son fusil afin de prendre appui et se dégager. Il chercha encore. Il appela dans l'obscurité et patienta dans le silence à peine troublé par des chevaux à la pâture au fond de la prairie. Un faible courant refroidissait la mare. Son épanchement dégageait une odeur de saumure, de guano et d'algues en décomposition. La mer inondait lentement les lits et les rigoles alluviales, où perçait la nacre de milliers de couteaux. Il appela, appela encore et se tut, se demanda quelle était l'amplitude de la marée et regarda le ciel du côté de la lune et ne vit brasiller qu'un faible croissant.

Le froid l'engourdissait. Il hurla. L'écho lui revint. Il jura et frappa l'eau du plat des mains, insulta le vieux et son fusil de merde, insulta Juan, sa sœur, son père et sa mère, promit de ne plus jamais fuir et de tuer Edur à mains nues en rémission de ses péchés s'il sortait vivant de ce putain de faux pas. L'eau montait sous sa poitrine quand il commença à trembler. Ses tremblements devinrent des spasmes et il plaqua les bras contre son torse et sentit la rage céder à la peur et cette peur le révulsa. Il remua et s'enfonça, un peu plus séquestré, la boue lui serrant les cuisses et lui enserrant les hanches. Ses genoux fléchirent, il s'affaissa, vacilla en arrière, creva la surface et descendit sous l'eau, battit des bras et poussa sur les jambes, avala la tasse. La pointe de ses pieds rencontra une chose solide. Il parvint à se redresser, émergea, s'étrangla, cracha par le nez, reprit sa respiration. Son souffle rauque et entrecoupé d'une toux grasse. Il ne bougea plus. Un goût de vase lui descendait dans la gorge. Il éprouva la vitesse du courant à travers la lagune et remua les pieds le plus délicatement possible afin de confirmer la présence d'un soubassement de roche sous des hectolitres de meuble saloperie. Il se maintint sur ses orteils et sanglota. La ligne des eaux lui frôlait la mâchoire. Il releva légèrement la tête.

Il ignorait depuis combien de temps durait son supplice quand des bruits de sabots résonnèrent sur le sol. La silhouette d'un cheval apparut. L'ombre de son encolure et de sa lourde tête penchée au-dessus de la tranchée. Il l'encouragea à s'avancer et courber encore plus l'encolure, afin de le saisir par son licol. L'étalon remua les oreilles, émit un son très doux, renifla et parut attentif aux suppliques débitées d'une voix chevrotante. Franck leva une main hésitante en direction des naseaux de l'animal et sentit le souffle chaud, la lippe humide soudain plaquée contre sa paume. Il leva les yeux et découvrit sa puissante et sombre silhouette tendue sur un fond de ciel étoilé, comprit que le cheval voulait lui happer les doigts, plia légèrement le coude afin d'attraper un segment de corde nouée au licol. Le cheval recula, se détourna et regagna l'extrémité du pré.

Franck pleura sans bruit, émit un son guttural et se tut, perçut la rumeur continue des eaux entre les berges, évalua leur étiage et sa fin prochaine, imagina sa charogne inerte, engloutie puis révélée entre deux marées, lentement dévorée par la vermine et les anguilles, sa carcasse telle une laminaire dans les courants, ses poumons saturés, son corps boursouflé, pâle et verdâtre dans l'obscénité du jour.

Le courant heurtait faiblement ses pommettes et sa lèvre supérieure quand il éprouva une forme aiguë de découragement et de lassitude, perdit de nouveau la notion du temps et cessa de battre des bras, ferma les yeux, sombra une première fois et se redressa. Il sombra maintes fois et se rattrapa, oscilla entre le renoncement et l'espoir jailli des confins d'il ne savait quelle épargne. Le ciel se couvrit du côté de la mer. Un front de nuages compacts gagnait sur les étoiles. La nuit s'affaissa sur les montagnes au sud, et l'ouest se délita en une bruine muette et froide sur les marais. Il ouvrit la bouche et tira la langue mais la pluie était trop délicate pour le désaltérer.

L'eau ne montait plus. Son niveau resterait à l'étale avant le retour du jusant. La boue autour de ses jambes semblait plus lourde, tassée et visqueuse. Il subirait la marée, le soleil ou la pluie durant des heures, la faim et l'épuisement avant d'être à nouveau submergé. Il songea aux carcasses des bateaux devant chez lui et que les marais l'avaient précédé de milliers d'années à seule fin d'accomplir son anathème. Il se tenait debout, incapable de fuir, lèvres bleuies, teint blafard, les yeux mi-clos, saisi de frissons et de convulsions, affrontant des cohortes de visages épanchés dans un soupir, délités et rompus dans un crissement contre son front comme des fils de soie tissés à la dérive. Le cycle des somnolences et des sursauts reprit et le mena en lisière de l'aube, harassé, livré à des fragments de rêve proches de l'hallucination. Les fantômes et les visages cessèrent de le harceler et l'aube fut longue à venir, grise, puis pâle, bientôt bleue.

L'étiage baissa et sa poitrine, saisie d'un cercle glauque, apparut. Les oiseaux chantèrent et leurs chants lui semblèrent une insupportable défiance. Un aigle pêcheur s'envola vers l'est et passa au-dessus de lui en déplaçant un faible courant d'air, et le son creux des sabots du cheval résonna de nouveau sur le sol de la prairie.

L'animal pencha sa longue tête au-dessus de son corps immergé jusqu'au bassin et se baissa avec cette nonchalance interloquée des animaux devant l'inéluctable. Franck leva la main. Le cheval frémit et secoua l'encolure, recula et se dressa sur ses pattes postérieures et frappa de ses antérieures le socle de terre friable au bord du marais, ouvrit une fissure et disparut dans un affaissement de terrain. Franck hurla et perçut un hennissement caverneux et perçut le souffle de la chute du cheval, le grondement, le heurt sourd du corps de l'animal écrasé, brève image couverte d'une boue verdâtre roulant sur le flanc et tentant de se rétablir. Il attrapa et referma le poing sur la crinière du cheval et se sentit arraché dans un bruit de succion et se découvrit à moitié nu, démoulé de la glaise, secoué en travers de l'échine de l'animal affolé, expulsé dans une ruade au milieu de la prairie, le cheval se cabrant et marquant un brusque écart avant de regagner au galop ses semblables inquiets et attroupés devant une haie de ronces.

Il se releva ahuri, observa autour de lui la vie dans sa froide vérité, l'anodine désolation des marais, sentit une douleur et remarqua, sous ses vêtements détrempés et plaqués sur son torse, que la tête de son humérus émergeait de son épaule disloquée en formant une bosse au-dessus du deltoïde. Il tourna sur lui-même en quête d'un appui, marcha un peu, penché, plaintif dans la poussière, couvert de sueurs froides, précautionneux, des éclats blancs explosant devant ses yeux, se dirigea vers un arbre contre l'écorce duquel il appuya son épaule et poussa d'un coup sec. Son articulation rétablie dans son logement, il s'affala et se recroquevilla sur son cul incrusté d'aiguilles et de sable et respira profondément, envahi d'un incommensurable soulagement et d'une infinie tristesse.

# XXVII.

## 4 novembre 1928

Rothstein décrocha le combiné qu'une serveuse du Lindy's lui présentait sur un plateau, écouta et raccrocha avant de regagner sa table de jeu et de terminer sa partie de cartes. La serveuse revint un peu plus tard, déposa une bouteille et des verres remplis de glace pilée et de menthe, et Rothstein la prit à témoin, déclarant qu'il ne payait jamais les dettes en peaux de lapin. Les trois autres joueurs approuvèrent et la serveuse s'éloigna, et Rothstein rassembla les cartes éparpillées sur le tapis pour les battre et confia que sa dette s'élevait à plusieurs centaines de milliers de dollars après une levée à 50 000 perdue contre un joueur californien. Ses principes lui interdisaient de régler la moindre somme quand on l'avait abusé. Les joueurs approuvèrent de nouveau.

Il remporta plusieurs mises et, tard dans la nuit, remit son arme à un ami, quitta le Lindy's et monta dans un taxi pour se rendre au Park Central Hotel sur la 7th Avenue afin de discuter de sa dette en peaux de lapin. Une heure plus tard, l'un des portiers du Park

Central Hotel le trouva blessé au ventre, plié en deux sur la rambarde du petit salon, et ce même portier, sur son ordre, appela un taxi.

Quand la police interrogea Rothstein dans sa chambre du Polyclinic Hospital, Rothstein déclara qu'il se chargeait de tout et n'avait besoin de personne pour se défendre. Par la fenêtre, il voyait la rivière et le ciel et dormait sans cesse et se réveillait et jurait qu'il allait guérir, se relever et se venger de l'enculé de Californien qui lui avait tiré une balle dans le ventre.

Une après-midi, son épouse vint le voir. Ils ne s'étaient pas adressé la parole depuis des années et Rothstein lui demanda de le ramener à la maison, car il ne faisait que dormir et regarder la rivière et pouvait faire la même chose chez lui.

Il ne rentra jamais, mais lentement revint sur ses pas, lentement sombra et revint aux jours où Jack Rothstein, son frère cadet, lui avait appris que leur père, Abraham Rothstein, autrefois riche, autrefois prospère, toujours exemplaire parmi les milliers d'hommes venus coloniser cette partie du monde redécouverte, s'était endetté avec la chute du marché du coton, sombra et revint en songe aux jours où son père avait récité le Kaddish en signe de deuil parce qu'il s'était uni à une non-Juive et endurci dans la voie du crime, régressa aux jours où la dette de son père, devenue sienne sans que son père l'apprenne, avait été réglée en titres Liberty pour 300 000 dollars, à ce jour béni où dans un bureau de la banque, vêtu d'un costume trois-pièces bleu sombre et d'un nœud papillon aux motifs carmin, il avait œuvré pour que son père bénéficie du prêt réclamé en vain, exigé qu'on ne révèle pas au père de quelle manière le fils prodigue pourvoyait dans l'ombre.

Il ne rentra jamais chez lui, mais la nuit entra dans son souvenir, toutes dettes au père acquittées sans que le père en soit incommodé ni débité et que le fils en tienne détail dans le grand registre, et le père, tête couverte de son châle de prière, récita pour son fils le Kaddish une seconde fois, bradant l'arrière-solde de toute rancune et bradant les mensonges et les dettes en peaux de lapin de son fils, à pas lents derrière un corbillard suivi d'un cortège de truands et de criminels pour qui Rothstein lui-même avait été un père.

# XXVIII.

## Ce n'était pas la mort
## 6 avril-25 octobre 1929
## New York

Saul claqua la portière de son Roadster Packard 443 neuf et tira un cigare de sa poche intérieure. Emma regarda le visage de sa fille endormie dans un couffin calé à ses pieds, puis leva les yeux sur la silhouette de Saul, son pas tranquille dans South Street laissant de faibles empreintes à la surface du trottoir scintillant de givre. Saul longea une haie de buissons taillés au cordeau et poussa la porte d'une baraque dont les bardeaux du toit étaient couverts de lettres blanches, Downtown Skyport, traversa le parquet grinçant d'un salon décoré de photos d'avions, de vues aériennes, Manhattan et ses ponts, la pièce meublée de Chesterfield éculés, éclairée de lampes banquier dépareillées, salua un pilote au bar, se retrouva sur le porche et descendit rapidement une volée de marches menant au Pier 11, emprunta une passerelle dont les ballasts s'enfoncèrent un peu sous son poids.

Emma pouvait de nouveau le voir, son ombre ramassée comme une flaque de cire fondue sous ses triples semelles, immobile et cherchant son briquet dans sa gabardine, deux hydravions, biplans fuselés et gris, se balançant devant lui sur leurs flotteurs quand, les vagues levées par les barges, les transatlantiques touchaient les rives de l'East River.

Hyman se chargeait habituellement de ce genre de corvées, mais l'adjoint du sheriff d'une petite ville l'avait arrêté la veille en compagnie d'un mac irlandais sous le porche d'un bordel réservé aux Blancs ravitaillé en putains noires, ancienne clinique et mouroir pour vétérans datant de la guerre civile, édifié en bordure d'une route forestière le long d'une voie ferrée désaffectée sinuant à la frontière du Massachusetts et du Vermont. Le sheriff lui avait dressé un procès-verbal pour trafic d'héroïne, lui avait refusé un seul appel avant le lendemain et l'avait enfermé toute la nuit dans la cellule javellisée d'un comté peuplé de descendants de puritains.

Un grand cormoran se tenait perché au sommet d'un pylône doublé d'un épais cordage et des mouettes tournoyaient à la verticale d'une barge chargée d'ordures. Saul alluma son cigare et regarda la fumée se déliter au-dessus du bassin. Les eaux noires et frappées d'éclats blancs étaient calmes entre les débarcadères. Il surveilla une bâtisse en tôle, rivetée et édifiée à la hâte sur des pilotis colonisés d'huîtres, sa présence angulaire de métal corrodé, incongrue aux avant-postes d'un ensemble de hauts immeubles gris, dont les arêtes enchâssées comme les pièces d'une marqueterie saillaient sur un fond de ciel bleu et dur. Les sirènes et le vacarme de la circulation semblaient émaner de ce hangar et l'obscurité rencognée sous les pilotis, sourdement, l'oppressa. Il s'en détourna, avança d'un pas tranquille et les funérailles d'Arnold Rothstein, cercueil sur les épaules d'hommes de main coiffés de yarmuka, sortant de l'immeuble du mort dont le porche voisinait avec une laverie, Elite Dollar Cleaners, la vision d'un cortège et du cimetière de Ridgewood dans Queens, l'envahirent. Ça n'était pas la mort en dépit du Kaddish. Ça n'était pas l'adieu mais le crépuscule d'avant l'aube bientôt levée sur la mauvaise herbe poussée entre les pavés du Lower East Side, une postérité défiant la nuit définitive et brutale du tombeau, la victoire imparable des affidés du Nouveau Monde dont il était, parmi Luciano, Meyer, Siegel et Costello, la prospérité promise à l'Amérique des syndicats, des trusts et des compagnies dont les bénéfices mettraient fin à l'engeance surannée de la main noire et des moustachus, des Maranzano ou Masseria, Masseria ou Maranzano, assignerait les meurtres rituels au folklore, codes et usages archaïques, une balle entre les yeux au désespoir des familles rassemblées devant le couvercle d'un cercueil fermé, exposé dans un salon encombré de couronnes de fleurs, langue tranchée pour les balances et autres principes nuisibles aux affaires, aux profits et aux gains débarrassés des simagrées morales et des superstitions de l'Ancien Monde.

Il glissa la main sous sa veste sans rencontrer la crosse nacrée de son Colt 45 qu'il ne prenait jamais pour ce genre de rendez-vous, palpa le coin d'une enveloppe en papier kraft remplie de billets destinés à payer Nucky, une somme trop importante pour laisser un autre soldat la déposer en poste restante à la place de Hyman, les fruits d'un trafic d'héroïne organisé entre la Floride où se trouvait le labo, Atlantic City et New York. Luciano en récoltait les dividendes mais voulait s'occuper le moins possible de ce genre de transactions depuis une peine de prison récoltée adolescent, portefaix dénoncé par il ne savait quel goitreux du quartier, la drogue en transit découverte dans de grandes boîtes à chapeaux pour femmes. Saul tira de sa poche le paquet et le balança sur le siège pilote d'un biplan, fit demi-tour et jeta son cigare à peine entamé dans le bassin, prédit le bref chuintement de braise en surface et reçut deux coups d'une violence inouïe à l'avant-bras et au mollet gauche, bascula tête en avant dans la rivière, se débattit sous l'eau glacée et heurta deux fois le bord du ponton avant de s'agripper à l'un des ballasts, de nager et passer de caisson en caisson jusqu'au débarcadère, méthodiquement malgré la souffrance, la farouche et viscérale inquiétude.

Emma laissa sa fille dans la voiture et courut au-devant de la haie et vit le cormoran prendre son envol et les déchirures de lumière en rafales sorties du canon d'une Thomson embusquée sous les pilotis, aperçut la giclure de sang au bras et au mollet de Saul, la carlingue, les flotteurs et la voilure des hydravions criblés, entendit le moteur Evinrude d'un Hacker-Craft en acajou laqué avant qu'il ne jaillisse de l'obscurité. Un homme, debout à l'arrière du hors-bord, légèrement courbé et déséquilibré, tenant le bordage d'une main gantée, stetson bas sur le front, mouchoir en soie remonté sous les yeux, l'arme fumante, scrutait le bassin quand le pilote approcha du ponton. L'homme sauta sur le lattis et glissa sur le givre souillé de traces de sang, faillit tomber, se rétablit et tira plusieurs rafales dans le bassin, puis dévida son chargeur. Le bois éclatait en échardes et les balles crevaient l'aluminium des ballasts. Il fit demi-tour, les ballasts maintenant affaissés, remonta vers le débarcadère, ôta le camembert vide de la mitraillette, siffla le pilote, fixa un second camembert sous le canon brûlant, le vida au hasard dans le bassin, récupéra l'enveloppe sur le siège du hydravion, regarda autour de lui et remarqua Emma, stupéfaite, figée devant la haie. Le tireur se détourna et sauta lourdement sur la banquette arrière du Hacker-Craft. Le pilote poussa la manette des gaz et la proue se leva et le hors-bord effectua un arc de cercle, abandonnant un sillage d'écume distendu comme une crépine de porc sur les eaux, disparut derrière un train de barges manœuvré par un couple de *tugboats*. Le pilote accéléra encore, doubla le convoi et bifurqua dans la baie en direction de Brooklyn et la vedette ne fut bientôt plus qu'un point lustré sur l'horizon, le choc de sa coque heurtant la faible houle avec un bruit glauque, mat et régulier, affaibli dans la distance.

Les sirènes des voitures de police hurlèrent dans South Street tandis qu'Emma courait sur le débarcadère. Saul, blessé et transi, le souffle court, peinait à se hisser hors de l'eau. Elle lui prit la main mais il la lâcha et se traîna sur les planches entre les paquets de feuilles d'érable roussies et les détritus charriés dans une frange de mousse jaune, se retourna sur le dos et cracha et toussa et ferma les yeux et murmura entre ses dents une chose inaudible. Ça n'était pas la mort. Emma se pencha et lui dit que Sarah était en sécurité dans la voiture. Il lui souffla l'adresse d'un meublé dont il était propriétaire dans le quartier d'Alphabet City.

Emma demeura au chevet de Saul, dans la chambre du Polyclinic Hospital où Rothstein était mort. Il souffrait d'une hypothermie légère, le muscle gastrocnémien externe de son mollet avait été traversé d'une balle et le cubitus était brisé net en deux endroits. Les tendons étaient intacts. De nombreux hommes vinrent lui rendre visite, des politiques, des flics en uniforme, et l'un d'entre ces flics lui donna le nom du pilote du hors-bord.

Lansky, Siegel et Luciano se rendirent à son chevet. Luciano innocenta Hyman et confirma la responsabilité de Maranzano et lui dit que de nombreux convois d'alcool avaient été attaqués la semaine suivant la tentative d'assassinat. Hyman vint le voir et lui répéta qu'il était désolé et l'aiderait à se venger, s'inquiéta de savoir s'il pourrait boxer de nouveau et s'il serait bientôt capable de tenir une arme de la main droite.

– Je suis vraiment désolé que ta femme et ta fille aient assisté à tout ce merdier.

– Je te demanderai un petit service en temps voulu, afin d'enrayer d'éventuelles conséquences.

– Tout ce que tu voudras.

– Je t'appellerai et tu viendras avec une voiture.

Saul sortit de l'hôpital deux semaines plus tard. Emma quitta l'appartement d'Alphabet City et regagna le Flatiron. Saul travaillait chez lui et se rétablissait vite. Son médecin lui retira son plâtre avant Noël. Il s'exerça chaque jour à marcher sans béquilles et tenir son Colt d'une main, s'entraîna à tirer à blanc, puis à balles réelles dans le sous-sol calfeutré de matelas d'une maison qu'il venait d'acheter pour Emma, non loin de Columbia University.

Un soir brumeux et glacial de la fin février, il reçut l'appel d'un proxénète juif installé à Baltimore avec qui il avait autrefois travaillé dans le quartier de Cicero, et le type lui révéla que le tueur du Downtown Skyport était bigame, entretenait une famille à Kansas City, une seconde à Brooklyn, et fréquentait assidûment l'une de ses nombreuses putains, avait demandé la main de cette putain malgré deux enfants en bas âge élevés du côté Kansas City et trois enfants déjà évacués en ce bas monde par sa seconde épouse irlandaise chez qui il se terrait toutes les fins de semaine à l'adresse d'un brownstone de 1st Avenue, dans Brooklyn. Saul remercia son ancien collègue, raccrocha et appela Hyman.

Emma somnolait dans l'un des fauteuils du salon. Leur fille dormait entre ses bras, ses poings et ses yeux clos, sa bouche aux lèvres charnues entrouvertes sur son souffle. Ses cheveux châtains bouclaient sur ses tempes et sur sa nuque. Saul s'approcha en boitant légèrement, se pencha, déposa un baiser sur la bouche de sa femme et le front de sa fille. Emma ouvrit les yeux et remonta une épaisse couverture en coton sur les épaules de Sarah. L'abat-jour d'une liseuse, debout entre l'accoudoir d'un canapé d'angle et une écritoire en bois blond, diffusait une lumière jaune et tamisée. Saul s'assit en face de sa femme et de sa fille. Emma lui demanda s'il avait les renseignements qu'il espérait.

– Oui.

– Tu vas le faire toi-même ?

– Avec Hyman.

– Tu le crois responsable de ce qui t'est arrivé ?

– Je vais en décider.

– Luciano t'a dit qu'il n'y était pour rien.

– Je ne sais pas. Luciano dit qu'on a sans arrêt des emmerdes avec ce genre de trafics. Il ne veut pas s'en occuper mais ramasse le fric. À ce niveau, c'est de la superstition ou de l'hypocrisie. Je dois vérifier les choses par moi-même. Je sais que Maranzano et Masseria sont en guerre et qu'on a perdu déjà pas mal de nos soldats parce que ces deux abrutis en veulent à nos profits et ne peuvent pas s'empêcher d'aller chier aux quatre coins de la ville au détriment des affaires. Peut-être que Hyman s'est rallié en secret à l'un ou à l'autre.

– Il t'attend en bas ?

– Je rentre demain matin et la semaine prochaine tu déménages près du campus, le temps que les boss de Castellammare se calment ou se soient entre-tués, le temps que Luciano choisisse un camp et que les choses changent pour de bon.

# XXIX.

## Entre deux mondes
## New York
## 25 octobre 1929

Hyman l'attendait au volant d'une Reo Wolverine bleue. Saul s'installa sur le siège passager. Hyman retira son gant et lui tendit la main. Saul la lui serra sans ôter le sien.

– T'as pas trouvé mieux qu'une Reo ?

– J'ai pas vraiment eu le temps de chercher.

Saul lui indiqua l'adresse.

– On va s'occuper du type ?

– On va attendre que tout le monde dorme.

– C'est pas ce que tous les connards sont censés faire à cette heure ?

Hyman laissa passer plusieurs voitures, leurs phares frappant d'éclats blancs le pare-brise de la Reo et burinant d'ombres leurs visages dissimulés sous le bord large de leur feutre. Hyman quitta le trottoir, exécuta un demi-tour, contourna les voitures garées au centre de la chaussée, à la jonction de la 5th, de la 23rd et de Broadway, accéléra et descendit plein sud. Les feux arrière des voitures s'illuminaient avant chaque carrefour, naines rouges émettant leur interminable signe d'extinction dans les ténèbres, et les tramways glissaient et viraient sur leurs rails congestionnés de glace comme des automates promenés toutes les heures sous le cadran d'une horloge suisse. Hyman tourna à droite dans une rue claquemurée de tènements aux trottoirs chichement scandés de lampadaires éteints, leurs globes à demi remplis d'une eau polluée d'insectes morts. Ils doublèrent une Horch 853 garée sous la vitrine d'un ancien restaurant et Saul demanda à Hyman de se ranger.

Ils empruntèrent la rampe du pont de Brooklyn et s'élevèrent au-dessus de l'East River enveloppés d'une vapeur charbonneuse et collante de sel, et le huit-cylindres en V de la Horch gronda. Hyman plaisanta sur le manque de sobriété dont témoignaient les choix de Saul en matière d'automobile et Saul lui conseilla de lui épargner ses commentaires en matière de sobriété, car il savait avec quel genre de filles il était capable de s'apparier aux dernières heures de la nuit.

Ils passèrent sous deux des quatre ogives du pont aux pierres boucanées d'un voile d'hydrocarbure et descendirent vers Brooklyn dans un feulement de bielles morcelé contre les poutrelles métalliques. Les lampadaires alignés sur la rive invisible de Brooklyn brasillaient bien au-delà des docks et des entrepôts. Une corne de brume beuglait dans la baie et la sirène des *tugboats* hurlait sur la rivière, le bruit de leurs machines haletant et se perdant dans les embruns. Un tram vide les doubla sur la droite, fenêtres illuminées, le faisceau de son phare essoufflé dans le brouillard électrique.

Ils plaisantèrent comme autrefois et roulèrent dans les rues de Brooklyn, évoquèrent les descentes de police dans tous les speakeasies de la ville, un jour avant l'investiture démocrate, l'obsession de Lepke pour les boulangeries, discutèrent de la pertinence de leurs investissements, de la banque à graisse qu'il fallait sans cesse alimenter, de Wall Street où les courtiers et les politiciens se préparaient à enfler tous les shmocks qui avaient voté Hoover aux dépens d'Al Smith, les candides protestants boursicoteurs possédant une maison en bardeaux avec porche et moustiquaires, pelouse, bannière de l'Union aux plis amidonnés sous le fer d'une blanchisseuse asiatique, Sedan de série à l'abri dans un garage au fond d'une allée. Ils évoquèrent les connards de rouges et leur révolution qui n'avait rien donné à l'Est, puisque Lénine avait fait appel à Ford pour renflouer les caisses de son pays peuplé de distillateurs de patates, les trous du cul de Jaunes prêts à vendre père et mère pour un salaire fixe et briser une grève, les syndicats véreux et ce fils de pute de Henry Ford, ses principes de charognard, ses milices et sa totale absence de vergogne quant à solliciter leur savoir-faire en violence pour casser du progressiste du côté de Detroit. Ils considérèrent leur aptitude et leur talent à fréquenter la pliure entre les mondes, à ne vivre pleinement que dans l'anfractuosité, la cavité, la faille, la fève et la fente, queue dressée et plantée entre les grandes lèvres du capital et les petites lèvres du marxisme, toujours sur la brèche et s'épanouissant aux marges de l'hypocrisie.

Hyman s'engagea dans la 5th Avenue et le blanc clocher des églises de brique rouge chantées par Whitman, dont il citait parfois les vers aux plus viles d'entre les plus navrantes putains, balisa leur allure dilettante. Ils remontèrent une rue bordée de grands arbres. L'ombre des branches nues griffait les murs des demeures en grès rouge et la pluie crépita sur les trottoirs, luisante sur la rampe des barrières en fonte ouvragée, leur ligne discontinue prohibant de petits escaliers lancés contre des portes à double battant aux poignées de cuivre lustrées. Ils dépassèrent le seuil de la maison où vivaient le tueur et sa famille, se garèrent et attendirent que la pluie cesse. Hyman sortit une cordelette et un poinçon de la poche de son manteau. Saul tira un Derringer chromé de sa poche intérieure et glissa deux balles de gros calibre dans le chargeur. Il bruinait faiblement quand ils claquèrent les portières de l'allemande et descendirent la rue déserte. Saul remarqua une batte de baseball et un gant de cuir racorni, laissés par un gamin sur les marches d'un escalier, sauta une barrière, s'empara de la batte et la dissimula sous un pan de son manteau.

Ils montèrent sans bruit les degrés de l'entrée principale et regardèrent à travers les carreaux, écoutèrent, à l'affût du moindre bruit et du moindre mouvement. Hyman tira un jeu de clefs de sa poche, crocheta la serrure et Saul reconnut le trousseau qu'ils avaient fait fabriquer plusieurs années auparavant afin de vider un entrepôt à vin dans le Connecticut.

Ils s'introduisirent masqués entre deux portes. Hyman sortit une burette d'huile de sa poche, huila les gonds et poussa les battants de la seconde porte. Ils se retrouvèrent dans le vestibule et restèrent immobiles et circonspects, s'habituant peu à peu à l'obscurité lourde d'odeurs de moisissure, de crottes de souris et de tabac froid. Le parquet grinça un peu dans le couloir. Ils s'approchèrent de l'escalier menant au sous-sol et foulèrent de vieux tapis élimés et déchirés au bord des marches. Hyman désigna une faible lueur au bas de la rampe et Saul acquiesça, observant les variations décrépites d'un lavis de braises sur le mur sale, perçut des gémissements de femme et des grognements d'homme, dégaina son Colt et fit signe à Hyman d'enfourcher la rambarde. Hyman se laissa glisser, son entrejambe essuyant la suie et la crasse, son profil soudain touché par la clarté chthonienne du sous-sol. Saul rengaina son automatique et noua sa batte dans son dos, à l'aide de la ceinture de son manteau, repoussa son feutre en arrière et enjamba la rampe.

La lumière s'échappait d'un renfoncement à l'intérieur duquel rayonnait la chaleur apathique d'un antique poêle en fonte. L'homme et la femme gémissaient de plus en plus fort et l'arête d'un meuble cognait contre un mur. Saul s'approcha du chambranle de la cuisine et jeta un bref coup d'œil dans la pièce obscure et distingua le dos, le cul velu et étroit d'un homme. Les cuisses grasses d'une femme lui enserraient la taille. Il serra sa batte à deux mains et s'élança droit sur cette créature hybride. La plante des pieds de la femme, mollement secoués, envoyait un signal intermittent de lassitude blafarde quand il frappa l'arrière du crâne de l'homme.

L'homme s'effondra entre les cuisses de la femme et la femme cessa de haleter, ouvrit des yeux effarés, referma son entrejambe sur les flatulences émises par son vagin et sa bouche s'ouvrit dans un cri que Saul décida d'éteindre d'un second coup porté au front avec l'extrémité de la batte. Hyman tira son poinçon et surgit. Sa haute et véloce stature, un bref instant ajustée dans le clair-obscur rougeoyant. Il avança et s'agenouilla près de la tête du tueur, gémissant et reprenant déjà connaissance, le saisit à la gorge d'une main ferme et gantée et lui poinçonna la carotide. Un jet de sang éclaboussa le carrelage de la vaste cuisine, et la fille, tremblante, seins pâles et tombants, toujours assise sur le buffet, vacilla, envoya un borborygme plaintif et observa l'artère percée et le sang jaillissant par giclées. Hyman se redressa et plaça son index devant sa bouche dissimulée derrière la soie de son foulard, baissa le pan de tissu, sourit et lui dit qu'elle ne craignait rien et lui demanda combien de personnes se trouvaient dans la maison. La pute esquissa une grimace et chuchota quatre, l'épouse et trois enfants endormis. Saul alluma et lui montra ses vêtements d'un hochement de tête et la pute, petite, blême et luisante de sueur, front cabossé d'une estampille rouge aux bords réguliers, enjamba le corps de son défunt client et se rhabilla. Saul lui demanda si elle venait de Kansas City et elle acquiesça en sanglotant. Saul la rassura d'une voix douce et lui promit qu'ils allaient la mettre dans le premier train à destination de son bordel d'affectation, et la fille le remercia, hoqueta, essuya ses larmes et les traces de maquillage coulé sur ses pommettes.

Ils roulèrent sous une averse de neige fondue en direction de Coney Island. La pute écaillait son vernis en se rongeant les ongles, le crachotait et cédait parfois à de brèves crises de larmes. Saul lui demanda pourquoi elle ne leur accordait pas sa confiance.

– Parce que vous n'allez pas en direction de Manhattan.

– Pas de panique, ma jolie, nous avons juste une course à faire. Ton train ne part qu'au matin. On ne fait pas de mal aux femmes. Pas vrai, Saul ? C'est pas dans nos habitudes. Pas vrai, Saul ?

Ils se rangèrent non loin d'une vieille baraque et conseillèrent gentiment à la fille de descendre. Il ne neigeait plus mais l'asphalte était verglacé et elle se tordit la cheville et pleura encore, fragile échassier sur ses talons traversant le faisceau des phares d'un air dolent, ses yeux de rimmel noircis et ses lèvres minces, blêmes et ourlées d'un reste de rouge à lèvres. Saul lui pointa la baraque. Elle devait les accompagner. On va chercher de la dope chez un gars du coin. Si tu te comportes en bonne fille, on te laissera t'en préparer une cuillère pendant qu'on cause business avec lui. Elle leur adressa un sourire torve et presque reconnaissant, frissonnante dans son manteau pelé en poil de renard. Elle n'était pas contre, une fois de temps en temps, mais l'héroïne avait tendance à la rendre malade. Hyman s'approcha et dit oui, bien sûr, quand elle n'est pas bien raffinée. Mais celle-là, c'est un truc incroyable, t'en reviendras pas. Il lui passa le bras autour des épaules et l'embrassa sur la joue.

Elle gisait à leurs pieds, poupée insane et désarticulée dans sa fourrure miteuse, ses cheveux flavescents et sales, répandus sur l'asphalte noir. Saul glissa les mains dans ses poches et baissa le front sous l'effet d'une bise glaciale, releva et tourna le regard vers l'est et découvrit un pâle liseré tendu sur l'horizon, sentit une chose bien pire que de la tristesse lever en lui, un soulagement, l'espoir et la conviction résigné que rien n'existait en dehors de l'austère vérité de cette lumière couchée sur un rivage convoité par les millions d'hommes venus dénaturer sur le sable leur songe de vie meilleure.

Hyman tira le cadavre de la pute et l'entraîna dans les marécages. Saul le suivit à travers les herbes souples, sur le sol spongieux, seul membre du piètre cortège d'une putain du Kansas, comptant les pulsations affolées de son cœur dans la paume de sa main serrée sur la crosse de son Derringer et surveillant le large, sa délicate strie de lumière insérée à la couture entre deux mondes.

## XXX.

### Le travail, l'acrimonie, le remords, le deuil et le chagrin

Elle ne le faisait plus depuis Hyman et se refusait aux assauts ordinaires et peu convaincus de son mari, l'abandonnait assis et larmoyant au bord du lit et vaquait à ses frustrations. L'amertume et le chagrin des débuts s'étaient peu à peu mêlés à la certitude d'avoir participé au meurtre du sheriff relaté dans un journal local dont elle conservait un exemplaire à peine jauni dans un vieux sac à main.

Elle était allongée dans son lit, les yeux ouverts sur les ombres abrasées d'un jour de neige, se leva et distingua les bruits du restaurant à l'étage du dessous, imagina son époux agacé de son absence, travaillant au bar, servant les cafés et les déjeuners, malmenant la nouvelle cuisinière noire venue d'Atlanta. Elle s'approcha des carreaux et la clarté rendit plus pâle et plus insipide la peau de ses bras et de ses jambes. Elle souleva la fenêtre et sentit le froid s'insinuer sous sa chemise de nuit, lui saisir la taille et lui glacer la poitrine.

Elle se lava dans la baignoire qu'elle avait fait installer aux premiers jours de son mariage, obligeant son époux à prendre des bains et des douches quotidiens, s'habilla, ouvrit son placard, en sortit le vieux journal, et l'appel au loin de la sirène d'un train de marchandises la tira de sa lecture. Elle replia le journal, le rangea dans son sac et décida, comme chaque matin depuis des mois, d'effacer les matins précédents de reniement et de parjure.

Elle enfila un chapeau cloche, un manteau doublé de marte et descendit l'escalier. Elle regretta la chaleur du sexe de Hyman entre ses cuisses, sortit par la porte de service, enjamba la couche de neige accumulée par le vent, se remémorant et recensant les fois où elle avait renoncé à renseigner le jeune sheriff attablé devant son café et ses œufs Bénédicte. Elle chemina sur les trottoirs glacés, prudente et gauche dans ses escarpins. Des clients la saluaient. Elle leur rendait distraitement leur signe et n'était pas sans savoir qu'ils la considéraient tous en Lilith, Jézabel et autres maudites des écritures.

Elle passa devant la vitrine de la droguerie et son image essuya la surface noire du verre frappé de reflets. Une jeune femme, presque la jeune fille quittée au jour de son mariage. Elle grimpa les escaliers du porche et se présenta devant l'office du sheriff, bouche sèche, lèvres tremblantes. Elle éprouva une soudaine envie de fumer, l'envie de s'enfuir, tira la porte de la moustiquaire, en poussa une seconde, pénétra dans un vestibule au plancher en pin couvert d'auréoles et de traces de neige fondue, et rencontra le regard bleu pervenche d'une secrétaire âgée, assise à son bureau devant le courrier du matin, son froid sourire surmonté d'un duvet de poils sombres, son odeur de lavande. Elle ébaucha un sourire labile et la vieille retira ses lunettes, annonça que le sheriff ne rentrait pas de la journée, et cette absence la congédia une fois de plus dans la neige, son besoin de vengeance ravalé, son tablier bientôt serré autour de la taille, le travail, l'acrimonie, le remords, le deuil et le chagrin pour viatique.

# XXXI.

## J'y suis pour rien
## New York
## 30 septembre 1929-Jeudi noir, 24 octobre 1929

L'ossature du grand huit se dressait aux commissures de l'aube. Hyman lâcha les poignets encore tièdes de la pute et la laissa gésir dans un trou de sable. Le moteur de la Horch hoquetait non loin dans la pénombre.

– Qu'est-ce que t'attends ?

– D'être sûr.

– Tu sais toujours pas ?

Saul examina le visage de la fille, puis scruta le toit des baraquements de foire se patiner devant la mer grise où clignaient les feux des cargos et se demanda ce qui l'empêchait de décharger son Derringer dans le visage de Hyman.

– J'y suis pour rien.

– Je me suis retrouvé à distribuer une enveloppe au Downtown Skyport à ta place, et ce jour-là on me tire dessus.

– J'étais en taule.

– Pratique.

– Pourquoi j'aurais fait ça, putain !?
– Pour du fric. Pour Maranzano en échange de fric.
– Je travaille pour toi.
– Et pour Maranzano.
– Non. Luciano, Lansky, Siegel et toi êtes l'avenir. Je ne ferais pas une connerie pareille. J'ai misé sur vous depuis longtemps, et tu le sais.

Saul ordonna à Hyman de se garer devant une maison dont la pelouse était occupée d'un portique dépourvu de balançoires, descendit, jeta la batte dans les poubelles alignées sur le trottoir, avant de reprendre la voiture. Ils abandonnèrent le V8 dans une rue sombre et bordée d'entrepôts, non loin des escaliers menant à la passerelle du pont de Brooklyn, nettoyèrent leurs chaussures avec leurs mouchoirs humides de salive. Hyman proposa de voler une Cadillac mais Saul voulait prendre l'air. La passerelle était déserte et le vent sifflait dans les haubans. Les voitures circulaient de part et d'autre du passage piéton surélevé, innombrables et dans un fracas de grille métallique. Au fond de la baie, l'écume se formait à la crête des houles et de grands voiliers, escortés de goélands, s'éloignaient dans le petit jour.

Ils marchèrent côte à côte et la ville surgit d'un rêve de grandeur équivoque et le tablier du pont déclina imperceptiblement vers la rampe emmanchée d'une voix rapide, béante entre les immeubles. La fumée des cheminées s'élevait et s'aplanissait entre les réservoirs en cyprès, sur les terrasses en espalier, leurs cylindres coiffés de toits débordants pareils à des vigies grippées sur leur axe de rotation. Ils échangèrent des propos anodins, laissant à la fatigue le soin d'enrayer le repentir et les mauvais présages, s'introduisirent dans Manhattan comme le ver dans un fruit fraye sa dévastation, et grimpèrent dans un tram bringuebalant vers le nord, insomniaques éventreurs partageant la banquette en bois des employés de bureau au col de chemise amidonné, aux joues glabres et aux paupières gonflées de sommeil.

Ils descendirent un peu avant Times Square et petit-déjeunèrent au fond d'un box, dans l'arrière-salle d'une brasserie appartenant aux Heidelberg. Saul, agité, travaillé de menues réflexions et angoisses fugitives, de corruptions intestines et de doutes quant à la fragilité de l'existence. Hyman, évaluant son sursis. Ils mangèrent un steak accompagné de pommes frites et vidèrent de nombreuses tasses de café, discutèrent comme souvent du combat entre Jack Dempsey et Gene Tunney, auquel ils avaient assisté, évaluèrent la puissance de frappe de Dempsey et l'efficacité du Dempsey Roll que Hyman avait maintes fois tenté d'adopter en sparring, et Saul laissa une fois de plus Hyman lui expliquer combien de fois il avait répété et expérimenté sans résultat la suite d'esquives en huit, suivie d'une série de crochets au corps et au visage.

– C'est une question de poids et de gabarit.
– T'as peut-être raison.
– J'ai raison.
– Faut bien essayer des trucs.
– On n'était peut-être pas obligés.
– De quoi ?
– De déglinguer la pute.
– C'est le métier.
– C'est pas vraiment un métier.
– Elle l'a pas vu venir.

– Tu ne le verras pas venir non plus.
– Je n'y suis pour rien.
– Je te le souhaite.

Il était presque chaque jour retourné fumer, étendu sur sa couche et dévolu à des rêves entretenus par un vieux Chinois, gardien de sa descente aux abysses et de son immobile déchéance. Ses voyages variaient peu et toujours Rothstein, la pute assassinée croisaient sa divagation morphinique. La pute nue, avenante à l'obscénité, s'appariait avec lui sans plaisir, rigide, le regard fixe, la peau glacée, la nuque brisée, poils pubiens poissés contre les siens, cadavre devant lequel il finissait par s'agenouiller, ahuri, incapable de rien faire.

Il travaillait peu et se rappelait à peine au matin être père et époux, tremblait sous l'effet du manque, enfilait ses vêtements de la veille, parfois sans s'adresser à Emma, parfois se repentant et promettant une rémission.

Le jeudi 24 octobre 1929, vers 9 heures, Emma tenta en vain de lui transmettre un message laissé dans l'après-midi précédente par Salvatore Lucania. Saul quitta l'appartement sans prendre le temps d'écouter son épouse et se rendit à la fumerie, s'évertuant à élucider ses songes d'opiomane sous l'égide de son guide habile à charger le dross et lui promettre la paix des songes.

Il migra de l'orient vers l'occident, à contre-courant sous la surface de l'Hudson, le dos et les épaules tournés face au lit vaseux de la rivière, les yeux ouverts et le corps au centre d'un halo translucide, longea la rive du New Jersey et celle de New York, passa sous le tablier de chaque pont dont l'ombre rectiligne adoubait son voyage. Ses plaies au mollet et à la main laissaient fuir vers l'aval un mince ruban de pourpre. Le fond plat des barges et la coque des steamers et la quille des grands voiliers le frôlaient et leurs hélices menaçantes barattaient l'écume. Il progressa d'heure en heure vers l'amont du fleuve, entre ses hautes falaises à main gauche et sa rive plane à main droite, cousue d'une voie ferrée remontant vers la ville d'Albany et son parlement, puis sombra, se souvenant avoir entendu parler d'un livre et se souvenant que les morts dans ce livre naviguaient sur une barque vers le soleil couchant.

Il rentra, le soir, chez lui à pied dans Broadway. Les crieurs de journaux annonçaient un krach boursier. Voix d'enfants scandant l'apocalypse aux carrefours encombrés de passants incrédules. Il fendit la foule des désappointés et des anciens béats, à peine surpris à l'idée que le monde, pendant son sommeil factice, se soit dérobé à ses promesses d'égalité et de fortune.

Il se cala dans son fauteuil, hâve, les yeux cernés, le menton anguleux et voilé d'une barbe récente, joues creuses, hébété, et se demandant si les fondations de sa vie et de son pays ne reposaient pas sur l'avanie, l'espoir trahi et la cupidité, si les pires d'entre les pires fuyant l'Europe n'avaient pas tous, ses ancêtres et ceux de Rothstein compris, abordé au rivage où la pute devait encore gésir, attaquée par les pétrels de mer et les goélands.

Emma rentra une heure plus tard et lui transmit le message de Luciano. Saul serra sa fille dans ses bras et lui donna le biberon. Sous la douche, il révéla à sa femme la nature de l'injonction de Luciano griffonnée sur un papier glissé dans une enveloppe et la supplia de l'accompagner au nord de l'État, afin de soigner sa dépendance.

Dans la nuit, Emma conduisit sur les routes sinueuses de campagne. Saul, allongé sur le siège arrière, suait et buvait une bouteille de bourbon au goulot. Un début ? Une fin ? le commencement de sa fin ou l'aube sur les pavés du Lower ? Son destin et celui de Rothstein liés par la coïncidence ? Emma lui demanda si le krach changerait quelque chose pour eux. Saul lui répondit qu'il n'avait jamais investi en Bourse, ni ses associés ni Capone, qu'il avait récemment vu à Atlantic City, lors d'une réunion organisée par Luciano et Nucky, un colloque destiné à résoudre le problème de la guerre entre les gangs et parler d'un monde prochain, un monde moderne où les Maranzano et Masseria n'avaient pas leur place.

Emma engagea la Packard sur un sentier creusé de profondes ornières. La terre gelée crissait contre les flancs des pneus. Le sentier grimpait en lacets effilés entre les érables et les phares affolaient leurs ombres sur le sol jonché de feuilles mortes. Elle roula encore cinq minutes et se gara sur un terre-plein devant une maison en rondins bâtie sur deux étages, borda sa fille, endormie dans son couffin, d'une seconde couverture, et sortit. Les étoiles giraient lentement. Saul quitta la voiture, ouvrit le coffre, en sortit une seconde bouteille de bourbon et une lampe-tempête, alluma la lampe et la déposa au sol à côté des bouteilles et chercha une clef dans la poche de son manteau, s'approcha de la maison en titubant et déverrouilla un énorme cadenas, débâcla le vantail d'une porte donnant sur un petit vestibule, suivi d'une entrée haute de plafond et soutenue par cinq pilastres poncés en pin clair et décorés de massacres.

Ils empruntèrent un escalier et se retrouvèrent dans une pièce immense au plancher grinçant habillé de tapis indiens, meublée de fauteuils et de canapés recouverts de draps. Des bouches d'aération, équipées de grilles en cuivre, délivraient une chaleur homogène et continue et l'on entendait feuler au sous-sol la chaudière allumée par un gardien en prévision de leur venue. Une baie vitrée ouvrait au sud sur une galerie et sur la nuit, et la cuisine occupait une partie du mur ouest flanqué d'une haute cheminée en pierre de rivière, veillée par un ours taillé à la hachette dans une grume de sapin. La tablette en bois de cèdre et le manteau de la cheminée étaient surmontés de la réplique d'un portrait inachevé de George Washington. Saul s'approcha du tableau, leva sa bouteille et but à la santé du père fondateur, puis s'empara d'un plaid en patchwork plié sur un rocking-chair et dit qu'il avait eu peur de mourir comme Rothstein mais que le crépuscule d'avant l'aube se lèverait bientôt sur la mauvaise herbe poussée entre les pavés du Lower East Side et que des gars comme Washington s'étaient battus pour qu'existe ce pays où l'on ne mourait pas toujours d'être audacieux, s'allongea dans l'un des canapés et remonta sur lui le plaid en coton, ferma les yeux et s'endormit.

# XXXII.

## *Ils n'entraient pas sans violence dans cette bonne nuit*
## Emma & Saul

Emma buvait son café devant la baie vitrée. Il neigeait entre les branches nues des bouleaux et sur les collines arasées, et l'odeur d'écorce était distincte d'autrefois en France, la taille et la circonférence des arbres, la rousseur des feuilles d'érable tombées au sol et les dindes sauvages occupées à fouir la terre noire sous la blanche pellicule chue dans la nuit. Rien de ce qu'elle s'était efforcée de rejeter du monde de son enfance ne s'apparentait plus à ces terres nouvelles. Les bûches crépitaient. De hautes flammes s'élevaient dans l'âtre. Elle lut un mot glissé sous un vase par le gardien du chalet, vida sa tasse de café dans l'évier, fouilla dans les placards et décida de visiter les autres pièces.

Plusieurs chambres avaient été aménagées sous les combles. Une chambre d'enfant équipée de quatre lits superposés et deux grandes chambres d'adultes décorées de courtepointes rustiques aux couleurs du drapeau de l'Union et de descentes de lit en peau d'ours. Elle retourna dans la pièce principale et le soleil revenu éclaira le sous-bois. La neige cessa. Les nuages poussés par un vent d'est entamèrent leur retraite derrière les collines. Emma s'approcha de la vitre et ferma les yeux, écouta les chants de rares oiseaux et laissa le soleil lui chauffer le visage, sentit combien en ce lieu les choses étaient distinctes de ses craintes et de ses souvenirs, sans doute habitées de guenilles d'âmes parcourant les bois sans jamais s'y établir, de spectres susurrant leur désarroi dans une langue inconnue. Mohicans et Munsee préoccupés de quelque rituel sacré, insensibles à son drame, car leurs souvenirs étaient d'une autre nature, leurs chagrins et leur sauvagerie d'une autre trempe, les morts, oubliés sur les chemins menant par-delà les montagnes, étrangers aux vivants et aux morts par elle délaissés de l'autre côté du monde.

Saul ouvrit les yeux et quitta le canapé enveloppé de son plaid, courut dans les escaliers, s'isola aux toilettes, vomit et chia et sortit larmoyant, se reboutonna et se lava les mains au fond d'un réduit encombré de caisses de pommes à cidre vides. Ses mains étaient pâles et décharnées sous le filet d'eau claire et glaciale. Il les retira d'un geste brusque et les glissa sous sa couverture, vacilla dans le vestibule et décida d'échapper aux hantises suggérées par le manque.

Il marcha d'un pas vif dans la neige, vérifiant sans cesse les ombres à sa poursuite, l'épais patchwork battant contre ses reins. Il passa devant la maison et sous la galerie, et s'éloigna dans les bois et détala en levant de petites mottes de neige derrière lui.

Elle entendit la porte du vestibule claquer et surprit Saul acharné à gravir le dénivelé d'un vallon, se lança à sa poursuite, vêtue de sa fourrure et tenant leur fille dans ses bras, progressant sans urgence, convaincue de l'inaptitude de son époux à s'orienter hors des villes, délaissant la piste de ses empreintes affolées afin de remonter le flanc ouest du vallon et couper les cercles concentriques qu'il ne manquerait pas d'entamer dans sa déroute. L'ombre des bouleaux s'étendait, bleue sur la fine couche de neige. Elle s'immobilisa un instant et regarda autour d'elle. Le chant d'un Eastern Bluebird perché dans un hêtre, au sommet de la crête, délimitait une zone prohibée aux autres oiseaux. Elle tenait ferme son enfant et chercha dans la neige des traces de sang et des traces de glaire, sujette à de sombres réminiscences quand elle s'engagea dans une sente dont la pente cintrée entre deux ravines lui sembla familière. Elle quitta ce sentier d'un pas leste, guettant les échos d'un galop de mules et les détonations de fusils, mais ne rencontra rien de plus qu'un boqueteau de genévriers de Virginie.

Elle circula entre les cèdres rouges et poudrés, gravit un dénivelé hérissé de fougères mortes et se tint à mi-hauteur d'un adret, au bord d'un piton rocheux dont la proue dominait les genévriers. Elle aperçut Saul, de l'autre côté du vallon, allongeant le pas et trébuchant, glissant et chutant, effaré dans sa courtepointe. Il franchit la lisière des arbres en vociférant. Elle vint à sa rencontre et le trouva immobile, étudiant les feuilles squamifères d'un conifère, soudain calme et concentré, revenu de ses craintes, mélancolique et soucieux, consterné et frissonnant dans la livide clarté du bois traversée de fumerolles. Il arracha une feuille, la lui montra et lui apprit qu'avec le cèdre rouge on fabriquait du gin et que ces arbres pouvaient vivre plus de trois cents ans sans jamais dépasser la hauteur de vingt mètres et décréta que dans trois cents ans personne ne parlerait plus de bootleggers, ni de moonshine, ni d'alambics, ni de trompe-la-loi.

Il s'installa au sous-sol dans une pièce rudimentaire, meublée d'un lit de camp, équipée d'espaliers, de poids et d'haltères et d'un sac de frappe neuf, suspendu à une poutre. Il refusait d'être vu de sa fille et resta claustré.

Il vomissait dans une bassine qu'Emma lui portait, cognait à la porte et courait aux toilettes, regagnait sa chambre, engageait sa geôlière à verrouiller derrière lui. Il puait. Sa transpiration exhalait une odeur d'excréments. Plusieurs jours il dormit et se réveilla par intermittence. Il rêvait. Des rêves durs et tranchants peuplaient ses nuits. Emma veillait, penchée au-dessus de lui, fredonnait et racontait les montagnes de son enfance, son récit à peine audible et révélant un tas de choses infâmes dont il ne parvenait pas à se dissuader.

Elle demandait l'absolution pour cette vie informe et sanglante, le demi-frère de sa fille abandonné aux bêtes sauvages, réclamait l'indulgence et lui passait la main dans les cheveux et sur le front, démentait chacune de ses questions quand il parvenait à en formuler une, accusait le délire, le rassurait et lui répétait qu'il s'abusait, n'avait pas bien compris, devait se reposer et se défaire du manque, attendait puis récidivait, marmonnait de nouveau son récit, de nouveau quémandait l'implicite indulgence.

Il la lui accordait en songe, avec la mansuétude de celui qui jette la première pierre, se dressait au milieu de la nuit, furieux et tapageur, la lui retirait en hurlant, rejetait les draps loin de lui et se recroquevillait dans un coin de la pièce, brisé de douleurs, franchissait le seuil de ses souffrances, stoïque et patient sous la coupe de métal émaillé d'une suspension délimitant, sur le sol de la chambre, une circonférence de froide lumière. Il interrogeait de laconiques images et rempaillait l'épouvantable récit susurré au bord de l'assoupissement, la vie brève de cette créature cramoisie, surgie d'une comptine dont les paroles inondaient son premier sommeil sans jamais pénétrer le profond de ses songes.

Il s'en retournait à quatre pattes sur sa couche et la pute le surveillait, renfrognée, nue, revenue torve d'entre les morts, la nuque disloquée, la tête penchée sur sa maigre clavicule. Il n'avait pas le pouvoir d'absoudre sa femme, et la pute le savait et souriait et lui tendait la main en signe de rémittence. Il lui demandait de ne pas le toucher, d'éteindre la lumière et de disparaître. Elle disparaissait. Il restait le cœur battant, sentait le poids de son corps amaigri creuser la toile tendue de son lit, affrontait sa peur dans l'obscurité et dénombrait les meurtres par lui commandités et commis, les reléguait à voix haute dans les ténèbres inhabitées, jurait de ne plus céder à la complaisance d'un hypothétique rachat ni aux injonctions de chrétienne miséricorde suggérées par l'ectoplasme d'une Marie Madeleine de circonstance dont il avait ordonné qu'on brise les vertèbres.

Parfois, assis sur une chaise, attentif au silence, il patientait des heures durant le faible signal des oiseaux.

Avec la convalescence, le calme finit par descendre et le chant des oiseaux ne lui importait guère plus que le retour de la pute ou de l'homoncule. Il se contenta d'observer le sac de frappe, s'autorisant l'espoir de bientôt recouvrer sa condition d'homme, lacer une paire de gants et gagner la rédemption du corps quand la rédemption de l'âme était peine perdue.

Il parvenait à manger autre chose que du gruau et reprit l'entraînement, lent, pas plus de quinze minutes, cinq exténuantes minutes de shadow la première fois, chaque jour répétant ses enchaînements à vitesse plus rapide face à l'invisible adversaire, chaque jour plus endurant que le précédent, enchaînant jabs, cross, crochets du gauche, retraits de buste, feintes, esquives latérales et rotatives, crochets au foie, rectifiant ses appuis, pivotant à angle, évaluant sa distance face au sac, dansant, appréciant sa forme revenue au claquement sec ou sourd, véloce, des gants de cuir contre le cuir du sac, jouant du rythme et de la vitesse, sautant à la corde et suant une saine et bonne odeur de sueur et retrouvant son souffle et reprenant courage.

Ils marchaient à travers bois dans le grand soleil, sa femme, sa fille et lui, leurs traces bleutées dans la neige fraîche, l'ombre des arbres au fusain dessinée sur le sol intact ou piqueté d'empreintes d'animaux frappées comme un chiffre dans le grésil. Jamais elle ne parlait de la chose sanglante et resurgie d'entre les jours d'aliénation comme une obscure et maligne visitation. Jamais il ne laissait les paroles indistinctes de ce conte de fées sordide l'envahir et dégrader l'estime qu'il avait pour elle, mais se remémorait la chaleur de sa main sur son front en gage de persévérance et peut-être d'amour, le souvenir de sa main occupée à réduire à sa simple rumeur la déviante comptine déversée dans son oreille.

Le soir, rassemblés devant la cheminée, ils n'entraient pas sans violence dans cette bonne nuit et Saul leur contait ce qu'il savait de New York jadis et du pays tout entier et leur racontait combien de fois le pays s'était effondré et combien de fois le pays s'était relevé sur ses gravats et sur ses morts. Elles l'écoutaient citer des vers de Dylan Thomas et citer d'autres poètes, infatigable lecteur et moque-la-loi. La petite, bercée par la voix grave et claire de son père. Emma, vigilante, adossée au monde inchangé, ses collines boisées, silencieuses et blanchies sous les étoiles voyageant sans répit, du crépuscule vers une aube incertaine.

Ils demeuraient tard devant les flammes et la petite s'endormait et les bûches sifflaient et s'affaissaient dans le foyer et propageaient de hautes gerbes d'étincelles crispées. Ils demeuraient tard devant les braises, évoquaient leur bonne vieille ville de New York et *les hommes violents qui prirent et chantèrent le soleil en plein vol, et apprennent, trop tard, qu'ils l'ont affligé dans sa course*, évoquaient leur retour prochain en leur ville et comprenaient que l'on pouvait se relever d'entre les gravats en piétinant les morts, et comprenaient que leur rachat était au prix de la course affligée du soleil.

Ils quittèrent les forêts et les soirées de veille passées devant la cheminée d'un chalet perdu dans les Catskill Mountains et retrouvèrent New York affligée et déambulèrent au premier soir dans Wall Street et perçurent la rumeur sibylline de dix mille hommes piétinant sans cesse sous la statue de Washington et devant la volée de marches et les colonnes doriques du Federal Hall, écoutèrent le vrombissement de la rue occupée, la spéculation d'angoisse de la rue et son murmure, le claquement des sabots de la police montée dispersant une foule compacte et mouvante, séparant dans un sillage vite cicatrisé le susurrement indécis, diffus, anxieux, sourd et permanent d'une marée d'agioteurs de carnaval ruinés et de curieux portant feutre et frayant et girant sur eux-mêmes comme des astres éteints et changeant de direction dans un flux de corps oppressés, séparés et floués, charriés par l'incessante inertie et par la panique et par la colère dont les effets levaient parfois un bref mascaret, une onde véloce et délitée aux extrémités de la chaussée défendue de hauts immeubles, fermée à l'est par la rivière boueuse, à l'ouest par St. Paul's Chapel.

Ils traversèrent cette menaçante colonie enfumée, son vrombissement ponctué de coups de klaxon geignards, bruissement parcimonieux et grave dont la perpétuité annonçait un châtiment indéfini, une seconde chute, plus grave que celle provoquée par le krach dont le président Hoover tentait de surseoir et minorer les effets à la radio et dont Rockefeller avait souhaité atténuer la réplique en se présentant lui-même à l'épicentre de la catastrophe pour acheter une poignée d'actions et braver les craintes de la multitude citoyenne vêtue de sombre et rencognée devant le Stock Exchange en un phalanstère de spectres stupéfaits et caducs.

# XXXIII.

## Franck
## Espagne
## 1932

Dettes acquittées, Franck continuant de travailler toujours pour Juan. Juan le payait à la tâche et lui louait maintenant la maison en lisière du bois d'eucalyptus, à l'embouchure du río Asón et de la baie de Santoña. Franck avait, depuis quelques années, rassemblé les chevaux errants et récupéré les planches grisâtres d'un hangar abandonné, bâti de rudimentaires écuries à l'extrémité sud d'un enclos, prenait soin des chevaux et savait combien ce soin prodigué l'avait peu à peu rétabli. Il vendait certains de ses animaux aux fermiers des environs. Bêtes de labeur à l'échine cintrée, panse large et charpente épaisse. Des fermiers, installés dans des régions moins septentrionales, venaient à lui, attirés par sa réputation, certains bourgeois de Santander lui demandaient parfois de leur dénicher un cheval d'agrément, de bel aspect et docile. L'étalon, dont la curiosité l'avait tiré de la boue, était un hongre désormais, Franck l'utilisait pour atteler ou mener des travaux de débardage. On lui avait plusieurs fois proposé de l'acheter. Il avait chaque fois décliné l'offre.

Un matin de la fin juin de 1932, il se rendit en ville. Son cheval tractait une carriole au plateau dépourvu de ridelles. L'attelage était équipé de brancards en frêne prélevés sur la carcasse d'un fiacre envasé dans les marais. Une longe nouée sous son banc de postillon, une haquenée menée à l'amble derrière lui, les fers du hongre et ceux de la jument claquaient avec un bruit glauque et parfois synchrone sur le sol dur et poussiéreux d'une sente perdue entre des champs de maïs. L'un des moyeux de la charrette grinçait avec une assiduité railleuse. Son chien, allongé sur le plateau, levait la tête et humait l'air descendu des monts enténébrés. La houle des crêtes tranchait l'immédiat horizon et se brisait parfois sur un arrière-fond de hautes montagnes, grises et patinées dc bleu. Une odeur de bois brûlé, de foin coupé, variait dans la poussière soulevée entre de petites haies de pierres dissimulées sous les ronces.

Une meute de corniauds infestés de tiques les suivirent sur une route déserte et bordée de platanes et son chien grogna, poil hérissé, babines retroussées sur ses crocs. La petite jument rua et marqua plusieurs brusques écarts sous les taches d'ombre et de lumière dont le narcotique clignement tamisait un treillis à la surface de l'asphalte défoncé. Les bêtes s'éloignèrent à l'orée de la ville, la jument s'apaisa et son chien guetta longtemps le point fixe de leur renoncement.

Des volées de moineaux pépiaient et se posaient et s'envolaient sur la place du Capuchin, picoraient le crottin des mules et des chevaux à l'attelage alignés devant les arcades de l'Ayuntamiento dont le clocheton sonna 8 heures. Franck salua quelques types et certains vinrent examiner la jument. Il l'avait achetée à la veuve d'un industriel mort deux semaines plus tôt et devait la vendre à un colonel de la Guardia Civil qui la destinait à son épouse. Tous comprirent sans le lui dire qu'il s'agissait de cette jeune femme très brune et souvent délaissée par son époux carliste et homosexuel, adepte durant ses permissions des tavernes et des bals, des lieux clandestins de rencontre à Santander et Burgos, et cet homme avait longtemps été soupçonné de l'assassinat du plus jeune des trois fils du propriétaire d'un magasin de nouveautés qui l'avait traité de tantouse et d'inverti, de compagnon de la jaquette et de pédéraste dans l'arrière-salle d'une taverne fréquentée par les admirateurs de Mussolini et un caporal allemand affublé d'une minuscule moustache taillée comme un départ de poils pubiens.

Le militaire, Manuel Guerrero, accompagné de sa femme Graziella Guerrero, se tenait dans l'ombre des arcades. Franck vint à leur rencontre, serra la main du colonel et salua la jeune femme d'un hochement de tête. La jeune femme lui sourit. Ses dents étaient blanches et ses yeux noirs, ses cheveux bruns, soyeux et épais, son visage fin. Elle était de taille moyenne, mince, et portait une robe noire, démodée et sobre. Un châle de laine légèrement distendu lui enveloppait les épaules. Elle regarda la jument, puis regarda Franck et sourit à nouveau. Le colonel la saisit par le bras et l'invita à s'approcher de la jument. La jeune femme caressa l'encolure de la haquenée, Guerrero discuta du prix par convenance, puis insista pour que Franck scelle la vente autour d'un verre.

Traversant la place du Capuchin afin de rejoindre la terrasse d'un café au sol dissimulé sous une couche de sciure jamais balayée, Franck nota les regards appuyés sur le couple et sur lui. Tous trois s'installèrent autour d'un guéridon de marbre et parlèrent de la jument. Le colonel souhaitait que sa femme apprenne à monter auprès d'une personne de confiance et se change les idées lors de ses trop longues et trop fréquentes absences. Franck proposa ses services. Il fut convenu d'une série de leçons sur l'esplanade de l'Alameda. Manuel tira un étui en argent de son veston, l'ouvrit et offrit un cigarillo à Franck. Ces yeux étaient du même vert que ceux de Franck et ses cheveux, épais et plaqués en arrière, du même brun tirant sur le roux.

– Vous n'êtes pas marié ?

– Pas que je sache.

– Le mariage a du bon, encore faut-il y consacrer du temps.

– Vous n'avez pas d'enfants ?

– Non.

– Pas que vous sachiez ?

Ils fumèrent et bavardèrent encore. Manuel parla de la douceur du climat cantabrique, évoqua la Castille et la rudesse de la vie de caserne qu'il y avait menée, évoqua son amitié avec Hernández, un député carliste du coin, et demanda à Franck si la politique l'intéressait, posa des questions de peu d'intérêt sur les chevaux, dilua son interrogatoire et ses indiscrétions à grand renfort de platitudes.

Franck décida de rentrer chez lui par la plage. Ses pensées le ramenaient sans cesse à la fille, à sa solitude de longue haleine, à la certitude inquiète que le militaire attendait quelque chose que la fille feignait d'ignorer ou discernait à peine. La marée montait et la mer congédiait l'éclat blanc du soleil sur le sable dur et laqué d'une infime pellicule d'eau. Une haie de cumulus blancs formait une ligne d'ombre au large. À l'approche d'El Puntal, il se sentit las, infiniment, et côtoya sans plaisir, jusqu'à son affaissement, la blonde forteresse des dunes tapissées de joncs, de liserons des sables et de chardons qu'il avait fini par aimer.

Les gens les épiaient. Place de l'Alameda, tôt le matin, Graziella était en selle sur la petite jument. Franck, longe en main, répétait les maigres enseignements qu'il s'autorisait à divulguer sans rougir, car il avait appris à monter seul. Des martinets volaient haut et l'ombre des platanes se dilatait et tournait sournoisement dans l'herbe et sur la terre chauve.

Le colonel vint les voir plusieurs fois, vérifiant, avec l'avenante componction de l'aigrefin, la conduite d'une affaire connue de lui seul.

Graziella parlait peu et leurs mains se frôlaient quand Franck l'aidait à monter en selle. Ils prirent l'habitude de ramener ensemble la jument par l'étroite et médiévale calle San Francisco, la bouchonner dans un box au fond d'une écurie commune adossée à un ancien hôtel-Dieu et au couvent des nonnes de la Trinité. Ils s'y embrassèrent pour la première fois au bout d'un mois de manège et de faux-semblants et s'y embrassèrent de nombreuses fois par la suite et firent l'amour pour la première fois chez Franck, par une nuit de la fin août.

Quand il n'avait pas de marchandise de contrebande à récupérer sur l'une des plages de la côte, aux jours de vacances de Manuel Guerrero, Franck, bien après le crépuscule au volant de son pick-up, attendait Graziella à la sortie de la ville et sous le mur occidental d'une chapelle en ruine.

Graziella apprit à monter aux premiers jours de septembre, et Guerrero lui consentit à de longues balades. Les amants se retrouvèrent en marge d'une pinède déserte, malingre et tapie derrière de hautes dunes aux crêtes aiguës et tabassées de soleil. Graziella déployait une nappe sur le sable. Ils y faisaient l'amour, déjeunaient et faisaient de nouveau l'amour, bavardaient sans jamais rien se promettre.

Elle avait aimé Manuel les six mois précédant leur union et peu de jours après la noce, et de cet amour il ne restait plus trace. Manuel ne lui adressait jamais la parole et découchait sans cesse pour affaires. Manuel désirait un fils, mais rien ne se produisait le soir quand il venait près d'elle, et elle s'était adressée à un prêtre mais le prêtre n'avait pas tenu son serment et Manuel l'avait battue pour s'être confiée à un étranger. Manuel ne l'avait pas touchée depuis leur déroutante nuit de noces dans Soria, froide et austère. Soria, lieu de sa naissance et de la naissance de ses parents, et des parents de ses parents depuis elle ne savait combien d'absurdes générations. De Soria ne lui restait que les chênes et les saules et leurs branches dans le noir courant du Duero, les arcades de pierre fondues dans la brume sur la place Mayor, au point de ce jour, à l'heure où Manuel l'avait aperçue pour la première fois.

Il n'avait pas vu Graziella depuis une dizaine de jours. La matinée était lumineuse quand il poussa la porte vitrée et grêlée de traces de pluie de l'épicerie que Graziella utilisait parfois en manière de poste restante. L'odeur de moisissure et de poussière déposée sur les étagères cintrées par le poids des boîtes de conserve était indissociable de l'odeur de la vieille dont l'œil droit semblait un globe rempli d'un précipité laiteux derrière lequel bleuissaient son iris et sa pupille. Franck avança dans la pièce sombre et étroite, cherchant la vieille ordinairement ratatinée, à peine visible derrière son comptoir, s'accouda près de l'énorme caisse enregistreuse, regarda les paquets de tabac accrochés sur un présentoir adossé au mur, les carottes nouées à des cordelettes crasseuses, les sachets de chique côtoyant des ribambelles de tickets de loterie périmés, des guirlandes d'images pieuses. Christs ensanglantés et couronnés d'épines, Vierges et saints larmoyants, épinglés au-dessus de boîtes à cigare entassées sur un étalage poudreux.

Il tira une pièce d'un douro de sa poche, en heurta le tranchant sur une petite plaque de cuivre ternie, entendit la vieille descendre d'un pas lourd l'escalier en colimaçon menant à ses appartements et la vieille pénétra dans le magasin par une porte dérobée dans le lambris, avança voûtée et plaintive, traînant et claquant sa paire de savates noires et effilochées contre ses talons, ses mi-bas olivâtres tirés sur ses mollets absents, le globe de son œil morne et immobile dans son orbite, le second grisâtre, vaguement diffamateur. Elle le salua d'une voix aigre, récupéra une lettre sous son comptoir et un paquet de cigarillos, glissa le tout sur le dessin noueux du bois. Franck abandonna sa pièce dans la conque lustrée du vide-poches. Elle encaissa et la machine tinta. Elle repoussa d'un geste de nonchalante habitude le chariot ouvert et le tiroir claqua. Elle fixa Franck et lui dit de ne pas s'en faire parce que la Guerrero avait toujours voulu avoir un enfant et qu'elle avait fini par trouver une solution dont tout le monde se scandalisait pour l'instant, mais dont tout le monde finirait par ne plus s'offenser, car l'Espagne est peuplée d'un tas de petits bâtards dont chaque père putatif ignore glorieusement sa descendance. Franck observa l'œil mort et le visage rabougri de la vieille, et comprit. La vieille esquissa un rictus, chiromancienne solennelle et ravie de délivrer un oracle dont la ville entière connaissait les arcanes. Franck fixa son œil couleur de blanc d'œuf rissolé, ramassa son enveloppe et son paquet de tabac et constata sans surprise que l'enveloppe avait été descellée à la vapeur, remercia la vieille pour son indulgence et ses pacotilles de devineresse et lui tourna le dos. L'épicière haussa les épaules et dit qu'il n'y avait pas besoin d'ouvrir les lettres ni de lire dans les entrailles d'un poulet pour distinguer la vérité du mensonge.

## XXXIV.

Edur venait souvent vendre et consommer des filles à Santander, quand ses contacts avec les carlistes de Pamplona et les carlistes au bordel l'encouragèrent à se présenter à la mairie de Pamplona, à délaisser la contrebande, et se consacrer à la traite et aux idées monarchistes dont il n'avait en vérité rien à faire.

Battu à la mandature de Pamplona, il s'installa à Santander et travailla pour le compte de l'alcade, Raphael de la Vega Lamera, aristocrate et catholique, royaliste et conservateur. Le bras droit de Lamera le recommanda auprès du meilleur tailleur de Santander, et l'une de ses favorites, vendue à sa plus fidèle et dédaigneuse maquerelle, lui permit d'acheter plusieurs complets. La putain devint la régulière de Rivera Villacampo, et rapporta à Edur, à l'occasion de l'une ses visites assidues, qu'Ametza ne vivait plus chez lui depuis des semaines.

Victime d'une attaque, Rivera n'en révéla guère plus à la pute sycophante, et fut, lors de funérailles ostentatoires et présomptueuses, célébré en la cathédrale de l'Assomption de la Vierge, descendu dans le caveau de ses ancêtres, dernier de son engeance, zélé chrétien, prodigue, oublié sans avoir été conspué pour ses fautes ni jugé sur le parvis et dans le cloître où l'on vit rôder, pendant et après la pompeuse cérémonie, cheveux pommadés, feutre noir et costume de bonne coupe ajusté sur un corps nerveux et sec de cul-terreux impropre au luxe des étoffes, Edur, qui, sur le cadavre tiède, questionnait, soudoyait gens de maison, chauffeurs de la veuve et des familles voisines.

# XXXV.

## Tantale
## Franck

Quel genre de père était-il, condamné à ne jamais tenir son fils entre ses bras ? Il patienta comme chaque matin sous les arcades d'un antique édifice dominant la place du Capuchin, espérant apercevoir son enfant et la femme qu'il n'avait plus le droit d'approcher depuis des mois. Le vent agitait les branches d'un magnolia détrempé par un orage maintenant éloigné sur les montagnes. Il s'assit sur un banc taillé dans la maçonnerie de la vieille baraque dont le hall exhalait une odeur de bois pourri et de plantes spermatiques, et songea que son fils, né d'un ventre légitime et d'un adultère consenti par manuel Guerrero, colonel de la Guardia Civil, vivrait comme lui et à jamais en exil de la maison de son père. Franck fouilla dans la poche de sa veste et tira une boîte de cigarillo et fuma et en souffla la fumée en direction de l'Ayuntamiento dont le flanc ouest, percé de mesquines fenêtres, étirait son ombre courtaude sur la place aux pavés humides et luisants. Il prononça le nom de David Manuel Guerrero Segundo à voix haute, bâtard né d'une Espagnole et d'une supercherie dont il avait été la dupe, son fils dont l'identité trahie figurait entre les pages d'un registre officiel bientôt classé parmi les archives et sous les combles de l'Ayuntamiento, surmonté d'un clocheton et d'une horloge, comptable des vies, des alliances et des deuils.

Il se leva et jeta un œil en direction de la calle San Francisco et comprit, au chuintement du balai d'un cantonnier s'éloignant vers la place du Capuchin, qu'il lui faudrait sans tarder se retrancher dans le hall et s'y tenir.

Il les aperçut, Graziella, l'enfant enveloppé dans une couverture blanche, l'épouse, deux pas derrière l'époux, sous les oriels et les saillies rempotés de géraniums exténués. Guerrero s'approcha des arcades. Elle poursuivit d'un pas tranquille en direction de l'Ayuntamiento. Guerrero se présenta dans l'encadrement du hall et se tint face à lui dans le contre-jour, pour la première fois depuis le premier matin de cette absurde routine.

– T'as rien à faire ici. Je ne veux plus te voir traîner là-dessous à nous espionner et tu devrais rentrer là d'où t'es venu sans raisons avouables.

Franck se demanda si Guerrero détenait quelque chose de son passé et recula un peu plus dans la pénombre malodorante, ses semelles produisant un léger frottement à la surface tranchante des galets à demi enfoncés dans le sol, laissa tomber son mégot et serra le poing. Guerrero prévint qu'il valait mieux ne pas tenter le diable. Franck desserra le poing, essuya en silence un retour de veulerie.

De retour chez lui, il trouva la porte de sa maison enfoncée, la pièce principale dévastée, sa table brisée et ses vêtements jetés au sol, les provisions sorties du garde-manger et balancées contre les murs, bocaux appertisés fracassés, sacs de sucre et de farine éventrés. Son chien tenta de lécher le sucre mélangé à du verre pilé éparpillé sous les placards. Il le chassa à coups de pied. Les lettres de Graziella et ses papiers, déchirés et brûlés dans le foyer, gisaient en partie disséminés sur la terre battue. Le matelas dans sa chambre avait été retourné, lacéré et projeté sur la table de nuit. Il chercha ses armes de chasse et ne les trouva pas, fit le tour de la maison et constata que le réservoir d'eau de pluie était criblé de plomb. La remise dans laquelle il stockait les marchandises de contrebande était ouverte et vide, son cadenas sectionné. Une cinquantaine de caisses de cigarettes anglaises avaient été volées.

Dans la Ford lui restait le Baikal enveloppé d'un étui fixé sous la plateforme arrière. Il le sortit, le chargea et siffla son chien, étourdi, chaviré, n'éprouvant pas encore la moindre colère. Son chien ne venait pas. Il chercha du côté de la plage à marée basse et regarda autour de lui, chercha une réponse dans le calme apparent des choses familières. Un soupçon plus qu'une angoisse le traversa, et ce soupçon lui suggéra d'emprunter la sente de sable sous les eucalyptus. Il progressa, circonspect dans la taciturne solitude des bois, remarqua de nombreuses et récentes traces dans le sable gris entre les lamelles d'écorce, repoussa dans le vague un pressentiment morbide et siffla son chien de nouveau. Des hampes de lumière s'évasaient entre les arbres et le chien revint en trottant, l'air piteux, les oreilles rabattues. Franck lui ordonna de s'asseoir et le saisit par la peau du cou afin de mieux l'observer. Sa gueule était couverte de sang. Il le lâcha et s'élança en direction de la pâture, son intuition confirmée avant même d'atteindre la barrière. Des milliers de mouches vrombissaient et s'envolaient en lisière du bois. Il pénétra dans l'enclos et s'arrêta au milieu du champ et se tint au milieu des neuf cadavres de ses neuf chevaux abattus.

Deux juments pleines gisaient à ses pieds. Il examina leurs flancs rigides et affaissés sur la mort en gésine. Son chien reniflait en tous sens et grognait. Il lui ordonna de venir, mais le chien virait, trottait, s'affolait et grognait contre la chair inerte, tiède et saccagée. Franck se détourna du massacre et regagna le bois, les yeux voilés de larmes, tenant son fusil comme l'unique chose tangible en ce monde, marcha longtemps en direction d'El Puntal et rentra chez lui en fin de journée après avoir erré dans les dunes et songé à ne jamais revenir, chercha une pelle et une pioche dans sa remise, noua un foulard derrière sa nuque et le plaqua devant sa bouche et sur son nez, enfonça sur ses cheveux un feutre cabossé, déposa d'autres outils, des bouteilles de cidre et d'eau dans sa voiture et retourna dans la pâture par le chemin carrossable qu'il avait taillé entre les ronces aux premiers temps de son projet d'élevage. Les corbeaux et les corneilles avaient déjà vidé les orbites des chevaux assassinés et plusieurs vautours dessinaient des cercles concentriques, descendaient, se posaient et déchiraient la chair. L'odeur était forte quand il s'attaqua au sol ingrat sans jamais s'occuper des charognards, sans jamais prêter attention à leurs querelles insanes, frappant la terre de sa pioche au plus près de l'échine de la plus jeune de ses juments, ouvrant la première des neuf tombes, s'acharnant jusqu'à la nuit et bien après, à la lueur des phares de la Ford.

À l'aube il acheva sa première fosse, la recouvrit et reprit sa voiture, retourna sur la plage, se baigna et se coucha à l'arrière de son pick-up. Il dormit et rêva qu'il enterrait ses chevaux à l'endroit des trois douaniers abattus par Edur, se réveilla en fin d'après-midi et retourna en ville avec ses vêtements de la veille.

L'épicière le scruta de son œil valide, détailla sa chemise tachée de sueur, de terre, de poussière et de sang, sentit, sans y croire, l'odeur douceâtre du carnage. Franck acheta des vivres et de la bière, du tabac et du savon, lut d'une voix monocorde, impérieuse et grave, la liste des choses manquantes, tenant d'une main tremblante une petite feuille de papier jaune, lignée et griffonnée, ses ongles incrustés de crasse, ses phalanges et la paume de ses mains cloquées d'ampoules. La vieille enveloppa la marchandise. Franck sortit en claquant la porte et descendit la rue chargé de ses paquets, les déposa dans sa voiture, fouilla l'un d'entre eux et tira une bouteille de San Miguel tiède, s'assit au volant et regarda devant lui fixement, subissant sa puanteur comme une aura de lassitude et de renoncement.

Il plut le deuxième jour et les mouches disparurent et l'odeur de pourriture retomba, se transforma et revint plus forte quand le soleil, en fin de journée, apparut. Trempé, il sécha au travail, somnambule arc-bouté sur sa peine, besognant moitié fou dans l'urgence. Il s'évanouissait parfois dans une fosse inachevée, se relevait, titubait, reprenait.

Il dormait et la puanteur imprégnait ses songes et dans ses songes creusait sans cesse, et se voyait lui-même en terre, la bouche remplie de fange et les yeux couverts de boue. Il déjeunait en silence et lorgnait du côté de la mer, la montée et le retrait des eaux, et se savait captif de ce va-et-vient absurde, captif de la mesure des cycles établis à son insu par quelque grandeur dérobée à son intelligence.

Il attela neuf fois la même corde à l'arrière de la Ford et tira chaque dépouille dans les neuf trous correspondants, mais la corde s'enfonça et lacéra les chairs putréfiées de la septième. Il en fut ainsi pour les deux derniers chevaux, et d'autres difficultés s'ajoutèrent au déplaisir d'entendre le corps pesants verser avec un bruit sourd entre les lèvres bourbeuses de la cavité qu'il venait d'ouvrir. Le septième était le hongre. Il pleura.

Le dernier jour il dormit au milieu de son charnier. Au matin, la lumière et le vent d'est le tirèrent de son sommeil. Il s'assit à l'arrière de son pick-up, entama une bière et mangea du pain et du lard et comprit que son chien avait disparu le jour du massacre. Il se mit debout sur le plateau de la Ford et siffla, tremblant dans le vent, pâle, les lèvres gercées, les yeux rouges, exténués à force de visions infernales et d'efforts pour s'en tenir à distance.

Il regagna sa maison, estima le coût et la durée des réparations, sentit une chose appuyée contre la jambe de son pantalon raide de boue et baissa les yeux sur son chien. Il s'agenouilla et le caressa, et le chien enfonça la tête entre ses bras et renifla l'odeur de sa chemise en battant du fouet.

Franck prépara une flambée et mit ses vêtements à brûler, tisonna, puis sortit, se dirigea vers l'estuaire, s'enfonça dans le ressac et songea à l'aubaine de ne perdre qu'une seule fois son enfant, confronta cette aubaine à son désespoir de le perdre vivant chaque jour passé depuis sa naissance et demanda pardon.

## XXXVI.

### Emma & Saul
### New York
### Automne 1929-15 avril 1931

« Je suis copain avec tout le monde. Personne n'en a après moi. Tout le monde m'aime bien. »

Charlie LUCIANO

Ils prospéraient en dépit de Central Park envahi de bidonvilles, Hooverville, amas de baraques hétéroclites en bardeaux et toiles, bâches ficelées claquant au vent et crépitant sous les pluies, cabanes de guingois sur les pelouses dévastées et boueuses, dans les bois, en bordure des contre-allées et des lacs autrefois destinés à protéger le peuple *de l'alcool, du jeu et des vices*, à engager le peuple *aux bonnes mœurs et à l'ordre*. Ils prospéraient et pourvoyaient aux besoins du peuple à présent ruiné et désœuvré, amassé à l'entrée des soupes populaires dont les cantonnements de noire misère dévastaient le jardin tant espéré par William Cullen Bryant, homme soucieux des bonnes mœurs et de l'ordre. Ils pourvoyaient en syndicats, briseurs de grève, jaunes, putes, héroïne, cocaïne, jeux, usure, mais n'avaient jamais menti et n'avaient jamais vendu de sornettes contre les économies d'une vie ni vendu de contes à dormir autour d'un brasero, jamais astiqué le miroir aux alouettes avec la chemise de l'indigent mais proposé les plaisirs, l'ivresse, la bienveillante ordonnance de John Barleycorn, l'oubli contre espèces sonnantes, accordé leur confiance contre d'exorbitants intérêts établis sans simagrées, protégé et investi dans la boulangerie, dans l'immobilier, les transports routiers, dans le commerce légal, dans la politique et sur les docks, dans Fulton Fish Market et dans les arts, disait Saul, jamais promis sans annoncer la contrepartie de leurs promesses, disait Luciano, toujours récolté les dividendes du désir contre satiété, disait Capone, des hommes d'affaires avec un surcroît de courage, le courage d'endurer et d'attendre le temps d'après les sacrifices, celui de l'abondance et des lendemains qui ne déchantent pas, disait Lansky, mais les hommes d'affaires ne peuvent gagner d'argent les armes à la main, disait Luciano miraculé, revenu transfiguré en Lucky Luciano au cours d'une nuit d'automne 1929 après un tour en voiture faute d'un choix décisif entre deux boss, Masseria ou Maranzano, Maranzano ou Masseria, et le soir de Noël, Charlie Lucky, sa Cadillac garée en bas d'un appartement du Lower East Side, fils prodigue revenu célébrer la lointaine naissance d'un Juif d'Asie mineure, toléré à la table familiale par son père dépeçant la dinde et souffrant sa présence sans le bannir ni lui jeter l'opprobre pour son état de gangster, le temps d'une trêve sanctifiée, rare et inespérée, sentait par instants courir sur sa joue la main de sa mère, pulpe délicate de ses doigts le long de l'entaille burinée par la lame de Maranzano, laissait sa mère effleurer la fraîche cicatrice et raviver la nécessité de froides représailles, attiser de ses doigts délicats une vengeance hypothéquée sur l'alliance enfin conclue entre lui et Joe Masseria, une ligue contre Maranzano, un pacte tortueux dont il calculait le corollaire, l'inéluctable conflagration de deux antiquités siciliennes infatuées, bientôt dressées l'une contre l'autre par ambition et cupidité, couple folklorique et suranné, prochainement relégué au tragique et aux cendres, aux pleureuses et aux couronnes mortuaires, la fortune enfin pérenne, la paix promise en dépit du krach, garantie par le contrôle de la distribution des journaux au coin des rues, par les liaisons télégraphiques arrangées entre Moses Annenberg et la Compagnie nationale du téléphone. Une ligne entre les bookmakers et les champs de courses. AT & T impliquée dans les paris clandestins à l'échelle du continent. Luciano aimait travailler avec des hommes comme Annenberg, vif, chevronné, doté par les muses de la malfaçon, self-made-man, directeur de la distribution chez Hearst, éditeur, propriétaire du *Daily Mirror*, gamin du South Side, sa carrière entamée au plus bas des bas quartiers, misérable Juif d'Europe de l'Est, va-nu-pieds, crieur de journaux sur les trottoirs du district le plus malfamé de Chicago. Luciano misait sur une stratégie d'ampleur, son dessein syndicaliste depuis les bancs d'école peaufiné, possible, à portée de rêve américain, Cosa Nostra au diapason des trusts, des syndicats et de l'industrie tandis que le pays s'abîmait, se relèverait peut-être sur ses morts disloqués dans le caniveau, jetés des toits, relégués dans les taudis et sur le matelas des bordels d'abattage tachés du foutre des déclassés, légions d'anonymes sous-fifres pressées entre les bords étroits de la tombe, cadavres au matin ramassés dans le ruisseau, Masseria exécutant les sicarios de Maranzano, Maranzano expédiant jusque dans l'aube létale, levée sur Chicago, les petites mains et les soldats de Masseria, la guerre des Castellammarese au comble de l'inanité, au détriment des affaires, la routine homicide au détriment de l'ordre et de la combine autrefois conçue par des gosses loqueteux, faméliques et devenus de vrais Américains, la guerre, pour un temps trop long, le temps mis à profit de la rumination au détriment de l'optimisme et de l'injonction des pères fondateurs à prospérer, la guerre tandis que le pays s'enlisait, se relèverait peut-être sur ses morts mais s'acquittait pour l'heure de son tribut d'absurdité.

Et Charlie Lucky discerna, sous sa paupière à demi close depuis cette nuit d'automne 1929, une issue prodigieuse au paroxysme de la férocité prête à redoubler quand l'alliance de longue date conclue entre Gaetano Reina et Masseria, une histoire de revirement et de coup de théâtre fumeux, de serments et de meurtres, encore et sans cesse, crimes, cabale et duplicité, félonies antédiluviennes, imbroglio de sauvages spéculations, menaça de céder. La famille Reina contrôlait le Bronx et le racket de la glace et l'équilibre des forces entre Joe The Boss et Maranzano était sur le point de s'inverser au profit de ce dernier.

Dans son bureau, en présence de Luciano, la nouvelle du parjure de Reina confirmée, Masseria éructa à propos du respect des aînés, se plaignit des sous-fifres parjures et de tous ceux qu'il fallait remettre en place parce qu'ils ne respectaient pas la hiérarchie, tapa du poing sur la table, hurla, menaça, visage congestionné, bajoues tremblantes et glabres, parfumées d'after-shave, se leva, fit le tour de son bureau, se servit un verre et commandita la mort de Reina, ordonna et missionna Luciano en spadassin sans même lui adresser un regard.

Luciano ne pouvait refuser. Si je pense en Sicilien à la place de ses deux boss, je peux voir venir le coup préparé par Masseria. Masseria m'envoie au casse-pipe déglinguer Reina parce qu'il me considère comme son larbin et ne veut pas que je devienne boss à sa place. Si je déglingue ce bon vieux Tommy Reina, Maranzano me soupçonne immédiatement et me tombe dessus, l'occasion rêvée pour Masseria de m'éliminer et de récupérer notre business. Il faut donc que Maranzano pense que c'est Masseria qui a fait le coup, expliqua-t-il à Benny Siegel et Saul réunis au large d'Oyster Bay, à minuit la pluie battante sur Long Island à bord d'un vieux rafiot de pêche, Meyer absent, resté auprès de sa femme Anna, enceinte et hystérique dès qu'il quittait la maison. On perd toujours du temps, répondit Siegel, vous autres Italiens de mon cul, vous faites que mâcher et remâcher sans arrêt jusqu'à ce qu'il n'y ait plus rien à avaler. On n'a qu'une chose à faire, c'est refroidir Reina et faire croire à Maranzano que c'est Masseria qui a fait le coup. Charlie Lucky acquiesça et envoya Genovese sur Sheridan Avenue dans le Bronx, pour que le sale boulot soit exécuté par contumace afin que Maranzano ne le soupçonne pas. Luciano, inspiré, clairvoyant, déchiffrant les changements, la bascule du destin possible au cœur versatile de la guerre, la trahison, l'heure du parjure sonnée, le moment venu de changer ses plans et sceller un pacte secret avec Maranzano devant la cage aux lions du zoo du Bronx, le temps de ravaler sa colère, *je suis copain avec tout le monde, personne n'en a après moi, tout le monde m'aime bien*, passer la main sur la balade en voiture et laisser la vengeance frayer au cœur du malheur, redistribuer les cartes, abattre Masseria le premier, Maranzano ne parvenant pas à l'approcher et le ratant sans cesse, malchance, mauvais œil, maladresse, supprimer Maranzano quand viendrait l'heure du solde de tout compte, surtout garder brûlant le souvenir des doigts de sa mère sur l'entaille laissée par la lame de Maranzano.

Au matin du 15 avril 1931, Saul se demanda à voix haute de quelle façon et par quel prodige la vengeance fraie sa voie au cœur du malheur, accorde salut et prospérité à qui sait manier de concert la violence et l'attente. Emma l'embrassa sur le seuil de l'ascenseur et lui confia qu'elle ne croyait pas aux prodiges mais au courage et à l'esprit. Les portes de l'ascenseur se refermèrent et Saul descendit au garage.

Installé au volant de sa voiture, il chargea son calibre 45, huit balles de 11,43, sept dans le magasin, une dans la chambre, serra la crosse de son arme d'une main ferme et débarrassée des tremblements dus au manque et aux séquelles de ses blessures, respira profondément l'odeur de la sellerie, écouta les grincements du cuir dans son dos et sous ses cuisses, ferma les yeux et perçut de lointaines détonations, passa en revue le visage des morts abattus depuis les toits, tombés sur le pas de leur porte, balancés d'une voiture, retrouvés sans vie, entre leurs doigts rigides, glissé pour le folklore par un journaliste inspiré, l'as de pique d'une main gagnante, passa en revue les visages inconnus de la cinquantaine de soldats exécutés dans les deux camps en trois ans de violence et ne trouva guère le sien parmi celui des assassinés.

Certains succombent et d'autres non, prononça-il à voix haute. Elohim donne, Elohim reprend. Certains réchappent aux balles, à la noyade sous l'un des pontons du Downtown Skyport, certains gagnent un tour en voiture par une nuit d'automne, ramassés par quatre types pendant le débardage d'une cargaison d'héroïne sur les docks du West Side, certains traversent Brooklyn et se retrouvent laissés pour mort, abandonnés sur le sable de Huguenot Beach, dans l'aube aux doigts de rose, les chairs percées de coups de pic à glace, commotionnés à coups de gourdin et crosse de pistolet, certains se relèvent sur un lit d'hôpital, l'œil en coin, scarifiés, affublés d'un regard torve et d'un diminutif, Lucky, Charlie Lucky. *Je suis copain avec tout le monde. Personne n'en a après moi. Tout le monde m'aime bien.*

Saul roula sans hâte et gara dans Orchard Street sa Chevrolet AD Holden jaune aux larges ailes laquées de noir. Les flancs de ses pneus cerclés de blanc crissèrent contre le caniveau, alertant une tripotée de gosses juchés au sommet de l'escalier d'un tènement. Les gosses dévalèrent les marches et se postèrent devant la voiture et le reflet de leurs vêtements informes essuya les chromes et les courbes de la Chevrolet. Saul tira 10 dollars de son portefeuille.

Benny Siegel le regardait en souriant depuis le trottoir d'en face. Saul traversa et Ben lui dit qu'Adonis, ce connard de beau gosse loué par Maranzano, semblait un peu trop nerveux quand un groupe d'une douzaine de Juifs orthodoxes venant à leur rencontre, empressés et conversant en yiddish, se scinda et les enveloppa, les pans de leurs noirs manteaux ouverts les frôlant comme les battements d'ailes feutrés d'une volée de merles mâles, leurs vestes tachées par les repas de la veille et du jour, noirs chapeaux à calottes plates, les franges de leurs taliths dépassant de leurs gilets sur leurs pantalons froissés, leurs barbes et leurs visages blêmes, d'hommes à l'étude, depuis toujours penchés sur les lettres carrées de l'antique loi rebattue dans le Nouveau Monde dont la profane jurisprudence, tant de fois violée par Saul Mendelssohn et Benny Siegel, s'ajoutait pour eux à la liste inviolable des prescriptions de la Halakha.

Adonis était au volant d'une voiture rangée un peu plus loin dans la rue. Siegel s'installa sur le siège passager. Saul se tassa sur la banquette arrière, entre Albert Anastasia, l'Exécuteur des hautes œuvres, et Red Levine. Adonis démarra et accéléra sur Delancey Street et passa sous le métro aérien, louvoya dans la circulation fluide à cette heure, doubla les carrioles des livreurs ambulants, les tramways vides, roula vers Brooklyn et s'engagea sur le pont de Williamsburg. L'ombre de ses poutrelles bleu pâle frappait la carrosserie et le pare-brise de la lourde berline. Ils traversèrent le quartier de Williamsburg, et Siegel déroula le programme encore une fois. Leur entrée à la Nuova Villa Tammaro, chez Scarpato, après le signal convenu, à l'instant précis où Charlie s'en irait pisser. Ce qu'il fallait faire, évident, entrer, décharger à bout portant dans le buffet de cette knish oubliée de la cacherout de Joe Masseria et le laisser la gueule dans son assiette de clams.

Ils suivirent les quais, sloops à l'amarre et goélettes au mouillage sous un ciel changeant, coupèrent le moteur dans 15th Street, Coney Island. Ils fumèrent des Chesterfield et des Piedmont et parlèrent de baisse de ventes d'alcool depuis la crise, des compensations dues aux syndicats, aux plaisirs, à la loterie, pendant que Luciano et Masseria gueuletonnaient, buvaient du chianti et jouaient au poker.

Ils avancèrent, armes aux poings sous la marquise, oiseaux de mauvais augure entrés comme des ombres dans 15th Street dont la pente glissait doucement vers l'océan. Saul poussa le premier la porte de chez Scarpato, pénétra derrière la façade étroite du restaurant aux fenêtres cintrées et flanquées de colonnettes, circula en silence entre les tables et vida son chargeur. Siegel, Red Levine, Anastasia, Adonis à l'unisson, et laissèrent Masseria baigner dans la flaque de son sang.

Adonis tremblait et ne parvenait pas à démarrer. Siegel le poussa et prit sa place et démarra. Adonis fit le tour de la voiture et remonta au moment où Siegel enclenchait la marche arrière. L'Exécuteur des hautes œuvres déclara qu'il avait maintenant droit à une putain de platée de cannelloni.

Saul rentra tôt ce soir du 15 avril 1931. Ils prospéraient et le prix de cette prospérité réclamait parfois le courage et la sagesse de pisser un peu plus longtemps que de raison et le temps de laisser une vessie trop pleine se vider dans un urinoir de Brooklyn avait suffi à la victoire de Maranzano dans la guerre des Castellammarese, expliqua-il à Emma. Ils dînèrent dans un delicatessen du Lower East Side, propriété de Saul enregistrée au nom d'Emma, et Saul lui demanda si elle avait déjà entendu parler du Baal Chem Tov.

– C'était un rabbin qui vivait au XVIII^e et commentait les chants d'oiseaux.

– Oui, j'ai étudié ça pour ma conversion. Il ne commentait pas leur chant mais le comprenait.

– Il entendait la parole de Dieu dans le chant des oiseaux et je me demande parfois quelle est la chanson que je chante et si Dieu chante sa drôle de chanson à travers moi.

Le gérant du delicatessen s'approcha de leur table et murmura à l'oreille de Saul qu'un monsieur important le réclamait d'urgence au téléphone. Saul se leva et répondit à l'appel dans un recoin de l'arrière-boutique encombré de cagettes et de bocaux vides, puis revint s'asseoir, sourire aux lèvres.

– Lansky vient de me confirmer que ce connard de Maranzano s'autoproclame ce soir vainqueur de la guerre des Castellammarese.

– Comment Luciano va réagir à ça ?

– Il ira sans doute pisser plus longtemps que d'habitude.

Sidney Hillman, président de l'Amalgamated Clothing Workers, s'invita dans le bureau de Saul un matin de la fin juillet. Il était encore tôt et le bourdonnement continu de la circulation entrait par les fenêtres ouvertes. Saul tira une cigarette d'un paquet posé sur la table, en offrit une à Hillman et fit glisser une petite boîte d'allumettes sur son sous-main. Hillman essuya la sueur à son front et repoussa ses fines lunettes à monture dorée puis alluma sa cigarette. Saul lui proposa un café et appela sa secrétaire. La secrétaire, jeune femme un peu ronde aux cheveux blonds coiffés en accroche-cœur, revint avec une verseuse. Hillman tira nerveusement sur sa cigarette et regarda le cul potelé de la fille quittant le bureau, et parla des grèves déclenchées à la fin du printemps et du conflit qui l'opposait à Orlofsky, débina les factions rivales au sein de son syndicat qui l'empêchaient de mener la lutte efficacement, se plaignit des problèmes politiques et de son espoir de voir un jour un type comme Roosevelt à la Maison-Blanche pour qu'on reconsidère enfin les travailleurs. En attendant, Roosevelt n'était pas président, seulement gouverneur de l'État de New York, et des types comme Orlofsky faisaient du tort à la cause ouvrière.

Saul acquiesça, but une gorgée de café et patienta, tapota du bout des doigts sur le cuir de son sous-main, attendit l'inévitable proposition, la tacite proposition de transgression du sixième des commandements.

Hillman glissa une enveloppe remplie de billets sur le plateau en loupe d'orme du bureau et déclara qu'il ne pouvait pas y avoir deux factions rivales au sein d'un même syndicat. Ce genre d'antagonisme nuisait aux travailleurs. Saul regarda l'enveloppe et regarda Hillman, sa raie sur le côté tracée dans ses cheveux épais et ondulés, ses yeux inquiets, coinça sa cigarette à la commissure de ses lèvres, quitta sa chaise et tira sur le cordon d'un des stores. Une lumière, oblique entre les lames en bois de palissandre, dessina des stries parallèles sur le parquet.

– Je comprends parfaitement votre dilemme et j'aurais été ravi de pouvoir vous aider, monsieur Hillman, mais votre collègue Orlofsky est sous la protection de

Louis Buchalter. Lepke Buchalter, comme vous le savez, est un ami. L'ami de monsieur Lucania et le mien.

– Je comprends, mais je…

– J'espère que vous trouverez une solution plus diplomatique, monsieur Hillman, une solution susceptible de contenter tout le monde.

Saul reçut plusieurs de ses soldats et régla des problèmes d'impayés avec Hyman. Le téléphone sonna vers 11 heures et Saul se rendit au Waldorf, chez Luciano. Lansky et Lepke l'attendaient et Luciano lui raconta que Hillman s'était pointé et lui avait demandé de s'occuper d'Orlofsky. Saul raconta que Hillman était venu faire son cirque un peu plus tôt chez lui et lui avait soumis la même requête. Lansky et Lepke pensaient que Hillman irait voir le *capo di tutti capi*, ce connard d'empereur romain à la petite semaine de Salvatore Maranzano, et que les choses allaient s'envenimer parce que ce connard prétentieux aux grands airs n'attendait que ça pour foutre la merde dans les affaires des Juifs, trouver un prétexte, et par un jeu d'alliances liquider Juifs et Italiens bossant ensemble pour s'emparer des parts de Luciano. Luciano acquiesça, réfléchit et précisa qu'il déciderait en fonction des mensonges de Maranzano.

Maranzano rencontra Luciano le lendemain et le prévint des opérations envisagées avec Hillman et lui conseilla de ne surtout pas s'inquiéter des conséquences, car il savait qu'une grande amitié le liait à Lepke.

# XXXVII.

Lucky Luciano, Frank Costello, Willie Moretti, Joe Adonis, Dutch Schultz et Al Capone allaient mourir. Tommy Lucchese, l'un des hommes de Maranzano œuvrant en secret pour Luciano, rencontra Saul dans Central Park aux premiers jours du mois d'août et lui révéla l'existence d'une liste noire établie par son boss. L'Irlandais Vincent Coll, en guerre contre Dutch Schultz, devait se charger du contrat et commencer par exécuter Luciano.

Dans la matinée du 10 septembre, Maranzano appela Luciano à son club et lui demanda de passer le voir chez lui afin de causer de différentes affaires à régler. Luciano comprit que le plan mis au point avec Lansky et Mendelssohn serait déclenché sans délai afin d'empêcher Vincent Mad Dog, vingt-deux ans, une fossette au menton, des taches de rousseur, les yeux bleus, le cheveu épais et roux, né à Gweedore dans le comté de Donegal, honni d'entre tous les tueurs, assassin d'enfant, Michael Vengalli, cinq ans, mort au Beth David Hospital, victime d'une balle perdue au cours d'une fusillade déclenchée en pleine rue depuis une voiture visant un bootlegger au service de Schultz, d'entamer sa litanie de meurtres.

La jeune femme laissa claquer derrière elle la porte du *diner*. Le ciel était net et l'air suave sentait la brioche, la friture et le beurre fondu. Un junco ardoisé, posé sur la rampe d'une galerie, lança une suite de trilles aigus avant de s'envoler. La distraite rémanence de son chant lui sembla l'annonce d'une journée jalonnée de haines tranquilles, banale d'ennui et cousue de menues frustrations. Elle traversa une allée flanquée de hauts murs de brique badigeonnés et se souvint de Hyman, une nuit peut-être étoilée d'un été retiré dans le temps, assis dans sa décapotable garée au plus près de la palissade en bois au fond de cette impasse et se souvint qu'elle l'avait chevauché, distinguant dans la pénombre les lettres d'une réclame indiquant l'entrée du *diner* de son mari.

Elle pénétra dans un drugstore et demanda au boutiquier deux paquets de Lucky Strike et des allumettes. Le type récupéra le tabac dans le casier d'un meuble fixé au mur derrière lui et chercha des allumettes sous sa caisse. Il ne lui en restait plus et il pria la jeune femme de patienter, s'éclipsa dans le fond de son officine et fouilla dans sa réserve. Un jeune fermier entra dans la boutique et les feuillets de vieux journaux, destinés à emballer des marchandises, s'envolèrent du comptoir. La jeune femme en ramassa un tombé à ses pieds et vit la photo de Masseria. Sa main ensanglantée au premier plan. As de pique glissé entre le majeur et l'annulaire. Son corps mitraillé. Son visage indistinct. Elle plia la page et la glissa dans sa poche, et quitta le drugstore et traversa la rue éblouie de soleil et pensa à Hyman, confuse et convaincue qu'il était de la même engeance que ce Masseria, lié aux meurtres dont les journaux relataient le sordide, peut-être responsable de la mort de cet enfant de cinq ans frappé d'une balle perdue, à coup sûr impliqué dans nombre de contrats exécutés par des gangsters contre d'autres gangsters, et certainement était-il l'assassin de l'ancien sheriff, retrouvé la tête éclatée sur sa table de déjeuner, ses dents incrustées dans la tapisserie, et certainement baisait-il chaque fois, entre deux règlements de comptes, des mères de famille innocentes, et certainement débauchait-il des jeunes femmes dignes d'être aimées par de bons époux, corrompait-il des épouses aimantes et répandait-il le mal en les trahissant sans jamais se repentir, sûrement les abandonnait-il comme il l'avait délaissée, avec la même absence de scrupules, et sûrement les avait-il caressées et salies de ses mains de malfaiteur, de tueur et de Juif empoisonneur de puits, de baiseur de négresses débauchées dont les ancêtres avaient crucifié Dieu.

Elle écarta le reflet de son visage renfrogné en poussant la porte vitrée du bureau du sheriff et le trouva debout, en compagnie de son assistante, souriant, une tasse de café à la main, son adjoint assis sur le bord du bureau.

L'un des tueurs engagés par Lansky et Mendelssohn affirma qu'il n'officiait jamais les jours de shabbat. Hyman, Red Levine et Bo Weinberg, l'un des lieutenants de Schultz, lui demandèrent si cela changeait quelque chose au fait d'être un sacré bon Dieu de fils de pute. Il répondit, Baruch Hashem, que chacun occupait une place particulière dans ce monde et jouait un rôle déterminé selon Sa volonté, même le mal, et qu'Il avait décidé d'un jour de repos pour les saints, les gens du commun et les pires d'entre les pires, car il y avait toujours des étincelles de bien dans la plus dense obscurité. Hyman haussa les épaules et demanda s'ils avaient leurs insignes. Ils acquiescèrent et pénétrèrent dans le building, prirent l'ascenseur et montèrent à l'étage, quartier général de Maranzano, présentèrent leurs insignes d'agents fédéraux aux gardes du corps postés devant le bureau du *capo di tutti capi* et les obligèrent à s'aligner contre un mur. Maranzano ouvrit sa porte et les invita à le suivre dans son bureau. Ils laissèrent deux hommes dans le couloir.

Maranzano affirma d'une voix paisible qu'il n'y avait pas d'alcool dans son bureau, et Red Levine lui planta six fois son poignard dans l'abdomen. Maranzano vacilla et tenta de prendre une arme dans le tiroir de son bureau. Hyman dégaina son calibre 38 et lui tira quatre balles dans le corps. Maranzano s'effondra, et tous se précipitèrent dans le couloir et s'engouffrèrent par erreur dans les toilettes pour femmes et firent demi-tour et dévalèrent les escaliers et rencontrèrent Vincent Mad Dog dans le hall, devant les portes d'un ascenseur. Bo Weinberg lui conseilla de foutre le camp avant que ne débarquent les flics.

Ils s'égaillèrent dans Manhattan. Hyman courut sur le trottoir encombré de passants, puis marcha d'un pas tranquille. La sueur à son front sécha et son souffle s'apaisa. Il gagna Grand Central Terminal et se fraya un passage entre les voyageurs, sous la voûte verte et rehaussée de constellations du grand hall éclairé d'immenses baies vitrées, se dirigea, l'écho des annonces et l'écho de milliers de pas sur le sol en marbre, vers la rotonde centrale dominée d'une horloge cuivrée et ronde comme une boussole et se posta dans une file d'attente sous l'un des quatre cadrans de cette horloge, glissa son calibre 38 dans la poche d'un homme en costume et s'éloigna.

Au restaurant de la gare, il commanda une bière et un hot-dog, le noya de moutarde douce et mâcha lentement, envisagea de prendre un train et de disparaître, s'interrogea sur la durée d'un règne et sur la pérennité des petites mains capables de défaire n'importe quel règne d'une simple pression sur la queue de gâchette d'un calibre 38, en tira une leçon approximative et décida d'aller boxer.

# XXXVIII.

## Franck
## Celui par qui le scandale arrive

Il régla ce qu'il devait à la vieille et ramassa ses paquets. Elle le fixait de son œil sain et finit par lui demander s'il savait ou faisait semblant d'ignorer ce dont tout le monde parlait en ville. Il rangea ses paquets au fond d'un grand sac en toile de jute, se redressa, dépité, et regarda le visage fripé de la vieille, sa rétine couleur blanc d'œuf à la surface de laquelle flottait une pupille grisâtre, son air d'aruspice insatisfait attendant une obole en échange d'une révélation éventée. Elle frappa les touches de sa machine et encaissa l'argent sans lui rendre la monnaie. Le tiroir carillonna. Elle lui tourna le dos et traîna ses savates jusqu'à la porte dissimulée dans les lambris et grimpa péniblement les premières marches de l'escalier menant à ses appartements. Il l'interpella et lui demanda ce qu'elle savait qu'il ne savait déjà. Elle s'immobilisa, incrédule et revint lentement sur ses pas, se plaça près de la caisse, appuya une main sur le comptoir, remua ses doigts aux ongles noirs et soupira :

– Il est mort.

Il trembla et son visage devint livide.

– Pas l'enfant. Lui. Ils l'ont retrouvé couvert de bleus, la bouche pleine de sang et d'autre chose, le cou brisé, nu comme au premier jour, démanché au fond d'un fossé, sur la route entre San Sebastián et Bilbao. Ça fait deux semaines, et vous avez de la chance parce qu'on viendra pas vous chercher des noises ni vous faire porter le chapeau comme le député Hernández souhaitait au début. On a aussi découvert, un peu plus loin dans un virage, le type qui conduisait la voiture depuis laquelle il est tombé. Et ce monsieur, un Toulousain qui vivait en France maritalement avec une petite dame ayant quitté un premier foyer et deux enfants pour s'enticher de ce pansu perdreau dont le vice, à ses moments perdus, consistait à jouer la fille de caserne, a été trouvé nu lui aussi, la tête enfoncée dans le pare-brise, sa chipolata à demi sectionnée par un mauvais coup de dent.

Ses chevaux étaient morts, assassinés un an plus tôt, mais sa maison vandalisée ne présentait plus trace du saccage et de nouveaux chevaux paissaient dans une pâture défrichée depuis peu. Il ne savait pas s'il l'aimait encore, mais ne se souvenait pas avoir éprouvé de haine à son égard et demeura un instant devant la porte de l'appartement, irrésolu, docile, espérant simplement entendre la porte s'ouvrir et voir son petit garçon. Graziella ouvrit et lui présenta un visage énigmatique, sans joie ni surprise, sans le moindre signe de désespoir ou de résignation. Il lui demanda de préparer ses affaires et les affaires du petit. Elle l'invita à s'asseoir dans le séjour en attendant. L'enfant lui apparut au fond de l'unique couloir du vieil et sombre appartement, marchant à peine et tenant un petit cheval de bois dans une main. Il avança en s'appuyant aux murs de plâtre décorés de cygnes bleu pâle, peints au pochoir et naviguant au sein d'un bouquet de roseaux plus pâles encore, regarda ses mains, puis se mit à quatre pattes. Elle se tourna et l'appela, David, et se pencha, le prit dans ses bras. L'enfant serra sa mère, intimidé, curieux, observant parfois l'étranger installé dans le fauteuil de son père, puis cachant son visage. Franck se leva doucement et tendit la main en direction de l'enfant sans oser le toucher. L'enfant se recroquevilla plus fort contre sa mère et sa mère lui demanda de ne pas s'effrayer devant son père.

Elle plia ses vêtements et ceux de l'enfant dans une malle ayant appartenu à Guerrero. Le petit oscillait maintenant entre audace et timidité, se réfugiait dans les jambes de sa mère et s'en écartait, dérangeait par jeu le linge blanchi sur le couvre-lit, dévastait les couvertures où rien n'avait été engendré ni consommé, s'approchait parfois de Franck, le désignait et contemplait l'inconcevable et sibylline familiarité de son visage.

Le chien courut derrière la voiture et leur fit fête quand ils entamèrent la route entre les dunes couvertes de fleurs jaunes. Ils se garèrent au flanc de la maison. Le petit dormait. Franck le transporta et l'allongea sur son lit, approcha son visage du sien, écouta son souffle paisible et l'embrassa doucement sur le front.

Ils déjeunèrent dehors, seuls comme autrefois dans le repli des dunes. Les eucalyptus bruissaient et le ressac barattait de noirs paquets d'algues sur l'estran. Ils discutèrent. Elle l'avait longtemps espéré, confiant l'attente au silence et dissimulant sa hâte et sa suffocation dans la froideur. Elle l'avait entrevu sous les arcades de l'immeuble. Il l'écouta lever le soupçon, éloigner la suspicion d'une connivence entre mari et femme, accepta que son ardoise ne soit pas effacée, car il n'avait rien accompli d'honorable, rien combattu, rien fait d'autre qu'attendre et ne serait sans doute jamais venu la chercher si l'autre n'était pas mort.

Elle ignorait pour les chevaux. Il lui prit la main et l'entraîna en direction de la pâture défrichée où paissait son nouvel élevage et l'embrassa devant la barrière. Les chevaux s'approchèrent. Il ne s'agissait pas de retrouvailles. Le vent tomba. L'air était moite. Les ombres s'immobilisèrent. Aucun oiseau ne chantait. Leur fils se réveillerait sans doute bientôt. Elle ne voulait pas qu'il ouvre les yeux dans une chambre inconnue et sorte seul, apeuré, sur la plage. Elle régressa d'un pas vif sur le sentier longtemps foulé de lui seul. Il la suivit. Ses cheveux noirs et épais attachés en chignon, sa nuque fine et pâle, sa taille un peu plus épaisse depuis l'enfant. Le ciel était sombre et de grosses gouttes de pluie cloquaient dans la poussière. Une odeur de terre âcre et de silex tiède montait.

Le petit dormait toujours. Il l'embrassa. Elle le repoussa sur une chaise, souleva sa robe et vint s'asseoir sur lui. Ils firent l'amour les yeux dans les yeux, leur souffle à l'unisson puis se décalant, se dédoublant et décuplant un désir qu'elle bridait et libérait, accompagnait de profonds mouvements du bassin.

Il rêva de sa sœur cette nuit-là, se réveilla à l'aube et se pencha au-dessus du petit lit de camp où sommeillait son fils, respira son odeur, puis sortit dans la fraîcheur grisâtre d'après la pluie, alla s'asseoir dans le sable mouillé, au bord des eaux, et regarda du côté des carcasses de bateaux, leurs carlingues submergées, leurs membrures crevant la surface. Noirs et hypnotiques remous frangés d'écume. Il frissonna, s'adressa de vagues reproches, entendit les pas de Graziella dans le sable derrière lui, puis se tut.

Sa vie de solitude était morte. Il s'occupait de son fils, de Graziella, de ses chevaux et poursuivait ses activités de contrebande pour le compte de Juan, se rendait régulièrement en ville et s'approvisionnait chez la vieille, endetté auprès d'elle d'une étrange façon, s'informant de la rumeur sans jamais rien solliciter. La vieille amplifiait les médisances entendues dans sa boutique crasseuse et sur les marches de l'église chaque dimanche, suggérait le mariage comme remède, antidote au scandale, le mettait en garde contre le député carliste Hernández, ancien ami et protecteur de Manuel Guerrero, car cet homme finirait par le confondre et le perdre, le bannir du pays et l'anéantir, et par ne plus tolérer ses affaires illicites, ses voyages nocturnes, ses débardages, ses livraisons, cette vie mauvaise menée avec une adultère, la veuve d'un membre de la fanfare, la mère d'un enfant naturel dont tous en ville savaient qui était le père.

Il consentait aux menaces implicites, aux épouvantes et aux ultimatums enjolivés par la vieille, la savait impuissante et la redoutait, la traitait avec pitié et l'écoutait avec la déférence agacée, la condescendance d'un fils incapable de s'émanciper, la subissait, avatar d'entremetteuse et de Sibylle dont les recommandations prosaïques et les présages rebattus foraient leurs conclusions au plus profond de l'évidence.

Il finit par lui rendre visite sans inventer de prétexte ni rien lui acheter, l'observant, pâle fantôme, conscience approximative tapie dans l'ombre de sa caisse enregistreuse, la plupart du temps perchée sur son tabouret, grêle et murée entre ses boîtes de conserve, régnant sur les reliques d'un temps de solitude et de temps plus anciens, dominant d'une voix aigre ses fautes et ses manquements d'homme, usurpant en médisance la voix de sa sœur et celle plus froide, plus lointaine, de sa mère.

Elle lui tendait parfois en rêve un miroir. Il avançait au milieu de sa boutique comme au fond d'un sépulcre, se penchait sur son image et distinguait sa propre mue, le vêtement de chair translucide et morte de l'homme qu'il avait été. D'autres nuits encore, et comme régressant aux origines de son remords, il se penchait et distinguait un fœtus en lieu et place de son visage. Le fœtus s'emparait de sa voix et répondait, placide, à toutes ses questions. Au réveil, rien ne subsistait de tout cela qu'un fatras de sentences stupides et d'arguties catéchétiques de mage en cagoule de pénitent.

Il épousa Graziella. Les parents de la veuve assistèrent au mariage et retournèrent à Soria. La vieille et son œil blet acceptèrent d'être le témoin de Franck. Franck adopta son propre fils et ce jour fut pour lui parmi les plus étranges. Il acheta une maison de style basque à la sortie de la ville, vaste et bâtie derrière un rempart de dunes au-delà desquelles s'étendaient la plage et la baie. Ils emménagèrent à la fin de l'automne et tout l'hiver Franck travailla à la réfection des pièces endommagées. Par grand vent, le sable envahissait le jardin et crissait aux carreaux. Les fleurs, du côté de la mer, mouraient. Franck doubla d'une haie de citrus l'enceinte en pierre bleue, maçonnée autour de la propriété, et Graziella planta des rosiers au pied de la façade et sous une pergola. La maison était agréable en dépit du sable, distante de la ville sans en être séparée. Les nuits chaudes, fenêtres ouvertes, Franck et Graziella écoutaient les lames briser dans le ressac.

Rien n'avait été dévoilé et rien n'avait été expliqué, mais l'enfant savait maintenant qui était son père et savait que son père se dévouait à sa cause. L'enfant savait que son père venait de France, mais ne connaissait guère plus que sa mère les raisons de cet exil. Ils allaient souvent marcher sur le rivage désert. L'enfant, juché sur les épaules de Franck, désignait tout ce qu'il désirait connaître. Franck nommait les formes disparates du monde, en espagnol et dans sa langue maternelle, pondérait l'inquiétude et nourrissait la rêverie de son fils. Tous trois se promenaient le long de l'estran. Le sable gibbeux et dur comme un clapot de tôle. Le petit jouait par temps chaud dans les flaques tièdes et s'élançait derrière le reflet toujours fuyant du soleil et derrière de petits bancs d'alevins captifs de mares oblongues, rapides et étincelants dans les vagues mourantes dont le retrait satinait le sable. Ensemble, ils tournaient le dos à la ville et aux rumeurs, flânaient vers Santoña et sa montagne bossue, ramassaient des chirlas et les jetaient au fond d'un vieux seau en fer-blanc.

Graziella ne posait à Franck aucune question sur son passé. Franck évoquait parfois la France comme un lieu dont il s'était toujours senti étranger, une terre d'aigreurs et d'ennui dont une impulsive lassitude l'avait subitement débusqué et chassé. Certaines nuits, Franck recevait et encaissait des coups dans les flancs et dans le visage, entendait les détonations de fusils de chasse exploser près de son oreille, tentait de hurler et de se débattre et se réveillait en nage, les yeux grands ouverts sur le plafond traversé d'ombres aux contours dilués dans la grisaille. Incapable de se rendormir, il allait dans la chambre de David et s'apaisait en l'observant. Ne discernant bientôt plus rien de menaçant au-delà d'une succession de jours heureux et engendrés par sa veulerie, il retournait se coucher.

## XXXIX.

### Franck
### 7 octobre 1934

Il trouva un exemplaire d'*El Diario Montañés* abandonné sur l'une des chaises de l'église de la Vierge de l'Ascension, et s'assit à l'extrémité d'une travée, non loin des doubles battants latéraux ouverts sur le parvis. La nef était déserte et la lumière du soleil couchant montait, lustrale entre les murs de la calle Santa María.

Sa vieille veste en cuir grinçait dans le silence et l'empêchait de se concentrer. Des effluves d'encens, de poussière et de cire d'abeille stagnaient dans l'air frais. Il tira sa montre de sa poche. Il avait faim et le type serait en retard. Sorti de chez lui en pleine nuit, il avait envie de rentrer retrouver Graziella et dormir. Il ouvrit le journal, lut les premières lignes d'un article dénonçant une insurrection de mineurs dans les Asturies. Parmi les trente mille ouvriers mobilisés, une centaine maniait des fusils français de contrebande dont il avait chargé les caisses dans sa Ford. La vente de Lebel hors d'usage ne lui avait pas rapporté beaucoup d'argent, mais l'avait impliqué dans une révolution dont la folle clameur montait d'entre les pages d'un journal catholique et conservateur. La vente d'une centaine de fusils mal graissés, transportés et livrés, le liait à la République socialiste arrangée au balcon par Manuel Grossi déterminé devant un parterre d'ouvriers des mines et devant leurs familles rassemblées sur la place de l'Ayuntamiento de Mieres. Il leva les yeux de l'article et se demanda si le courage de milliers d'hommes était contagieux et si les bénéfices de ce courage pouvaient se départir des massacres et du pillage des postes de la Guardia Civil, des églises et des couvents, rencontra le corps ivoirin d'un christ au supplice, statufié en retrait de l'autel couvert d'un chemin de table immaculé, et sombra doucement, doucement rattrapé par la clameur de la foule.

Des pas résonnèrent sur les marches. Un homme vêtu d'une gabardine marron clair se présenta à la porte de l'église, ôta son feutre, se racla la gorge, puis exécuta un signe de croix et une génuflexion devant l'autel. Franck se leva. L'homme sourit et le félicita. Ses dents blanches et régulières, son teint et ses yeux sombres, expressifs et chaussés d'une petite monture ronde en écaille, sa mâchoire carrée, sa lèvre supérieure ourlée d'une fine moustache.

– Êtes-vous un lecteur régulier d'*El Diario Montañés*, monsieur Echeverria ?

– Je me suis abonné.

– Vraiment ! Je suis l'un de ses fondateurs. J'avais des parts dans l'Atalaya, avant de m'engager dans cette nouvelle entreprise. Hernández m'a dit que vous seriez l'homme de la situation, mais il ne m'a pas précisé que vous partagiez nos idées.

– Hernández ?

– Je suis son avocat. Leandro De Soto Fuentes. Nous devrions poursuivre dehors notre conversation.

Franck plia le journal et le rangea dans sa poche. Ils empruntèrent un sentier bondé de cyprès dont la flamme bleuâtre s'allongeait dans l'herbe haute. Le gravier crissait sous leurs pas et sinuait entre de vieilles tombes, éparses et creusées derrière l'abside de l'église. Ils gravirent la côte, plus raide à la sortie du cimetière, et passèrent sous une arche avant de pénétrer dans le carré municipal. L'homme suivit une rigole entre deux alignements de marbres couchés et de caveaux noircis, s'arrêta devant une tombe récente couverte de fleurs, sortit un étui en argent de sa gabardine, l'ouvrit et proposa une cigarette roulée à Franck. Franck refusa et l'homme en porta une à ses lèvres, rangea l'étui et regarda du côté de la baie. Le ciel, dense à l'est, reposait sur la tranche acérée des montagnes et sur la perspective bleue des crêtes feuillées comme un schiste. Il alluma sa cigarette, tira dessus et plissa les paupières.

– Il faut mettre à genoux ces enfants de putains de mineurs grassement payés avant qu'ils n'étendent leur folie à tout le pays. Ils ont pillé les manufactures d'armes de Trubia et de La Vega et prévoient de marcher sur Madrid. On sait très bien jusqu'où peut aller ce genre de chose. Il faut pallier le faible effectif des troupes régulières stationnées sur la côte, empêcher que de telles révoltes gagnent la Cantabrie.

Des volées de moineaux pépiaient et bataillaient autour des tombes, se posaient et se dissipaient derrière les murs du cimetière. Franck baissa les yeux et lut le nom et le prénom gravé sur la stèle.

– Je ne connais pas bien la politique, monsieur De Soto, et je ne comprends pas ce que vous attendez de moi.

De Soto découvrit ses dents blanches et régulières en un franc sourire.

– Vraiment, monsieur Echeverria, malgré vos saines lectures ?

– Je ne comprends surtout pas pourquoi nous sommes ici, devant la tombe de ce Manuel Guerrero, en train de parler de choses qui ne me concernent pas.

– Oui, je vois.

– Que voyez-vous au juste, monsieur De Soto ?

– Je me suis sans doute mal fait comprendre, monsieur Echeverria. Il s'agit de gratitude.

– De gratitude ?

– Exactement.

– Envers qui ?

– Votre nouvelle patrie.

– Que faisons-nous devant cette tombe, monsieur De Soto ?

– Nous tolérons vos trafics sans vous créer le moindre problème. Vous êtes, d'une certaine façon, notre débiteur.

– Je ne vous dois rien, De Soto, ni à vous ni à Hernández.

– Le désir de Hernández est d'armer une milice afin de prévenir et combattre en Cantabrie des fauteurs de troubles potentiels. Il nous faut, pour cette opération, l'aide d'un homme partageant une amitié commune, longtemps laissé libre de prospérer, vendre des chevaux, pourvu d'un patrimoine foncier, acquéreur de nouveaux terrains, de nouveaux biens immobiliers, possédant depuis peu une deuxième maison, un homme de confiance, établi, installé, possédant assez pour ne pas tout risquer sur un refus, un homme qui n'hésiterait pas à manifester sa gratitude envers sa nouvelle patrie, et cela dit, nous n'avons pas assez de temps ni de gentillesse pour vous offrir le luxe de refuser. Nous pourrions effacer d'un claquement de doigts où laisser gangrener certains malentendus, monsieur Echeverria. Il ne tient qu'à vous de pencher du bon côté de l'histoire, ne pas nous prendre pour des imbéciles ou des plaisantins.

– Il me semble qu'un général basé au Maroc s'apprête à intervenir dans les Asturies avec ses tabors, et les tabors n'ont pas besoin d'armes de contrebande fournies par un amateur. Tout cela ressemble à du bricolage et du chantage, une simple et vaine lubie de mégalomane.

– Pour quelqu'un qui ne s'occupe pas de politique, vous me semblez bien renseigné, monsieur Echeverria. Mais votre réflexion manque de profondeur et d'acuité. N'oubliez pas que vous êtes un étranger et n'oubliez pas les raisons qui vous ont poussé à vous établir ici sans rien demander à personne.

– Que savez-vous des raisons qui m'ont poussé…

– Faites ce qu'on vous demande et ça suffira.

Il descendait la rue dans le crépuscule et les contours de sa volonté faiblissaient. La vieille était assise et, pour son déplaisir, semblait l'attendre. Une ampoule électrique rayonnait derrière elle d'un éclat jaune dans sa corolle ensuifée d'une pellicule de poussière couleur de bas de contention. Il ne la salua pas mais lui demanda si elle était au courant pour la tombe de Guerrero couverte d'une couronne de fleurs fraîches et si elle était au courant des exigences et des manœuvres de Hernández et de son avocat. La vieille, plus ratatinée que de coutume, sa pupille opaque et morne nageant comme à la surface d'un bol de lait, son visage fripé, sa peau fine sous les yeux, incise de cernes profonds, secoua la tête négativement.

Désemparé, il quitta la boutique et suivit la rue principale, tremblant légèrement sur ses jambes et retournant à peine le salut des passants qui le reconnaissaient, cherchant à distinguer la silhouette des tièdes de l'allure des lâches, modifiant imperceptiblement sa démarche, rectifiant sa trajectoire et son maintien, atténuant les signes supposés trahir sa peur et son étrangeté.

Il s'assit au volant de la Ford et fit le plein dans une station-essence en surplomb de la ville et repartit vers les montagnes, s'arrêta dans une ferme et acheta une caisse de cidre, du fromage et du saucisson, reprit la route, buvant et mordant dans le fromage et la charcuterie, conduisant vers le nord et le Pays basque sous un ciel bleu nuit papier de soie et sous une demi-lune au bord médial massicoté. La route sinuait sans cesse à travers de grands bois d'eucalyptus et la voiture chauffait dans les montées. Il arriverait tard chez Juan. Juan travaillait parfois la nuit. Il s'arrêta au sommet d'une côte, coupa le moteur et s'habitua peu à peu à l'obscurité. Son souffle s'échappait en petits nuages de condensation grise. Il releva le col de sa veste et sortit de la voiture, se retourna et vérifia si la malédiction, à ses trousses depuis si longtemps, pouvait prendre forme et le défier. Il ne distingua rien en dehors des crêtes nues et des cols enténébrés, des forêts caduques dont la mante couvrait le bat-flanc des montagnes, n'entendit rien en dehors du cliquetis du moteur, du bruissement du feuillage et des trilles d'un rossignol égaré dans la saison. Il s'accroupit contre l'aile de la Ford et pleura dans ses mains, cessa et ravala un sanglot, sentit passer dans ses paumes ouvertes une brise alourdie d'un parfum de feuilles mortes, respira cet arrière-fond d'automne et se leva, sa mémoire subitement engorgée de souvenirs d'enfance.

Il roula longtemps avant de comprendre qu'il s'était perdu, entra dans un village dont il chercha en vain le nom. Le faisceau biseauté de ses phares révéla le tronc blême et les basses branches d'un châtaignier, le toit d'un lavoir aux tuiles brisées et manquantes. Il se gara près du lavoir, écouta le tintement clair de la rivière en contrebas, ferma les yeux et se réveilla en frissonnant dans l'aube grise. Un chat dressé sur le capot de la Ford le fixait, ses pupilles étrécies de menace et de terreur parodique. Le chat feula, hérissé, sauvage, oscillant entre l'attaque, l'intimidation et la fuite. Franck posa lentement les poings sur le volant, déplia l'index et le majeur et pointa ses deux doigts joints comme le canon d'une arme en direction du félin, gonfla les joues et produisit une petite détonation. La bestiole dévala du capot et s'enfuit sur la route et gagna la protection de grands hortensias fanés et alignés sous le mur aveugle d'une étable. Franck descendit la berge de la rivière aux eaux lentes et s'approcha de son reflet sans cesse délité au-dessus des hauts-fonds pavés de plaques de granit, le brisa de ses mains et s'aspergea. La lente reptation de ses pensées lui imposait l'image du félin et son feulement saumâtre. Il se leva, tremblant de froid, son pull et sa chemise trempés, défit sa ceinture et sa braguette, regarda autour de lui et pissa dans l'onde un jet dru et crépitant, s'étira, trempa de nouveau ses mains puis remonta la berge et retrouva les feuilles roussies du châtaignier enluminées et peuplées de chants d'oiseaux. Le soleil neuf, à l'étroit dans l'échancrure des montagnes, étirait les ombres dans la poussière. Il fit quelques pas sur la route et demeura immobile, paupières closes, espérant la gracile tiédeur de l'aube et distinguant le meuglement des vaches et le chant des coqs. Un vieillard, menant sa mule un peu plus loin sur la route, le regardait. Il ouvrit les yeux et le salua d'un hochement de tête et regagna sa voiture, passa lentement près de lui, impassible au bord de la route et tenant sa mule par un licol de chanvre fatigué, ralentit, demanda d'une voix forte le nom du village et l'emporta dans une lente accélération, l'image du vieux, tremblante à la surface du rétroviseur.

Juan était basque et refusait de travailler pour Hernández, soutenait les ouvriers des mines et répéta qu'il n'avait rien à foutre avec ces enfants de putes de carlistes et refuserait, même contre de pleins sacs d'or, d'équiper leur milice avec des fusils à bouchon. Franck fit part des menaces et des sous-entendus lâchés par le larbin de Hernández et Juan répliqua qu'il ne fallait pas, dans ce métier, céder à la panique et aux rumeurs, pas plus que nourrir le diable à la petite cuillère. Ils burent de l'absinthe et palabrèrent longtemps dans la quiétude vibrante des mouches à merde et Juan suggéra à Franck de se fabriquer une conscience politique puisqu'il était marié à une Espagnole et n'était pas près de quitter le pays.

Franck se versa du vin blanc et le vin lécha les bords épais de son verre aux parois voilées d'un dépôt de calcaire. Juan sourit et déclara qu'il existait une autre solution. Allumer un contre-feu.

– On peut armer une milice ouvrière.

– En Cantabrie ?

## XL.

Hyman ignorait qui de la police ou des hommes de Saul viendrait le débusquer. Il pouvait balancer Saul auprès du procureur Dewey et Saul le savait et le tuerait rien que pour ça. Il dormait une partie du jour et lisait des *pulps*, assis près de son lit défoncé, se balançait dans un rocking-chair sous les voilages miteux de sa chambre malpropre située au dernier étage d'un immeuble d'Alphabet City. Il restait parfois debout, non loin de la fenêtre dans le jour déclinant, la partie basse du châssis ouverte et laissant pénétrer l'air frais de l'été indien, les cris des enfants jouant entre les grands ormes de Tompkins Square.

Il sortait la nuit, hantait les rues du quartier et les bordels où personne ne le reconnaissait, buvait, traînait avec des filles, ne donnait jamais son nom ni son prénom, Hyman, autrefois élégant, séduisant, capable d'abattre le *capo di tutti capi* Maranzano et d'extraire l'œil d'un sheriff penché au-dessus de son journal. Une barbe blonde et non taillée dévorait son visage émacié et le dissimulait aux vivants nyctalopes et aux ombres croisées de bouges en fumeries, de théâtres érotiques en cabarets minables.

Il revenait avant l'aube par les rues désertes et malfamées, toujours armé d'un Colt et d'un poinçon, pénétrait dans l'immeuble par la porte de derrière, attendait un instant, paré au meurtre des prétendants, Colt au poing, immobile sur les larges dalles d'une obscure contre-allée avant de pousser une petite porte et de se retrouver dans un hall plein d'une odeur de cuisine rance et de vernis écaillé. Il surveillait le moindre grincement dans le vieil escalier, la moindre présence.

Dans sa chambre il retirait sa vieille casquette Stetson et se couchait habillé, son Colt glissé sous l'oreiller, le ventre vide, le sexe poissé, ivre souvent, échafaudant un tas d'itinéraires, départs impromptus et rédempteurs pour le Nouveau-Mexique, le Texas et la Californie du Nord. Il s'endormait et peuplait ses rêves de violences, de foules désœuvrées, de mutineries, hommes et femmes, enfants poussés et encerclés, bastonnés par la police montée dans Tompkins Square. Il se réveillait, se levait, se précipitait à la fenêtre et distinguait entre les arbres la silhouette spectrale d'un policier, son crâne ouvert à coups de marteau, l'œil désorbité. Il sortait pour de bon de son cauchemar et se souvenait d'une histoire d'émeute, de foule assiégée et retranchée entre les arbres au siècle précédent et sentait combien les morts peu à peu l'imprégnaient et gagnaient sur sa vie clandestine et se demandait qui des hommes de la police ou de Saul, mettraient fin à sa pénitence.

Tard dans la nuit, il pérégrinait aux limites de Houston Street, à la frontière du Lower East Side, longeait les bâtiments de brique aux fenêtres vénitiennes, passait sous les murs bardés d'escaliers de secours et sous le parvis des synagogues.

Il visitait souvent une chambre sordide aux confins d'un bordel dont les odeurs de chair mal lavée et de chou farci le brisaient et l'attendrissaient, l'emplissaient de mélancolie et le ramenaient à son déniaisement précoce dans une cage d'escalier d'Orchard Street, gourbi et lieu de romance aux effluves de merde dont la reptation descendait de toilettes installées à mi-palier.

Un soir neigeux, rentrant chez lui, il comprit qui l'avait dénoncé pour le meurtre du sheriff, qui l'avait acculé et réduit au désastre et il la retrouva nue dans son souvenir, intacte, poussant de petits cris de plaisir sous le plafond lambrissé et les pales des ventilateurs d'un restaurant du New Jersey. Il marcha dans sa contre-allée sans prudence, un peu plus tôt qu'à l'accoutumée, ouvrit la porte du hall, distingua la silhouette d'une femme et perçut un éclat bleu, une morsure dans la chair, peut-être la morsure précéda-t-elle l'éclat.

# XLI.

## Ma famille saine et sauve
## Emma
## 1933

Elle ne voulait pas d'un second fœtus mort entre ses cuisses. Elle poussa la porte vitrée de la cabine de douche, se plaça sous le jet du grand pommeau et baissa la tête, ouvrit les yeux sur ses seins et la pointe de ses seins dont l'eau chaude s'écoulait, fixa son attention sur ses pieds submergés et rougis et sentit sa colère lentement muer en folle détermination, dressa la liste des préméditations à tenir et décida seule, contre l'avis de Saul en voyage à Cuba, d'un dénouement favorable, s'assura longtemps sous la douche que l'eau ne se colorait pas de sang, se lava puis sortit, observa l'émail immaculé du baquet et quitta la salle de bains vêtue d'un peignoir propre et rêche, ses épaules dégageant de faibles volutes et son souffle couvrant la fenêtre d'angle du salon d'un disque de buée rétractile. Elle observa le ciel bas et morne et sa promesse de neige sur Manhattan, posa une main sur son ventre et désira sentir se manifester un peu de cette nouvelle vie en elle, ne sentit rien et se délassa entre les accoudoirs du fauteuil club dans lequel elle étudiait et lisait, posa de nouveau la main sur son ventre à peine courbe, ferma les yeux et se retourna sur les fragments d'un rêve abscons, la voix de son frère, faible et légèrement distordue, lui soufflant à l'oreille son aptitude à tirer au Colt dans Houston Street et partout sous la neige, dans Manhattan et dans les montagnes. Elle acquiesça et caressa son ventre d'un mouvement doux et circulaire et devina un battement délicat sous sa main.

Rentrée tard d'une soirée caritative, elle l'avait aperçu au moment de monter dans le taxi, l'avait reconnu malgré la barbe, débraillé et déambulant, Hyman recherché par Saul et par les flics pour le meurtre d'un sheriff du New Jersey, les flics capables de l'arrêter et ce jeune procureur Dewey de l'interroger, l'inciter à dénoncer Saul contre une remise de peine, envoyer Saul en prison à vie ou le condamner à la pendaison. Elle avait ordonné au chauffeur d'exécuter un demi-tour sur Houston, payé la brève course et suivi Hyman à distance avant qu'il ne disparaisse à l'intérieur d'un des immeubles de Tompkins Square.

Elle se leva, sécha ses cheveux et s'habilla, réveilla sa fille pour la conduire à l'école, tenta de joindre Saul, appela toute la matinée, laissa des messages à la réception de son hôtel, déjeuna avec sa fille, préoccupée, nerveuse, irascible, la raccompagna à l'école et étudia le reste de l'après-midi, tenta de nouveau de joindre Saul tandis que la domestique s'affairait dans l'appartement, alla chercher sa fille et s'occupa d'elle toute la soirée, la cajola et la coucha, appela une nurse anglaise qui la gardait quand elle sortait avec Saul et appela de nouveau Cuba.

Elle avait peur d'Anastasia et ne le contacta pas et n'appela pas même Benny Siegel, chercha le Colt, trouva un Colt Bankers Special 38 S & W et des munitions dans un secrétaire fermé à clef et pensa qu'il restait une chance infime de préserver la vie palpitante sous le plat de sa main. Elle s'habilla d'un manteau de fourrure sombre et d'un chapeau cloche, enfila des bottes de marche fourrées, poussa la porte de la chambre de sa fille endormie et l'embrassa, donna des consignes à la nurse et quitta l'appartement.

Elle arpenta Broadway vers le sud à pied, le revolver à canon court dans la poche, marchant et observant parfois le ciel duveteux entre les réservoirs d'eau potable. Les phares des voitures désignaient le nord et l'arrachaient à son ombre sur les trottoirs en ciment pelliculés d'une couche de glace. Elle progressa dans l'odeur d'essence brûlée vers le sud et les quartiers indigents, tourna sur sa gauche dans Houston. Des couples, des groupes d'hommes et de femmes, descendaient parfois de voiture et s'engouffraient dans un speakeasy. Les rafales d'un vent humide biaisaient le hurlement des sirènes à l'angle des bâtiments aux toitures hérissées de conduits de cheminée crachant de noires fumées. Elle suivit un itinéraire de ruelles pavées, sombres et rectilignes, et se retrouva dans Tompkins Square. Les fenêtres aux façades éclairaient les arbres nus.

Elle se réfugia au fond du hall, dans la soupente d'un escalier, devant une petite porte ouvrant sur une contre-allée et demeura longtemps dans les ténèbres à écouter la cavalcade des rats sur le plancher. Elle avait rencontré Monk Eastman et Max Kid Twist Zweifach, sous opium, autrefois dans Orange Street, connaissait le tarif, 25 dollars pour un genou, 100 dollars pour les grands travaux. Elle glissa une main dans sa poche et sentit la crosse de l'arme dans sa paume et tritura un tas de pensées à 100 dollars. Un courant d'air montait d'une trappe scellée dans le sol. Elle respira longtemps les odeurs d'urine, de savon noir, de tabac froid et d'huile rance avant de se décider à sortir le Colt, en ouvrir la portière de chargement et glisser dans leurs chambres lubrifiées les six balles à tête de plomb. Elle patienta encore, laissa les souvenirs et les cauchemars d'Ametza imprégner l'espérance d'Emma Mendelssohn, se demanda qui d'Emma ou d'Ametza renverrait Hyman au silence, s'adossa au mur froid de la soupente, renfonça l'arme dans sa poche et somnola, avança courbée et à reculons sur un sentier de montagne en balayant ses traces dans la neige à l'aide d'un rameau de sapin. Elle ignorait la durée et la longueur du chemin parcouru à rebours quand elle se réveilla. Un rat passa entre ses bottes. Elle sursauta et faillit presser la détente.

Elle avait froid et envie de pisser. Les rats autour d'elle s'enfuirent. Elle entendit la porte du hall s'ouvrir et se rencogna dans la soupente. La lumière jaune d'une applique jeta la balustrade contre le mur latéral du couloir au fond duquel, accroupie, elle tremblait. L'ombre difforme d'un homme se hissa péniblement le long de la rampe. Son pas lourd grinçait dans l'escalier. Elle écouta longtemps son souffle rauque s'amenuiser entre les paliers. La lumière s'éteignit et l'homme jura, appuya sur un interrupteur et tira un trousseau de clefs de sa poche. Elle entendit le bruit du verrou et la porte claqua. La minuterie égrena son crédit de cliquetis concentriques et l'obscurité se referma sur elle. Les rats l'assaillirent de nouveau. Elle tapa des semelles et jura contre leur saloperie d'engeance, releva les pans de sa fourrure et de sa jupe, défit ses porte-jarretelles, glissa sa culotte sur ses bas, s'accroupit et pissa au-dessus du courant d'air de la trappe. La flaque d'urine entre ses talons s'égouttait dans les interstices. Elle sortit un mouchoir en soie brodé aux initiales d'Emma Mendelssohn, s'essuya et chiffonna le mouchoir dans sa poche, se leva et se rhabilla et patienta encore, sale et nauséeuse, les pieds douloureux et sur le point de s'endormir quand la porte de service s'entrouvrit.

Elle sortit l'arme et tira une première fois et le bas du visage de Hyman lui apparut dans un éclair. Elle avança dans la cour et enjamba Hyman renversé sur le dos et tira trois fois encore et s'enfuit, emportant avec elle un chuintement, une douleur temporale et la certitude du devoir accompli.

Sur le palier, devant sa porte, cherchant ses clefs, elle plongea la main dans sa poche et rencontra le canon tiède du P38 et descendit au sous-sol et monta dans sa voiture et roula en direction de Brooklyn. Au mitan du pont elle ralentit mais un camion la suivait de trop près. Elle appuya sur les gaz et fit demi-tour dans Brooklyn et revint sur le pont et s'éleva de nouveau sur le tablier mais n'avait pas baissé la vitre côté passager. Elle entra dans Manhattan, roula un peu et frôla la bordure d'un trottoir et s'arrêta devant l'hôtel de ville, baissa la vitre, plaça l'arme entre ses cuisses et retourna sur le pont, s'élança et ralentit au-dessus de l'East River. La voiture derrière elle roulait à bonne distance. Elle saisit le P38 et le jeta par la fenêtre, perçut le heurt métallique de l'arme contre une poutre faîtière et frappa du plat de la main le haut du volant et sentit l'abattement d'autrefois, une lassitude et cet affaissement du souffle dans la poitrine. Elle revint vers Manhattan et regarda la ville lever au-devant du capot et considéra ce qui l'unissait à la ville. Elle surveilla la chaussée dans le pinceau des phares et ne retrouva pas le revolver.

Étendue sur son lit elle attendait l'aube et guettait la confirmation d'un changement. Elle doutait d'avoir aperçu le visage de Hyman. Ses oreilles bourdonnaient d'un feulement fossile et le plafond devint gris pâle quand elle s'endormit, parcourant de nouveau et à rebours le chemin de montagne, ses traces maintenant emplies de sang, son rameau de sapin inefficace et maculant de rouge la poudreuse. Sa fille vint la rejoindre dans son lit, se blottit contre elle et la réveilla. Elle la serra dans ses bras et la bénit en silence et se demanda si Saul, à son retour, percevrait un changement.

Son crime ne valait pas 25 dollars et l'on ne trouva guère de cadavre dans l'arrière-cour de Tompkins Square. Une tristesse froide et subite rinça la certitude du devoir accompli et la déception de n'être pas différente d'Ametza Echeverria s'insinua en elle pour la première fois depuis son mariage et sa conversion. Saul la menait dans la foule, la nuit dans Times Square. Les ampoules électriques clignaient aux devantures des cinémas et des théâtres. Leur conversation dans Broadway lui revenait en désordre, le souvenir de chaque mot persistait. Pas de cadavre. Simplement blessé. Son échec révélé dans la lumière crue et spasmodique. L'afflux des visages lui adressant sa variété trompeuse et insouciante. Ses regrets et ses doutes dilapidés dans la circulation et dans la contiguïté des corps. Houle uniforme de manteaux gris anthracite et ternes, feutres monochromes et tweeds avachis. Une averse jeta un lavis de reflets sur l'asphalte et modifia le chuintement des pneus sur la chaussée, la fréquence des coups de klaxon, la cadence et le piétinement sur les trottoirs. Des centaines de parapluies s'épanouirent et assombrirent le ciment couvert de mégots et de chewing-gums.

Ils entrèrent dans le hall d'un cinéma tendu de lourds rideaux et tapissé de velours grenat et Saul acheta des places pour *Lady Killer*. Billets tendus d'une main pâle de guichetière aux ongles carmin. Un corridor de bordel, pompeux et décoré d'appliques coiffées d'opalines corolles en flamme et de grands miroirs encadrés de dorures. Un second couloir en rotonde, moite et scandé de portes à battants ouverts sur le ciel de toit décrépit d'un balcon d'amphithéâtre. Elle surprit la silhouette de son couple, brève et déformée à la surface d'étain poli de l'un des miroirs, baissa les yeux sur la moquette épaisse et souillée de traces terreuses.

Ils ôtèrent leurs manteaux et s'installèrent en bordure du grand parterre. L'armature en bois des fauteuils capitonnés grinçait un peu. Emma ferma les yeux et songea aux traces de boue dans le couloir et se sentit nauséeuse. Saul lui prit la main et lui dit de ne pas s'inquiéter car il connaissait pas mal de monde au Mount Sinai Hospital.

– J'ai là-bas des gens qui me doivent un service.

– À l'hôpital ?

– Des gens dévoués qui peuvent oublier de fermer une porte à clef, d'autres qui prennent leur pause quand on le leur demande. J'aurais dû descendre ce connard quand je le soupçonnais de m'avoir tendu un piège. La drogue me ramollissait le cerveau et maintenant nous avons pris un peu de retard.

– Il y aura des flics devant sa porte.

– Les flics que je connais n'ont rien contre les remords et les suicidés.

Les sièges dans la salle étaient presque tous occupés. Emma se leva et se rendit aux toilettes, passa les mains et les poignets sous l'eau froide et regarda dans la glace son visage discrètement maquillé. La pièce était tapissée de fleurs. Une odeur d'urine, de merde et de parfums entêtants flottait au-dessus des lavabos. Une grosse femme occupée à poudrer son front en sueur s'interrompit, la fixa et lui sourit et lui confia qu'elle la trouvait très belle et lui dit que dans sa jeunesse elle aussi avait été très belle et qu'il ne fallait pas rechigner devant une telle chance. Un bruit de chasse d'eau interrompit la femme. Emma secoua les mains, remercia pour le compliment et sortit. Au fond du couloir un employé vêtu en groom venait de clore les portes de l'amphithéâtre et passait un énorme aspirateur sur la moquette. L'employé tourna une petite molette et le gros sac de toile grège dégonfla, les brosses cessèrent de râper la moquette et le bruit du moteur décrut en miaulant. Le groom lui demanda le numéro de son siège, entrebâilla la porte sur l'obscurité traversée d'ombres noires et blanches. Une ouvreuse la guida derrière le faisceau de sa lampe. Sur l'écran, des Allemands emmanchés de brassards défilaient bras tendus, bottes lustrées et claquant aux ordres d'un chancelier nain et boudiné dans sa chemise brune, sa culotte de cheval maintenue trop haut sur son ventre par un baudrier verni comme un soulier d'écolière.

# XLII.

La fillette venue sauter à la corde sur les dalles givrées en ce samedi matin d'hiver n'aperçut pas immédiatement l'homme affalé dans un renfoncement entre les portes des latrines désaffectées. L'homme la regardait piétiner la flaque de son sang gelé dont les petits fragments fouettés par la boucle de sa corde sèchement claquée au sol commençaient à grêler le mur et la porte de service. Elle chantonnait et comptait et sautillait derrière un voile de brume et sa voix gauchissait peu à peu. L'homme essaya de l'appeler. Le rythme de la cordelette imprégnée de sang finit par ralentir et s'interrompre, et la petite traversa le brouillard. L'homme avait les yeux vitreux et marmonnait des paroles lénifiantes. Elle recula, leva la tête en direction d'une fenêtre et appela sa mère.

Hyman se réveilla dans une chambre d'hôpital, remua la langue et tenta d'articuler la vérité. De légers bruits de salive s'élevèrent dans le silence. Il insista et ne savait pas depuis combien temps il s'acharnait quand les hommes du procureur Dewey entrèrent dans sa chambre. Il finit par articuler cette histoire de gamine s'amusant à baratter son sang et s'épargna la chaise électrique en balbutiant d'une voix faible que Saul Mendelssohn était le commanditaire du meurtre du sheriff.

# XLIII.

## Emma & Saul
## Une maison

Ils longeaient la rive droite de l'Hudson et la voie ferrée dans le petit jour gris. Emma conduisait la Studebaker convertible et de hautes falaises défilaient sur la rive opposée, orgues noires contrastées d'ombres, révélant par endroits de larges plaques effondrées de roche grise entre de petits bois profus bordant la berge. Le large lit du fleuve prenait une teinte de métal en son centre et de grands cormorans volaient en chevron vers le nord. Saul demanda à Emma si la Chevrolet entrevue dans le rétroviseur à la sortie de New York les suivait encore et lui dit de se garer un peu plus loin, à un *mile* environ à l'entrée du village de Croton-on-Hudson, devant un drugstore dont il connaissait le propriétaire. La route se déroulait droite et rythmée de pylônes électriques plantés de travers le long du remblai de la voie ferrée. Plus loin dans une courbe du fleuve le panache blanc d'une locomotive se répandait sur la rive et divaguait en un lent brouillard sur les eaux.

L'express passa dans un tremblement et la vapeur de charbon frappa le pare-brise de la Studebaker. Personne ne les suivait quand Emma traversa un pont aux poutrelles d'acier, s'engagea dans une pente douce bordée d'arbres caducs et vint se ranger sur l'esplanade d'un magasin en bardeaux de chêne.

Saul sortit dans la fraîcheur, fit quelques pas, s'étira et scruta la route étroite et scindée d'une ligne jaune. La route tournait en deçà d'un bois de bouleaux traversé d'une lumière craintive. Emma descendit à son tour. Les oiseaux chantaient, une odeur de café flottait sous une véranda surmontée d'une hampe et d'un drapeau de l'Union. Le ciel était bleu pâle à la cime des arbres et Saul se dirigea vers la véranda, tira une porte moustiquaire encadrée de barriques pleines de balais, de manches de pioches et de râteaux.

Le propriétaire du drugstore, grand et maigre, des yeux bleus enfoncés dans leurs orbites, les cheveux blancs et épais, une paire de lunettes à monture dorée, rondes et chaussées sur un long nez droit, vint à leur rencontre. Saul lui demanda comment allaient les affaires et l'homme répondit que tout allait pour le mieux depuis qu'il avait vendu une maison deux fois trop cher à un businessman new-yorkais. Saul éclata de rire et réclama les clefs de la maison. L'homme tira deux jeux de sa poche et les lui donna. Saul tendit l'un des jeux à Emma, se tourna vers le droguiste et déclara qu'il faisait une surprise à sa femme enceinte de quatre mois cette semaine.

Ils empruntèrent une route à travers un bois d'érables rouges puis de chênes immenses à l'écorce grise et froncée, entrèrent dans le village de Croton et suivirent la rue principale derrière un pick-up Ford au pare-chocs rafistolé d'une ficelle et s'arrêtèrent à l'angle d'Old Post Road South, serrant la gauche d'un feu tricolore déposé au milieu de la chaussée comme une balise cardinale, son trépied fixé dans un socle de brique rouge. Ils quittèrent le village aux toits plats et aux corniches chantournées et grimpèrent une route boisée et franchirent le tablier en ciment d'un aqueduc formant un barrage sur la Croton River.

Saul indiqua l'entrée d'un large chemin vicinal jonché de pommes de pin, coulée de sable entre deux blocs de granit aux arêtes tranchantes. Ils croisèrent plusieurs propriétés, blanches et ombragées de liquidambars, de peupliers et de cèdres, quelques demeures retirées derrière de vastes pelouses, des parterres de vivaces et de graminées, franchirent une barrière et se garèrent en marge d'une prairie et devant une vaste maison en pierre de rivière et bardeaux de cèdre, surmontée de deux pignons contigus et acérés. Des écureuils gris et des tamias fouissaient dans l'herbe et des geais bleus se posèrent en lisière d'un bois de Douglas. Un chemin étroit entre les arbres conduisait vers une deuxième maison ceinte d'une galerie en planches de séquoia.

Ils firent l'amour sur les lattes blondes du parquet et sur les tapis persans et sous un Steinway blanc ayant appartenu à Gershwin. Le séjour s'ouvrait sur la vallée de l'Hudson. Un bosquet de chênes rouges d'Amérique et de bouleaux descendait la colline en pente douce vers un étang tavelé de nénuphars. Ils se rhabillèrent. Saul tira, dans le couloir, un petit tabouret pivotant replié sous un secrétaire encastré dans une alcôve et vérifia que le téléphone fonctionnait. La voix de l'opératrice crépita dans l'écouteur puis se tut. Saul dicta un numéro. Un homme décrocha. Saul s'inquiéta du déclenchement d'une opération et la voix de l'homme confirma l'application d'une sentence sur le point d'être exécutée. Saul raccrocha et contempla sa femme, de dos, se balançant lentement dans un rocking-chair et regardant un cerf de Virginie tracer un sombre sillon dans les hautes herbes semées d'échinacées.

– L'ancien propriétaire m'a dit qu'on croisait beaucoup trop de ces bestioles depuis qu'on voyait moins de couguars.

– Vont-ils le faire ce soir ?

– Oui.

– Pourquoi fallait-il attendre si longtemps ?

– À l'hôpital, les gars se sont trompés. Un gugusse est passé par la fenêtre à sa place. À Sing Sing, ce sera beaucoup plus simple. Un ancien boxeur pro nous doit d'avoir échappé à la chaise après avoir déglingué sa petite amie et l'amant de sa petite amie. Il s'est autrefois entraîné avec Hyman et partage depuis deux jours sa cellule.

– Es-tu certain que Hyman n'a pas témoigné ?

– Une mère de deux enfants, bientôt professeur d'histoire à l'université, propriétaire d'un chalet à quelques kilomètres de New York, ne devrait pas s'inquiéter de ces choses.

– On ne devrait pas en parler ?

– Non, jamais, ni de ça ni de mon voyage à Cuba.

– Tu étais loin.

– Je sais.

– Tu sais ?

– Il fallait pas mal de courage ou d'égarement pour s'introduire chez nous et nous voler un P38. Maintenant fais-moi confiance. Allons manger. Je connais un bon italien en ville.

Ils mangèrent et parlèrent de l'avenir et Saul raconta comment Siegel et Meyer avaient envoyé plusieurs hommes de main bastonner des sympathisants nazis réunis un soir dans Washington Square. Ils évoquèrent la possibilité d'une autre guerre en Europe et Saul confia en riant que Luciano avait sciemment échappé à la conscription de 1917 en se déniaisant au con vérolé d'une pute recommandée par Benny.

Dans l'attente des nouvelles d'un meurtre et dans l'espérance d'une vie nouvelle, ils regagnèrent Manhattan. Saul accéléra sur la Harlem River Drive. Un orage venu de la baie assombrissait Brooklyn. Emma, sans oser poser la question à Saul, soupçonna le retour de la Chevrolet dans le rétroviseur. L'East River crépitait de lourdes gouttes et la chaussée dégagea une odeur d'asphalte mouillé.

Dans la nuit le tonnerre la réveilla. L'enfant bougeait sous sa paume. Elle était seule au lit quand la sonnerie du téléphone retentit dans le salon et dans le bureau de Saul. Elle se leva et entrebâilla la porte de la chambre. Saul décrocha, ne prononça pas un mot et raccrocha. Elle laissa la porte ouverte et se glissa entre les draps tièdes et sentit son fils vivant sous sa main. Saul vint dans la chambre, se déshabilla dans le noir, enfila son pyjama et vint la rejoindre. Elle lui prit la main et la posa sur son ventre. Sa main était large et chaude et l'enfant bougea quand il annonça d'une voix tranquille que le problème avec Hyman était résolu.

Au matin ils accompagnèrent leur fille à l'école et remontèrent Broadway en tramway, s'arrêtèrent dans la 42nd Street et traversèrent Bryant Park à l'endroit d'un ancien réservoir bâti en forteresse et détruit après l'élévation de l'aqueduc de Croton-on-Hudson. Le ciel était clair et le soleil frayait sa lumière neuve entre les avenues, éclairait les façades alignées d'est en ouest, éblouissait les fenêtres et les dorures du Radiator Building. Leurs ombres crissaient entre les tables de métal, pâlissaient sur les pelouses et les parterres de fleurs détrempés. Ils poussèrent la porte à tambour d'un bar et déjeunèrent de pancakes arrosés de sirop d'érable et d'œufs tournés et burent du café, ajoutèrent un ou deux prénoms à la liste envisagée pour leur fils, discutèrent et argumentèrent, cherchant le désaccord par plaisir. Saul parla de l'ancien réservoir et de l'aqueduc de Croton situé non loin de la maison d'Emma. Emma se souvint de ses premiers jours dans Manhattan et des heures passées à l'étude sur les bancs de la Public Library, rapiéça signes et coïncidences et raviva le souvenir de leur rencontre, un peu plus haut sur 5th Avenue. New York n'avait depuis cessé de changer, le Chanin et le Chrysler et l'Empire State dans Midtown, d'autres immeubles au sud de l'île dont elle connaissait aujourd'hui les noms exhaussés sur un sol granitique où, pour la première fois débarquée parmi tant d'exilés, elle s'était avancée.

Vers 9 heures, ils quittèrent le café et Saul passa un appel depuis l'une des cabines situées au rez-de-chaussée de la Public Library. Emma l'attendit sur l'un des bancs du corridor sombre et dallé de marbre.

Ils prirent un taxi et roulèrent en direction de Harlem et bifurquèrent en direction de New York University. Emma embrassa Saul et descendit de voiture. Saul indiqua une adresse au chauffeur et le chauffeur s'arrêta au 301 Park Avenue, Waldorf Astoria, et demanda au réceptionniste d'appeler la suite de Charles Lane. Luciano dormait. Saul gagna son bureau en tram et travailla toute la matinée et reçut vers midi un appel de Lansky. Meyer annulait leur déjeuner et s'excusait de n'avoir pas répondu à son appel et lui demandait de venir d'urgence au Waldorf.

Saul avança sous le soleil tiède et rencontra dans la foule le visage souriant d'une femme, sourit en retour et sentit une chose en lui s'éteindre et suffoquer. Il poursuivit un peu sur le trottoir, clignant des yeux dans la lumière aveuglante réverbérée sur les dalles en ciment, héla un taxi et la voiture se rangea un peu plus loin le long du caniveau. Le chauffeur descendit et lui ouvrit la portière. Saul se baissa et s'engouffra dans l'habitacle et sentit aussitôt une poigne se refermer sur son biceps. Il sortit sans opposer de résistance, posa les mains sur le toit du taxi et l'un des cinq flics venus l'arrêter le fouilla, lui récita ses droits et lui passa les menottes.

# XLIV.

## Il m'est arrivé quelque chose

Elle avança pieds nus dans l'herbe et gagna une table sous les sapins de Douglas, tira un fauteuil en lames de bois, s'assit et posa sa tasse de café et regarda la maison aux fenêtres palladiennes ouvertes. La clarté du matin étirait d'interminables figures géométriques sur le parquet. Sa fille répétait une pièce de Debussy et la musique lui parvenait affaiblie dans la brise. Elle posa une main sur son ventre et sentit le dos de l'enfant rouler sous sa paume.

La brise soulevait les pages d'un livre oublié la veille au soir sur la table. Elle se redressa un peu en s'appuyant sur les accoudoirs, fit un effort pour récupérer le livre et l'ouvrit au hasard. *Il va m'arriver quelque chose ?* Elle le referma, but une gorgée de café froid et grimaça, entendit des pas derrière elle et se retourna et regarda l'étroit et sombre chemin nervuré de racines menant au chalet de bardeaux. Le jardinier, ses pas résonnant sur le sol creux, son visage soudain pâle et frappé de lumière, franchit la lisière des bois et la salua. Elle lui adressa un signe et l'observa le long de la haie de

Douglas empoussiérée de toiles tissées par des chenilles processionnaires.

Les pneus d'une Cadillac crissèrent sur le gravier. Le chauffeur coupa le moteur, descendit et vint ouvrir la porte côté passager. Luciano, lunettes de soleil et panama, parcourut la pelouse d'un pas tranquille dans son costume d'été. Emma se leva et Luciano lui fit signe en souriant de ne pas se déranger, s'approcha, ôta son chapeau et l'embrassa. La gouvernante, munie d'un parasol, sortit de la maison. De hauts nuages blancs s'amoncelaient à l'est. Luciano plia ses lunettes, les rangea et posa son panama sur la table.

– Saul va plutôt bien. Nous lui avons obtenu une cellule individuelle et nos avocats travaillent à le sortir de cette merde. Le procès, comme tu sais, aura lieu en décembre et mis à part la parole défaillante de Hyman, il n'y a pas le moindre commencement d'une preuve directe, donc pas la moindre chance qu'il pourrisse toute sa vie à Sing Sing et encore moins qu'il finisse sur la chaise.

– Personne ne peut s'occuper d'Edur ?

– De qui ?

– Personne ne peut le mettre hors d'état de nuire ?

– Qui ?

– Hyman.

– Il n'est plus à Sing Sing. On ignore encore où les fédéraux l'ont transféré, mais il est préférable de s'occuper de lui après le procès. Son cas n'est plus une priorité. C'est sa parole contre un bon alibi servi par de bons avocats qui bossent pour nous depuis des années.

– Et ce procureur ?

– Nous ferons les choses légalement et nous verrons aussi ce qu'il en est du juge et des jurés. Je mettrai tout mon pouvoir en jeu dans l'affaire mais nous devons rester discrets. Inutile d'éclabousser toute la ville. Le temps des Masseria et Maranzano est bien fini, comme tu le sais, et je suis d'avis de régler nos affaires entre nous, entre nous et selon nos règles. Le procureur Dewey appartient à d'autres sphères. Même s'il louche sur les intérêts de Schultz depuis qu'il bosse pour New York dans les procès pénaux, je suis convaincu qu'il finira, comme les autres *pezzonovante*, par se fatiguer, si nous trouvons le bon prix et le bon arrangement.

La gouvernante, accompagnée d'une bonne, retira le livre et déplia une nappe blanche sur la table, plaça en son centre un vase contenant les roses pâles que Luciano avait apportées et la bonne glissa sur la nappe un plateau chargé de club sandwichs, de fruits, d'œufs durs écalés, d'une tarte aux noix de pécan et une grande cafetière. Luciano prit un sandwich et mordit dedans, se servit un café et dit qu'il n'avait pas dormi de la nuit et se sentait un peu vaseux, demanda s'il pouvait avoir des cornichons et si c'était Sarah qu'il entendait jouer. Emma acquiesça et sourit. Luciano s'essuya les lèvres, se servit une autre tasse, un second sandwich, sala un œuf et l'avala en deux bouchées.

– La voiture que tu vois là-bas est pour toi. Le chauffeur va rester jusqu'à ce que tu accouches et que tu reviennes de l'hôpital. Si tu as besoin d'un truc, de fric ou du moindre service, tu appelles le Waldorf ou tu appelles Meyer.

– Merci, Charlie. J'ai tout ce qu'il faut. Saul s'est arrangé pour que personne ne puisse geler nos avoirs. Tous les biens sont à mon nom.

– La petite est douée.

– Saul pense qu'elle en fera son métier. Comment vas-tu rentrer ?

– Tu me mets à la porte ?

– Pas encore.

Une Auburn Speedster rouge passa les barrières de la propriété.

– Tu as mentionné un prénom, tout à l'heure.

– Tout à l'heure ?

– Oui, tu t'es plantée et tu as prononcé un prénom. Ed, Édouard, ou un truc comme ça.

– Je me suis juste trompée.

– Saul le connaissait ?

– Non.

– Tu veux qu'on s'en occupe.

Elle sourit.

– Non, merci.

Gay Orlova descendit du Speedster et vint s'asseoir avec eux. Un robin sautillait près d'un massif d'azalées et des tamias fouissaient dans les gouttières de la maison. Sarah cessa de jouer et les rejoignit à table. La bonne apporta des toasts en triangle, des cornichons et de la mayonnaise au thon, montée dans un ramequin. Luciano remercia et trempa un malossol dans la mayonnaise, désigna le jardin et la maison, et demanda à Emma s'il n'était pas difficile de vivre aussi loin de New York. Moi, je ne pourrais pas quitter cette putain de ville. Emma confia qu'elle n'avait pas aimé la maison immédiatement. Les bois alentour lui rappelaient parfois de mauvais souvenirs. Elle retournerait cet hiver à Manhattan. Luciano approuva, s'essuya les doigts et jeta la serviette sur la nappe, se cala contre le dossier de sa chaise, chaussa ses lunettes de soleil et sortit une cigarette, l'alluma et dit qu'il ne retournerait pour rien au monde à Lercana Friddi, le trou dont il venait en Sicile. La moindre putain de petite odeur de soufre lui évoquait la misère et la crasse et le froid d'autrefois, les mines et le travail de son père, les rues de son village natal, bêtes et sales. Ils discutèrent de cinéma, des projets de Gay à Broadway et de la possibilité de bientôt voyager en Floride et à Cuba en compagnie de Saul, lavé des accusations portées contre lui. Cuba était un endroit prometteur et compensait les pertes de fric sur les ventes d'alcool depuis le krach.

Vers 11 heures, Luciano s'étira et se leva. Emma raccompagna le couple. Gay s'installa au volant. Luciano affirma en souriant que l'Auburn était la voiture idéale pour finir la nuit au poste. Gay fit demi-tour dans l'herbe et s'engagea sur le chemin de gravier. Sarah demanda à sa mère si son père rentrerait bientôt.

De fortes contractions la réveillèrent. La nuit était moite quand elle enjamba le seuil de la porte et déambula sur la terrasse et poursuivit, oscillant et vacillant, vers la lisière des conifères. Les aiguilles mortes des Douglas jonchaient le sol du sentier et se collaient à la plante de ses pieds. Dans l'air inerte se propageait le chant d'une grive et la grive cessa de siffler. Elle espéra son chant et distingua l'ombre de la maison de bardeaux, sa véranda ouverte sur une prairie où palpitait un enchantement de lucioles. Sous la véranda, l'ombre d'un homme l'obligea à faire un pas en arrière. Elle recula encore et palpa l'intérieur de ses cuisses. L'homme conspirait en contrepoint des ténèbres. Elle entendait sa respiration et le sentait tout entier glisser vers elle, son corps enchâssé dans la perspective mouvante et floue de la sente, hostile et déterminé sous une averse de flocons touchant le sol en glyphes épars et luminescents. Elle vacilla et s'affaissa sans violence et ses flancs soulevèrent un faible relent de poussière chaude.

Les gouttes de pluie d'un orage d'été explosèrent sur son front et la réveillèrent à la pointe du jour. Elle ouvrit les yeux, se passa la langue sur les lèvres et murmura il m'est arrivé quelque chose, il va m'arriver quelque chose et bascula en ahanant sur le côté, se retrouva à genoux et se leva péniblement, les muscles de ses cuisses froids et agités de tremblements. De fortes contractions lui arrachèrent un cri et l'obligèrent à s'agenouiller de nouveau dans l'herbe, sa chemise de nuit tachée de pollen plaquée contre son ventre et ses hanches, ses cheveux trempés et dégoulinants. Elle appela d'une voix faible, hurla quand les contractions reprirent.

Elle restait tard le soir, assise dans un rocking-chair, le visage éclairé de reflets contrastés par les flammes du foyer, se balançait et écoutait le bois craquer, la braise rompre et s'abîmer dans la fournaise. Depuis la naissance de son fils Isaac et depuis le verdict condamnant Saul à la chaise électrique, elle tendait les mains hors de sa couverture et sentait la chaleur du foyer varier contre ses paumes et se surprenait à espérer un dénouement distinct de la catastrophe et de l'échec. Au matin elle s'éveillait devant un tas de cendres, s'enveloppait entre les pans de sa couverture, se levait et tisonnait un peu de la chaleur de la veille, débusquait dans la poussière grise le moindre rougeoiement, la moindre preuve de ce qui avait existé et subsistait encore, chétif et méconnaissable sous le bois consumé.

Il neigea presque tout l'hiver et les jours glacés ne l'effrayaient plus. Elle endura leur succession sans perspectives et sans aspérités, s'occupa d'Isaac et s'occupa de sa fille et les cornouillers refleurirent sans que le monde éveille en elle le moindre intérêt.

Luciano fut arrêté par Dewey et jugé pour proxénétisme et extorsion de fonds quelques mois avant le *pronunciamiento* espagnol. La sentence de Saul, qu'on l'obligea, devoir d'épouse, à regarder tressaillir et griller sous la prude cagoule que l'administration pénitentiaire lui factura en cette fin juillet 1936, Elohim donne, Elohim reprend, lui confirma que le courage ne tenait pas plus ses promesses que la lâcheté.

Les années se firent plus lentes et la neige plus drue et les blizzards plus fréquents, les printemps doux et les étés chauds et la vallée de l'Hudson devint son seul pays. Elle enseignait un jour par semaine à New York University et participa, à la demande de l'un de ses collègues démocrates, à la seconde campagne de Roosevelt, rédigea pour le *New York Times* plusieurs articles politiques en faveur du second New Deal et du Welfare State, au début de l'année 1938 travailla pour le gouvernorat de New York, pour lequel Dewey avait plaidé comme procureur, éprouva un haut-le-cœur, le 30 septembre de la même année, en reconnaissant la lâcheté de son père et de son frère dans la poignée de main de Daladier et Chamberlain scellant les accords de Munich et ne s'étonna pas du permis accordé au moustachu d'essuyer la semelle de ses bottes pleines de merde sur la Tchécoslovaquie.

Les anciennes relations de Saul, sénateurs élus par la grâce du crime, lui ouvraient parfois la confidence feutrée des cénacles politiques. Elle finit par ne plus détonner parmi les notables et se conforma à la réserve et aux règles, aux codes implicites des coteries opportunes. Elle écrivit plusieurs autres papiers pour le *New York Times* et rédigea plusieurs rapports pour l'administration Roosevelt, vécut sa vie nouvelle sans mésalliances en sa maison de Croton, seule comme au fond d'une doline érodée par les eaux, consacrée à son travail et à ses enfants, veuve et Juive américaine, mère d'une fille concertiste et d'un garçon âgé de dix ans, et ne se prononça pas en faveur de l'entrée en guerre des États-Unis avant l'attaque de Pearl Harbor. En 1944, le rédacteur en chef du *New York Times* lui proposa de se rendre en Angleterre afin de suivre les troupes du Débarquement. Elle accepta.

## XLV.

### 24 juin 1937

Il ne connaissait pas Franck Echeverria et ne savait pas où ce type se cachait et le leur répéta dans un sifflement de dents cassées. Ils ne voulaient rien entendre et fouillèrent son bureau, éventrèrent son matelas, jetèrent à bas ses livres de comptes et ses dossiers, vidèrent ses tiroirs et saccagèrent ses meubles à la hache, le traînèrent dehors dans la pâture et le frappèrent au visage et dans les côtes à coups de crosse de fusil. Ils étaient cinq. Trois en sa compagnie et deux dans la maison et il entendait le fracas des objets jetés au sol et le verre brisé et les hurlements de sa femme. L'un des trois, Luger dans un étui à la ceinture, manches de chemise et cravate noire, petit et trapu, portait un béret sale et enfoncé sur ses cheveux gris et coupés ras, lui posait sans cesse entre les coups la même question. Il ne connaissait pas Franck Echeverria et ne savait pas où ce type se cachait.

L'homme demanda aux deux types d'arrêter de le tabasser, sembla réfléchir et leur adressa un signe. Les deux types soulevèrent Juan, le ligotèrent aux poignets et l'adossèrent au mur de sa maison. Ses lèvres étaient gonflées et fendues, ses dents brisées, son nez cassé et sa pommette droite boursouflée. Du sang coulait de ses arcades sourcilières ouvertes et les paupières de son œil gauche tuméfié étaient rapprochées comme les bords étroits d'une meurtrière.

Il n'entendait rien d'autre que les cloches de ses vaches enfuies plus haut dans la pâture, maintenant, n'entendait plus un seul bruit à l'étage et sentit les sauterelles affolées bondir et heurter ses phalanges quand l'homme au Luger approcha, s'accroupit sur ses talons, tira de sa poche un mouchoir brodé à ses initiales, lui essuya le visage et lui conseilla de ne pas lui faire perdre de temps en protégeant un lâche qui l'avait trahi, avait vendu des armes aux fascistes et aux monarchistes de Bilbao, comme aux rouges de Santander.

Juan déglutit et secoua la tête négativement et répondit qu'il ne connaissait pas de Franck Echeverria et l'homme s'approcha un peu plus et révéla qu'Echeverria avait travaillé pendant des années pour lui sans le savoir, armé des carlistes devenus phalangistes avec la guerre, fourni du matériel et des munitions, répondu aux commandes du député Hernández et d'un avocat nommé Leandro De Soto Fuentes jusqu'en 1936 afin d'équiper des milices rebelles, vendu sans vergogne aux rouges comme aux monarchistes depuis 1934, contribué à la chute de Bilbao en équipant des membres de la cinquième colonne.

Juan demanda qu'on lui foute la paix et l'homme se pencha un peu plus en avant, posa son front contre le front de Juan et détailla à voix basse ce qui allait se passer s'il s'obstinait à ne pas lui dire où se cachait Echeverria.

Les deux types sortirent de la maison en tenant la femme de Juan par le bras. Elle sanglotait et implorait. L'homme déclara qu'un avion l'attendait et qu'il ne devrait pas être là, à perdre son putain de temps précieux, mais à Burgos, aux côtés de Dávila, afin de préparer la chute de Santander. Il regarda la femme et lui ordonna de fermer sa gueule de guenon et demanda une nouvelle fois où se trouvait Echeverria et dit qu'il connaissait le lien qui les unissait, Echeverria et lui, savait qu'ils avaient travaillé ensemble pendant des années et ne comprenait pas pourquoi il persistait à le défendre et répéta qu'Echeverria n'avait fait que le trahir et révéla qu'Echeverria avait appelé Burgos quelques jours plus tôt, depuis Santander, négocié avec Leandro De Soto Fuentes à la seule fin d'obtenir des garanties quand les rouges seraient chassés du pays, une indulgence pour bons et loyaux services rendus à Francisco Franco, et Leandro, dont le bureau était à l'étage juste au-dessus du sien, était venu plaider la cause d'Echeverria auprès de lui car son travail consistait à trier entre les prisonniers politiques et les traîtres, le bon grain de l'ivraie, et révéla encore qu'Echeverria n'avait rien trouvé de mieux à faire que de renseigner Leandro sur les positions des rouges dans Santander.

Il ne connaissait pas Franck Echeverria et ne savait pas où ce type se cachait. D'une voix sourde, l'homme demanda à ses deux acolytes de s'écarter de la femme et porta la main à son étui. La femme se pissa dessus. Edur tira son Luger. La femme hurla, porta les mains à son visage et Juan hurla qu'il allait parler. La femme s'effondra dans l'herbe, sa cervelle et son sang répandus sur le mur de la maison et sur le visage de Juan dans lequel Edur vida son chargeur.

# XLVI.

***Ainsi parce que tu es tiède, et que tu n'es ni froid ni bouillant, je te vomirai de ma bouche***

**Franck**

**17 juin 1937**

La ligne était mauvaise et l'opératrice lui expliqua qu'elle avait réussi à les mettre en contact en passant par València puis par Madrid. Franck promit de rappeler et de donner les informations nécessaires, remercia Leandro De Soto Fuentes et raccrocha, paya sa communication et sortit de l'officine de la Telefónica et descendit à pied vers le port, longea les arcades de la place Pombo murées de sacs de sable, traversa le boulevard de la Ribera encore humide et marcha droit sur la cathédrale. Le sentiment de sa faute se délita dans son sillage et sous les platanes autour d'un bassin carillonnant son jet d'eau claire au centre d'une plazuela ombragée et maculée de fientes. Le ciel, parcouru de nuages blancs, se reflétait dans les flaques entre les pavés manquants d'une ruelle sinuant aux flancs de l'église. Il entama les marches d'un escalier menant à un large parvis de granit et considéra la possibilité d'un retour en son pays, la possibilité de fuir, car les 14$^{e}$ et

15^e corps d'armée républicains équipés d'un matériel obsolète ne pourraient pas grand-chose contre Dávila et les Italiens, les flèches noires et les brigades navarraises et les Castillans motivés, 90 000 hommes, la légion Condor des nazis, les avions Fiat, les blindés, les fusils-mitrailleurs, les fascistes déterminés à reprendre l'aiguade de Santander.

Il traversa le parvis et franchit une rue où circulaient des tramways et considéra les hommes et les femmes parmi lesquels, traître et tiède, il allait remâchant un verset de l'Apocalypse. Il avança sur le port. Les lueurs du crépuscule s'étiraient à l'horizon sur les montagnes et sur la mer étale. Il donna un coup de manivelle et monta dans sa vieille Ford et posa les mains sur le volant et murmura pour lui seul : *Ainsi, parce que tu es tiède, et que tu n'es ni froid ni bouillant, je te vomirai de ma bouche.*

Des miliciens basques contrôlaient la route menant à Laredo, et plusieurs fois il déclina son identité, plusieurs fois il renouvela sa tiède allégeance à la République, lançant *Agur* ou bien *Salud*, jamais *Adios*.

Il roula, abasourdi et mesurant l'audace et la duplicité nécessaires aux forfaitures, fixant l'obscurité au-delà des phares blancs de la Ford, le surgissement de formes indiscernables au-delà des fossés et des talus, franchit des villages et des forêts. Certaines routes, bombardées le 14 juin par la légion Condor, étaient impraticables et l'obligèrent à un détour par des chemins d'ornières avant d'atteindre les marais de Santoña. Une odeur de mort engorgeait les fossés et les routes. Les corps des réfugiés, criblés et décharnés, jonchaient le sol, grotesques et méconnaissables, abandonnés aux charognards effrayés à son approche. Il longea la piste des marais bordés de typhas et rentra tard et se blottit contre Graziella, écouta les vagues briser sur l'estran et désespéra de sa tiédeur.

Bilbao tomba le 19 juin. Le drapeau monarchiste flottait au-dessus de l'Ayuntamiento quand il ouvrit le journal du 20 juin. Des colonnes de réfugiés basques, suivies de porcs et de moutons en ribambelle, à pied ou juchés sur des charrettes à bras, des tombereaux tractés par des haridelles, chargés de matelas et de meubles, prenaient la route des montagnes et se repliaient avec les combattants vaincus vers Santander.

Le 21 juin, il tenta plusieurs fois d'appeler Juan. Les lignes avaient été coupées et les alternatives de salut semblaient, pour lui, plus fragiles que la veille. Franck se rendit sur le port. Hernández arriva un peu en retard dans une berline suisse conduite par un chauffeur, en descendit vêtu d'un costume noir et trop chaud pour la saison, l'entraîna à pied autour de la darse envasée à marée basse, entre des piles de cagettes devant lesquelles des femmes ravaudaient des filets étendus sur des pergolas de béton effrité. Les barcasses au mouillage gîtaient dans leurs flaques de fange, le chanvre de leurs amarres lesté d'algues vert pituite et détrempé. Ils empruntèrent le môle en direction d'un édifice de la Croix-Rouge, gravirent une volée de marches, suivirent la ligne de crête d'un chemin de ronde au sommet d'un rempart défendu par un parapet ouvert sur le large, les tempêtes d'équinoxe et les lames scélérates. L'écume au bas de la jetée déferlait sur un haut-fond de granit sillonné de cavités profondes où chassaient les mulets. Le vent venait de la mer et couvrait leur conversation.

Des hommes embarqués dans une voiture avaient mitraillé dans la nuit les murs de la maison de Franck. Hernández acquiesça et désigna une flottille de petites embarcations cabotant aux confins de la baie, sous un horizon tendu de cumulus blancs, et lui dit que la marine de guerre nationaliste avait capturé des fuyards par centaines et lui affirma que personne n'allait s'en tirer si facilement dans la nouvelle Espagne, pas même son ordure de gendre, rouge et trafiquant, lui promit qu'il ferait son possible pour l'aider car il avait armé les milices avant le *pronunciamiento* et lui conseilla de se faire arrêter par les Italiens afin d'être conduit en prison puis défendu par De Soto.

Ils retournèrent à la voiture. Hernández lui serra la main et lui dit que son aide vaudrait tant que personne n'apprenait qu'il avait travaillé pour les rouges avant de passer dans le bon camp. Franck acquiesça et songea combien ses garanties étaient minces et combien sa vie ne tenait plus qu'à la tatillonne réputation de Hernández préservée de toute suspicion de collusion avec les rouges, jeta un regard aux embarcations échouées et démâtées, leurs voiles délavées, rapiécées et ferlées, le reflet de leur flanc dans la saumure. Tout lui sembla mort.

Il poussa une fois de plus la porte de la boutique, et la borgne, ratatinée en son sanctuaire, vestige et témoin de ses fautes innombrables, de ses méfaits et manquements, bouche d'ombre depuis laquelle pérorait la rumeur, lui annonça qu'elle mettait son commerce en vente. Il la scruta et considéra tout ce qui promettait d'agoniser et disparaître avec elle, exprima un vague regret et lui dit qu'il allait devoir se cacher quelque temps mais comptait sur elle pour aider sa femme en cas de problème. Il lui demanda si les hommes qui avaient mitraillé sa maison prenaient leurs ordres de Hernández. Elle le lui confirma, ajoutant qu'il s'agissait de l'impressionner, non de le tuer. Il la quitta, désappointé, occupé de l'avenir qu'il s'était préparé à force de compromissions, marchant un instant derrière un char à bœufs dont les roues cerclées de fer crissaient et grinçaient dans la pente douce et encaissée d'une rue ouverte sur l'Ayuntamiento. Il avança, processionnaire à son propre cortège, s'interrogeant à propos de son legs et de l'avenir de son fils en un pays déchiré, dont il avait par nonchalance et par faiblesse nourri la division.

Il rentra chez lui, sentit l'odeur du lilas et de la glycine, examina un long moment le pignon de la façade criblée sous le rebord des fenêtres. Dans le jardin il écouta le ressac et l'obtuse corrosion du sable sur la terrasse et sans amertume s'enlisa dans la contemplation de son inéluctable banqueroute. Graziella vint s'asseoir face à lui et lui demanda s'il avait prévu quelque chose. Il acquiesça.

– Il va falloir que je m'absente.

– Je parlais de notre fils. As-tu prévu quelque chose si les pacos tiraient de nouveau sur notre maison ?

– Ce qui s'est passé cette nuit n'arrivera plus. Je vais disparaître le temps que les choses se tassent.

– Tu vas disparaître ?

– Oui.

– Maintenant ?

– Oui.

– Où iras-tu ?

– Je vais rester dans le coin et attendre l'arrivée des Italiens. Tout est prévu. J'ai rendu de nombreux services à ceux qui vont gagner.

– Il peut se passer encore pas mal de temps avant que les Italiens…

– Bilbao est tombée. Santander tombera plus rapidement. La plupart des habitants de cette ville sont en faveur de Franco.

– Et ensuite.

– Ensuite ?

– Après les Italiens ?

– Tout est prévu, arrangé avec Hernández et De Soto. Nous reprendrons une vie normale, la vie que nous avons vécue avant et pendant la guerre. Je serai libéré au plus vite.

– Tu as surtout travaillé avec les républicains, et je n'ai confiance ni en De Soto ni en Hernández.

– J'ai fait ce que j'ai pu pour que nous ayons une vie normale et pour ne pas me mêler de ce qui ne me concernait pas. J'ai travaillé pour Hernández. Il ne veut pas être éclaboussé par mon passé. Il s'arrangera pour que je sois lavé de tout soupçon, sa réputation en dépend.

– À force de ne pas prendre parti, ce sont les autres qui vous désignent un camp et un ennemi.

– Tu n'as pas de soucis à te faire. J'ai parlé avec la vieille. Elle va vendre sa boutique mais ce n'est pas fait et tu pourras, comme d'habitude, te rendre chez elle et acheter certaines choses. Tu pourras aussi lui demander des renseignements sur la façon dont tournent les événements. Elle sait.

– Cette vieille femme n'a jamais rien su que nous ne sachions déjà.

Il attendit le crépuscule et mentit à son fils et l'embrassa et lui promit de passer parfois le voir, la nuit et le matin très tôt. Il embrassa sa femme et lui donna quelques vaines consignes au sujet de la paire de chevaux qui n'avaient pas été réquisitionnés par les Basques. Elle lui demanda de rester.

Il traversa les dunes sous le regard de son fils et de sa femme et se souvint avoir vu son père quitter la maison et marcher vers les montagnes. L'air était frais sur l'estran. Il portait en bandoulière le Baikal et un havresac qui contenait un rouleau de billets de banque, des vivres et de l'eau. Il retira ses chaussures et marcha vite. Sous la plante de ses pieds, la dureté du clapot de sable vitrifié. Un gravelot fouillait les paquets d'algues et la montagne de Santoña, surplombée d'un nuage lenticulaire gris, s'étendait sans relief, hiératique en contrepoint de la mer et d'un liseré d'écume tracé sous les brisants. Il avança longtemps sous le ciel rose en direction d'El Puntal, sa solitude plus forte le long des dunes aux herbes grasses et fouettées par de soudaines rafales de vent. Le ciel acheva de virer pourpre, sa teinte incandescente devenue pâle or blanc, et le nuage lenticulaire se dissipa en une brume crayeuse à la cime des arbres.

Le sable limoneux d'El Puntal enfonçait sous ses pas et les eaux de la ría semblaient plus froides et le courant charriait sa violence en remous sombres. Il avait un peu froid et l'appréhension amplifia la fraîcheur. Il suivit un redan de sable sur la rive de l'estuaire, quitta la plage du Salvé et s'engagea sur la plage du Regatón et longea la lisière d'un bois d'eucalyptus tremblant dans le soir où voletaient de petites chauves-souris. Il retrouva sa maison en bordure de la plage, déverrouilla la porte. Il hésita longtemps à franchir le seuil, renonça et passa une partie de la nuit enveloppé dans une couverture mitée, assis au bord de la ravine, apathique et somnolent, la mer achevant de se retirer dans un continuel murmure d'eau courante. Il finit par descendre sous le bord de la ravine, se recroquevilla dans le sable froid et s'endormit.

Il se réveilla dans l'aube grise et resta un long moment assis, se leva, éternua, pissa et chancela sur ses jambes courbatues, retourna s'asseoir et posa une main sur son front. Il n'avait pas faim et ramassa les deux bouteilles d'eau dans son havresac, ses allumettes, escalada la ravine avec peine, fit le tour de la maison, récupéra du bois sec dans la remise à demi effondrée, retourna dans la maison, entra sans hésiter, prépara un feu et sortit vomir.

Le feu prenait quand il revint. Il traîna une vieille grille devant les bûches en prévention des éclats et ramassa deux autres couvertures dans le coffre de son ancienne chambre et s'allongea devant le foyer, écouta le bois craquer, ferma les yeux. Il s'endormit et dans son sommeil appela sa femme, appela David et rouvrit les yeux et vit la maison telle qu'autrefois, fit d'autres songes où grondaient des moteurs de bombardiers, balança ses couvertures et roula sur le flanc, parcouru de frissons et trempé de sueur. Il ouvrit les yeux et distingua la porte entrebâillée sur le jour bleu et vit un homme se couler dans l'ouverture et l'observer sans un mot. Il s'endormit de nouveau et l'homme prononça des noms de batailles, Teruel, des noms de villes détruites, incandescentes et dévastée, Guernica, et dans son sommeil l'homme avait la voix de Juan et lui reprochait de n'avoir rien fait pour arrêter la guerre et rien fait pour sauver ses chevaux. Il sentit une main puissante sur son épaule et se réveilla brusquement, aperçut une couche de fumée étendre ses volutes au plafond. Il se leva et toussa, cracha et tituba, retomba à quatre pattes et quitta la maison, se retourna au bord de la ravine, chercha l'homme qui l'avait alerté mais ne vit rien.

Il se blottit au pied de la ravine, écouta la maison s'embraser, les poutres feuler, chuinter, gronder. Explosions de verre, écroulements, choc des madriers effondrés. Une colonne de fumée montait dans le ciel sans vent et sans nuage et les arbres alentour suintèrent et sifflèrent et lâchèrent des fumerolles et partirent en flammèches orange et répandirent une entêtante et âcre odeur d'officine.

Il dormit jusqu'au soir, se réveilla toujours fébrile et s'accouda à la ravine et regarda les restes de la maison, tas de cendres fumantes, murs noircis, toit et charpente détruits. Les arbres alentour étaient calcinés. Il ramassa sa couverture, escalada la ravine et vint se coucher au bord des décombres comme un chien au pied du cadavre de son maître.

## XLVII.

### Tu n'auras de cesse que tu n'aies avancé

Il rejeta la couverture et se leva et fut incapable de décider s'il avait dormi plus d'une nuit. Il resta debout devant les ruines fumantes, se massa les tempes du bout des doigts et regarda autour de lui, attentif au chant des oiseaux, hésitant entre l'aube et le crépuscule, cherchant le soleil au point supposé de sa plus grande clarté. Les ombres semblaient s'être retirées sous les choses et sous les arbres. Il attendit un peu et la lumière se désagrégea entre les baliveaux brûlés, ramassa ses affaires et chercha la trace d'ossements humains et d'ossements de chevaux dans les gravats, remarqua le canon de son Baikal tordu, à demi fondu.

Il progressa sur un sentier sablonneux et encaissé entre deux haies de ronces où dansaient des abeilles, suivit la crête d'un remblai serré entre une plaine de carex et une roselière dont les hautes herbes lancéolées masquaient la lagune. Des moustiques s'élevaient en colonnes sur l'horizon et du pollen flottait dans les lueurs mordorées de la dernière heure. Le vent frayait au hasard entre les feuilles acérées. Il toussa et cracha d'informes et noirâtres glaires dans la poussière blanche du chemin, délogea des rats et des bruants à grand renfort de raclements de gorge. Des odeurs de vase et de pourriture se déplaçaient lentement dans un reflux de marée. La pénombre dissimulait les eaux mortes et limoneuses et les colverts cessèrent de lancer leurs appels et cessèrent de se poser par glissades. Il tira un morceau de pain et un œuf dur de son sac, l'écala, déambula sous un ciel dominé par une lune pleine et grise comme une macula traversée de veinules, mangea et but de longues gorgées d'eau tiède. Le sentier se déroulait vers le sud et la route de Colindres. Il progressa une heure et se retrouva aux abords de cette petite ville soumise au couvre-feu.

Un camion stationnait à l'entrée du quai bordant une petite darse. Ses phares éclairaient le mur de la jetée. Plusieurs hommes, rassemblés à l'arrière, gueulaient en basque il ne savait quel désaccord. L'un d'eux dénoua les lanières d'une banne poussiéreuse, déverrouilla et bascula la ridelle en position horizontale. Un type en chemise blanche auréolée de sueur, mains entravées dans le dos, vint s'asseoir au bord de la ridelle et sauta du camion. L'homme lui ordonna de se retourner et trancha le lien à l'aide d'une baïonnette et lui donna un ordre en espagnol. Le prisonnier se frotta les poignets avant d'aider cinq religieuses à descendre du camion. Leur voile avait été arraché et l'une d'entre elles tenait rabattu devant ses seins un morceau du tissu de sa robe déchirée. L'homme et les religieuses furent alignés contre le mur. Les religieuses pleuraient et priaient et l'homme, sans jamais plaider sa cause, tenta de convaincre les Basques de renoncer.

Franck essuya son front humide de sueur et s'accroupit de s'asseoir au bord du chemin et se demanda s'il baisserait les yeux, détournerait le regard à l'instant de la fusillade. L'un des Basques, gras, portant une barbe mitée, ouvrit la portière du camion et grimpa dans la cabine, revint en tenant dans son poing un pistolet-mitrailleur italien, l'arma et demanda au prisonnier d'avancer, de prendre le pistolet et de se placer face au mur devant les religieuses, dégaina un vieux Colt à barillet, tira le chien au cran armé, recula d'un pas et visa la nuque du prisonnier, lui fit une promesse et lui hurla en espagnol de faire ce qu'il devait faire.

Le prisonnier sanglotait et les religieuses le supplièrent et l'une d'elles hurla et tomba à genoux et l'homme se pissa dessus et tomba lui aussi à genoux et le Basque approcha l'arme de poing de sa nuque, se pencha et lui fit une promesse et cette promesse l'obligea à se relever et renoncer à tout ce qui l'avait constitué jusqu'alors.

Le silence du couvre-feu revint et s'estompa sous un aboiement de chiens et les religieuses, affaissées dans d'improbables positions, se vidèrent de leur sang.

Le type gras à la barbe mitée récupéra le pistolet-mitrailleur des mains de l'homme et lui donna une claque sur l'épaule et le félicita. Ses acolytes grimpèrent dans le camion et le type s'installa au volant à côté d'un autre, maigre, cheveux mi-longs et sales, exécuta une marche arrière, révéla les visages, les bras et les jambes désarticulés des femmes, les seins pâles et souillés de la sœur dépoitraillée, leur exécuteur toujours immobile et incrédule devant son forfait, braqua dans un crissement de gravier et s'engagea sur la route de Santander.

Franck se redressa et fit quelques pas dans l'herbe avant d'atteindre la route. Le reflet de la lune le suivait dans la darse et les chiens aboyaient encore quand il franchit le ruban de poussière de la départementale rafistolée de gravier et s'engagea sur un talus le long de la ría, en direction des montagnes.

Au réveil, son réflexe fut d'interroger le temps de combustion nécessaire à l'effritement d'un fémur de cheval dans le feu. Il n'était pas sûr. Il mâcha un reste de pain et compta son argent, inattentif et hanté par les mots de son père, rangea l'argent dans sa poche, se leva et grimpa à travers bois et marcha longtemps avant d'atteindre une source dont l'eau jaillissait d'un tuyau de laiton et rompait dans un bassin de granit au centre d'un cercle parfait et découpé dans une pellicule de lentisques. Il but à même le tuyau, l'eau froide contre ses dents avait un goût de métal et de sang. Il s'essuya d'un revers de manche et se retrouva face à la statuette d'une vierge enfoncée dans une niche derrière un rideau de lierre, faillit s'agenouiller et prier.

Il gravit le dévers, taraudé de pensées funestes et se retournant de temps à autre sur la baie visible à travers la futaie. Les plages du Regatón et du Salvé à la jonction d'El Puntal engagé dans les eaux. La ville de Santoña, son fortin de pierres grises en rotonde enfoncé comme un coin au seuil de la montagne.

Il gagna un plateau en pente douce et s'égara au cœur d'un vaste bois de hêtres plantés de main d'homme. Les premières gouttes d'une pluie lourde et acrimonieuse frappèrent la canopée et crépitèrent sur un sol jonché de feuilles mortes où détalaient de petites araignées noires. Le bois appartenait à la famille d'un aristocrate socialiste plusieurs fois battu aux élections municipales de Santander. Don Rivera, homme grand et gros, philanthrope dont les devanciers avaient accompagné Bernal Díaz et Cortez dans la conquête du Mexique. Il se souvint d'un rapide petit déjeuner et d'une poignée de main ferme scellant la vente d'une jument destinée à sa fille cadette, se souvint du visage grave de ce médecin, directeur d'un service de cardiologie à Santander, soutien de la campagne de Ramón Ruiz Rebollo à la députation, se remémora ses considérations politiques, assommantes et désabusées.

Au plus fort de la fuite et du renoncement jadis prôné par son père s'étendait la grisaille inchangée de l'horizon. Il jura contre cette grisaille et contre son père, tremblant de froid et dérivant entre les arbres bifides, leurs corps massifs et couverts d'une écorce lisse, parfois grenue et poinçonnée de traces galeuses. Il quitta le bois. La maison des Rivera s'estompait au sommet d'une pâture. Pierres mordorées et épaisses. Deux étages. Le second ceint d'un balcon étroit et rythmé de fenêtres étrécies et défendues par des barreaux pansus, sa rambarde en bois cintrée, son large toit de tuiles romaines. Il avança, cinglé de pluie, son havresac battant contre sa hanche, sa couverture trempée, chaque pas le menant vers l'aumône et l'asile.

Il contourna l'antique demeure, se présenta devant une porte percée dans un vestige d'enceinte. Sa maçonnerie à clef de voûte et son claveau central frappé d'une date, *1374*, ouvraient sur un jardin flanqué de palmiers jumeaux. L'un des battants de la porte à vantaux était entrouvert, il foula un chemin de galets. Sa ligne grise et bleue divisait une rustique pelouse plantée d'hortensias et de rosiers, moussue et flanquée de bancs en pierre, décorée d'une fontaine dont la vasque, en forme de conque, débordait de fougères. De solides arcades soutenaient la façade frappée de blasons. Il tapa des pieds devant l'entrée, sur les larges dalles polies par les siècles. Le verrou de la grille en fer forgé rabattu devant la porte n'était pas fermé. Il frappa au heurtoir et la porte s'entrebâilla. Il appela plusieurs fois et personne ne répondit. La porte n'avait pas été forcée. Il pénétra dans un vestibule froid et sombre, recouvert de tapis élimés jetés au pied d'un escalier. Il appela encore, se baissa et passa sous le linteau d'une porte à droite de l'escalier et se retrouva sous les poutres d'une pièce basse et décorée de meubles espagnols anciens, buffet à verrous et sièges en cuir repoussé. Il laissa tomber son sac et sa couverture au sol, s'approcha d'une cheminée dont les bandeaux étaient ornés d'une paire de pattes de griffon, trouva de longues allumettes et du petit bois sur un tas de quotidiens, s'accroupit et déchira les premières pages d'un exemplaire d'*ABC*, les froissa et les glissa sous une grille de foyer sur laquelle reposait une bûche, tassa le petit bois dans l'âtre, alluma le papier et patienta, paumes en avant, secoué de frissons, une flaque d'eau s'élargissant sous ses semelles. La bûche siffla et les flammes s'élevèrent et la chaleur irradia contre la plaque foyère. Il resta longtemps devant le feu, hypnotisé et coupable sans effraction, retira ses chaussures, une partie de ses vêtements, les déposa en travers du dossier d'un fauteuil et poussa un second fauteuil à oreilles au plus près du feu, s'assit et ferma les yeux et se demanda qui était venu chercher les

Rivera et décida d'inspecter la maison quand ses vêtements seraient secs.

Ses vêtements fumaient quand il se réveilla. Il se leva, attisa le feu et contempla par la fenêtre la lumière du soleil revenue. Il rabattit la clenche de la porte d'entrée et visita l'étage et ne trouva rien. Il récupéra une chemise, un pull, des chaussettes et un velours trop court ayant appartenu au fils Rivera. Dans la cuisine il trouva une roue de fromage blanc enveloppée dans un torchon, de la confiture de coings, des œufs, du saucisson sec, du vin, des bouteilles d'alcool fort, des conserves de thon en bocaux. Il alluma le fourneau et se cuisina une énorme omelette aux herbes et au thon, mangea en slip à la table des domestiques, puis chercha une salle de bains, fit chauffer de l'eau dans un bac et se lava. La lumière déclinait quand il revint devant la cheminée, un verre et une bouteille de cognac à la main, un cigare trouvé dans une boîte, sur la table du salon, maintenant glissé dans sa poche de poitrine. Un chat lové dans son fauteuil le toisait de son regard inutilement effaré. Il le chassa et préleva plusieurs exemplaires d'*ABC* et s'installa devant le feu et déboucha la bouteille de cognac.

Il fumait et buvait à petites gorgées et lisait et montait au front dans la confusion et la fumée, parmi ceux de Badajoz, le 14 août 1936, entrait dans la bataille et dans la nuit de Badajoz, son ignorance défaite devant la Puerta de la Trinidad par la 4e bandera de la légion. Il fumait et buvait et déchirait les pages lues et les jetait aux flammes et savait désormais la mort épouse du légionnaire et voyait la légion se retirer sous la mitraille des républicains, revenir, ouvrir une brèche au couteau, et voyait la Puerta del Pilar prise d'assaut par une seconde colonne de légionnaires, mascaret dans la ville assiégée et tabassée de soleil, assistait à l'hécatombe dans les rues et dans l'ombre de la cathédrale et jusqu'à la nuit assistait au corps à corps et regardait *los moros* accomplir leur carnage et voyait le sang ruisseler dans les caniveaux et déchirait une page d'*ABC*, l'observait se tordre et noircir dans les flammes, réduire en cendre le récit de légionnaires massacrant tout homme, femme ou enfant, portant une arme, voyait le récit s'élever dans le conduit de la cheminée, et la cendre n'empêchait pas *los moros* de tuer toute la nuit et les jours suivants conduire les miliciens sur un tas de morts dont le sang s'épanchait dans le quartier de San Juan, n'empêchait pas *los moros* d'exécuter les miliciens dans les arènes ni les balles de déchirer les chairs et de ricocher sur les marches du maître-autel de la cathédrale, et plusieurs jours cloîtré dans la maison de Don Rivera, hôte de circonstance, il s'appropria la guerre et la terre divisée sur laquelle il vivait depuis tant d'années, et les morts qui avaient sans cesse fui pénétraient ses rêves et se confiaient à lui, allongé sur le canapé, les morts en holocauste, bavards et arrachés aux pages des journaux, se levaient avec les flammes et lui narraient leur sort et l'ampleur de la damnation dont l'ombre couvrait la terre.

Assailli à coups de poing et de pied par les phalangistes, un maître d'école, originaire de Huesca, avoua s'être ouvert les veines avec les dents afin d'en réchapper, oui, je me suis entaillé les veines avec les dents pour fuir dans la mort tandis que toi tu fuyais par tiédeur.

La plupart de ce que les morts lui enseignaient ne figurait pas dans *ABC* et plusieurs venus de Valladolid, chaque matin abattus et jetés dans une fosse au niveau de la borne kilométrique 102, le visitèrent et mentionnèrent la patrouille de l'aube et la cabane à churros installée pour les spectateurs venus assister à leur exécution, et leur odeur de suppliciés, l'odeur des brasiers et du métal brûlant et l'odeur de la chair, cette odeur irréfragable de chou pourri propre à la guerre, humaine odeur répandue à la surface du pays et du monde, finissait par le contaminer, l'infecter, le souiller, lui interdire le sommeil, et combien de temps demeura-t-il ainsi, à lire et boire et s'alimenter de récits de viols de nonnes, de crucifixions, de pendaisons, de mutilations, de fusillades, de noyades et de bûchers, observant la pile de quotidiens décroître et nourrir le feu, combien de temps dut-il subir le harcèlement des voix, celle de l'évêque de Jaén et celle de sa sœur exécutés dans un marais par *la Pecosa* assistée de deux mille braillards, celle de García Lorca au bord d'une fosse et celle de quantité d'autres, inaudibles à force de plaintes, innombrables et geignardes à l'écœurement.

Quand il se leva, la pile de journaux se réduisait à quelques feuillets épars tombés au sol et l'insupportable odeur émanait à présent de toute part et de toutes pièces et le chat miaulait de l'autre côté du séjour, au fond d'un couloir, devant une porte donnant sur la cave. Il ouvrit cette porte et comprit et choisit de ne pas suivre le chat engouffré dans l'obscurité.

Il vivait seul dans les hauteurs et pouvait voir la baie et devinait l'endroit de sa maison dans Laredo. Par grand soleil, il apercevait l'Atalaya. Le vent lui amenait le tintement des cloches de l'église Santa Maria et de celle de Santoña. Il vivait en guenilles, amaigri et hirsute et couchait dans la paille pourrie d'une ancienne bergerie, mangeait des baies et prenait des lièvres au collet entre les flancs d'une lande en friche, les jours de pluie restait assis sous le toit ajouré de la bergerie, tremblant de froid et regardant l'eau infiltrer la paille, persuadé d'être allé plus loin que son père dans la fuite, banni par veulerie de sa propre existence. La nuit, l'odeur des Rivera le réveillait. Il restait de longues heures sans dormir, entendait la voix du prêtre et de sa sœur, pensait à sa propre sœur, se levait et contemplait les froides étoiles retirées derrière leurs cillements de lumière morte.

Un matin il aperçut plusieurs formations de Junkers survolant la baie, devina des explosions au loin, entendit l'écho d'âpres combats entre les pans de montagnes, vit de hauts panaches de fumée noire, à l'ouest les bouffées de nuages noirs de la DCA dérivant dans le ciel bleu. Le matin suivant deux bateaux de guerre entraient dans le port de Santoña. Il quitta les montagnes et marcha des heures durant et pénétra dans la ville de Santoña, tard dans la nuit, croisa des colonnes de réfugiés remontant vers le nord et la France, prit connaissance de la chute de Santander et se constitua prisonnier.

## XLVIII.

### Vers Paris
### Emma Mendelssohn
### Juin 1944

Les morts embarquèrent parmi les vivants, en éclaireurs dans la nuit du 5 juin, à bord de *Landing Craft Assault*. Leurs barges furent mises à l'eau à l'aide des bossoirs depuis les *Landing Ship Infantry* naviguant vers la Normandie. Les morts précédaient Emma sur la mer mauvaise et leurs visages juvéniles affichaient la pâleur du sort dévolu et certains vomissaient par-dessus bord mais la plupart se contentaient de ne rien révéler de la peur et du faire-part de décès qu'ils portaient sur la houle déferlant sur les rives d'une terre étrangère bardée d'épieux, de mines et de hérissons, de chevaux de frise.

Elle notait les détails de son retour dans un carnet et les voyait descendre, s'accrocher aux filets déployés aux flancs des *LSI* et les voyait prendre place et s'éloigner dans les ténèbres vers la pointe du Hoc et voyait d'autres barges dont elle notait les abréviations dans son carnet, *LCV* chargés de caisses de TNT sanglées de ceintures de sauvetage, de caisses de bazookas et de fusées enveloppées dans des bâches, *LCT* transporteurs de tanks, matricules blancs au pochoir sur l'étrave vert kaki brasillant dans la lumière morcelée à la crête des vagues.

À la pointe du jour, l'armada des cuirassés et des destroyers lui apparut dans son ampleur, ombres couchées sur la mer démontée dont les vagues percutées à l'étrave n'éteignaient pas le grondement continu des avions B-17, P-51 peints de bandes blanches d'invasion, Hawker Typhoon, bombardiers Halifax tractant des planeurs. Elle distingua l'Arkansas et le Texas, canons de 14 pouces braqués sur la ligne ténue des falaises. Ils la devançaient dans l'odeur de métal graissé, de mazout et de fioul, et la vibration sourde de leurs machines lui rappelait l'Atlantique autrefois traversé à bord du RMS *Ausonia*.

Ils la précédaient et sautaient par la porte des planeurs et le feu des flammes oblongues leur frayait un passage sans retour, déflagration déviant le cap des *LCA* tenus par un homme de barre voué à la manœuvre et à l'échouage et les barges surchargées, submergées par les déferlantes, s'éloignaient en direction des plages de Fox Green, Dog White, Fox Red, Easy Red, afin de tailler une brèche dans un bois entre deux escarpements calcaires et lui ouvrir un passage.

Contrainte à l'attente, elle les avait vus flotter, la tête sous l'eau à cause de leur barda trop lourd et de leur bouée bouclée à la ceinture, cadavres de vingt ans déchiquetés par les mitrailleuses et les obus de mortier et les obus de 88. Elle était descendue de sa péniche de débarquement avec les troupes du génie, remuant à mi-cuisse les eaux rouges de sang, repoussant les cadavres noircis, à la dérive autour d'elle comme les rejetons d'une atroce mise à bas, avortés, démembrés, ébauches d'hommes tordus et carbonisés sur l'estran entre les croisillons de métal, les chars échoués, M3 Stuart, M4 Sherman, les barges béantes, la chair des morts entre leurs flancs de métal éventrés. Elle avait foulé le sable puis la terre, son treillis, visqueux et lourd, plaqué contre ses cuisses. Elle avait passé le rivage, escortée de son photographe et de nombreux hommes remontant vers les falaises et vers les bois, le clocher de Colleville égaré dans le feuillage, sur une route élargie à travers la futaie par les bulldozers, stabilisée grâce aux plaques de roulage Marston Mat où s'engageaient les Dodge WC, les GMC et les jeeps chargés de matériel.

Elle avait dormi chaque nuit sous une tente militaire, ses cauchemars amniotiques revenus plus nombreux et nourris du sang des GI's baratté dans l'écume entre ses jambes. Elle avait voyagé chaque jour sur le siège passager d'une jeep et son équipement de base-ball, d'un Dodge WC 56, rédigé chaque soir des articles sur sa Remington portative, les morts frais du jour, couchés d'une Wehrmacht rafale, lui dictant à voix basse leurs mésaventures, les morts lui susurrant sa scandaleuse condition et sa faute, veuve, enchanteresse, déserteuse, traître à la patrie, visiteuse des charniers et des stigmates du combat. M3 Half-Tracks renversés, Panzer aux chenillées brisées, chars Panther en flammes, maisons en cendrees, estropiés, cadavres braisés de fantassins, rigides pierres ponces aux membres charbonneux recroquevillées dans un fossé où poussait l'herbe grasse de juin, prisonniers dépoitraillés, faces contrites, noircies et hâves, fronts baissés de processionnaires renâclant sur le bas-côté, mains croisées derrière la nuque, morgue des officiers nazis, enthousiasme des enfants morveux et maigres dégringolés d'un rêve cagneux, gamins affublés de bérets et cavalant dans leurs shorts de flanelle au flanc des convois, sous le bas de caisse des Willis engendrant déjà un vacarme de souvenirs saturés d'odeur d'essence, de chocolat et de chewing-gum. La populace, félonne, frénétique et obséquieuse, sourires lacunaires et pudibonderies inquiètes, l'acclamait, elle et ses semblables libérateurs, la poursuivait à l'entrée des villages, pavoisait et grimpait sur les blindés, affichait la liesse bravache des libérés et la fruste retenue des vaincus, sales pour longtemps des oripeaux de la délation, de la servitude et du zèle.

Elle laissa Chartres le 17 août, la cathédrale au sommet de son promontoire, tremblante dans le rétroviseur rond de la jeep, les entrailles de la nef ensuifée et résonnant du pas perdu des GI's émerveillés par le reliquat de siècles obscurs, les antiquailles et la statuaire au cœur de l'édifice, une passion de dentelle, des vitraux, le palimpseste d'un labyrinthe enchâssé dans les dalles et plus bas la collégiale incendiée par les Allemands enfuis, son autel effondré dans l'Eure, le marché couvert détruit par les bombes, le Châtelet ravagé non loin de la rue du Massacre.

Elle fit halte à Rambouillet et rencontra Ernest Hemingway, barbu et agacé de n'avoir pas été entendu des stratèges, interrogea quelques-uns des stratèges français refusant de figurer au banc des nations et refusant depuis quatre ans le zèle et la servitude.

Au matin, elle prit la route de Paris dans la jeep de Hemingway et n'admit pas qu'elle avait été française.

Hemingway parla de Paris qu'elle allait voir pour la première fois mais sa voix s'étrangla dans un sanglot. Le convoi de la division Leclerc ralentit aux abords des Maréchaux. Elle changea de jeep et retrouva son photographe. Des hommes des FFI tiraient à l'angle des boulevards haussmanniens, tombaient et baignaient dans leur sang et les foules dispersées par de sporadiques mitraillages se rassemblaient de nouveau le long des quais de Seine, suivaient de Gaulle dégingandé pour l'histoire et l'acclamaient, se rassemblaient et se dissipaient devant l'Hôtel de Ville, sous le feu discipliné des troupes d'Occupation.

Jamais elle ne répondit dans sa langue maternelle à ceux qui la remerciaient d'être américaine et la célébraient. Il y eut des bals à lampions et des fêtes au son de l'accordéon mais elle se coucha tôt le premier soir dans sa chambre d'hôtel de la rue Saint-Jacques et remua longtemps sa colère avant de s'endormir, se réveilla d'un cauchemar, tard dans la nuit, et s'installa à la petite table poussée devant une fenêtre de sa chambre et jeta les choses de la vie d'Ametza sur un bloc-notes, tout ce qu'elle avait su de son frère et de ses parents, arracha les feuillets, les plia et les glissa dans une enveloppe de l'armée, inscrivit l'adresse de sa fille à Manhattan, scella l'enveloppe, l'affranchit, la laissa sur le bureau et retourna au lit.

À l'aube, sa colère la travaillait toujours. Elle s'approcha du bureau et regarda la lettre et songea en écrire une seconde, sans adresse ni destinataire, renonça et passa la journée à rouler dans Paris avec son photographe. Elle n'aima pas cette ville et son petit peuple en liesse, libéré à bon compte par de jeunes francs-tireurs, la veille dénoncés et honnis par ceux qui les poussaient et les encourageaient à mourir d'une rafale. Dans les jardins du Palais-Royal elle rencontra l'un de ses amis diplomates. Ils déjeunèrent ensemble sous les tilleuls. Elle ne voulait pas rester dans la capitale et cet homme lui apprit qu'il se rendait en mission à Tunis, décollait le lendemain à bord d'un avion militaire faisant escale non loin de Toulon. Dans l'après-midi elle obtint l'autorisation de se rendre à Toulon pour y faire un reportage et embarqua le matin suivant à bord d'un C-73.

Les vibrations de la carlingue couvraient les conversations et le vol agité au-dessus de son ancien pays obligea les passagers à se retrancher dans le silence et s'agripper aux accoudoirs. Elle regarda par le hublot et sentit sa colère faiblir, déboutonna et plongea la main dans une poche de sa veste militaire et vérifia que la lettre s'y trouvait encore. Les terres lointaines de son pays d'autrefois et l'altitude la consolaient d'elle ne savait quel sentiment d'oppression.

À Toulon elle ne posta pas sa lettre et profita du Dodge d'un officier pour se rendre à Marseille et réaliser un reportage sur la rafle de 1943, deux mille Juifs déportés par la police française, la destruction du quartier nord sur le Vieux Port, les Français et les Allemands unis dans une cordiale efficacité.

Une semaine plus tard elle monta dans un avion militaire à destination de Toulouse, paya en dollars la seule Traction ne fonctionnant pas au gaz, chargea le coffre de jerrycans d'essence américaine et quitta la ville sans prévenir son photographe, arriva deux heures avant le crépuscule et se gara sous les grands châtaigniers d'une route forestière et traversa les bois baignés d'une lumière rasante et remonta le pré derrière la maison de son père. Les herbes étaient hautes et la maison vide, inhabitée depuis longtemps, tuiles arrachées, volets dégondés, bouffés par le gel, le vent et les pluies.

Elle marcha en direction du hameau et chercha parmi les tombes, derrière l'église. Tout en ce pays exhalait la sénescence et la poussière, la pierre usée par les siècles et les os devenus cendre et poudre déposées sur la corniche en bois des confessionnaux hantés de contritions obscènes et des repentirs anodins, sur les bancs d'église patinés par les fonds de culotte et sur la coiffe bleue des vierges vitrifiées dans leur sainteté de plâtre. Elle trouva le nom de sa mère gravé sur le caveau de famille et s'adressa à deux femmes occupées à nettoyer et gratter le lichen d'une autre pierre tombale, deux sœurs dont elle se souvenait à peine des visages maintenant ridés et renfrognés, la cadette fut surprise de voir pour la première fois une vraie Américaine en ces lieux désertés par les Allemands repoussés vers le nord.

Elle se prétendit cousine éloignée des Echeverria en quête de ses origines et les veuves ne la reconnurent pas et semblèrent ne rien entendre de ses préoccupations d'étrangère et la plus jeune des deux lui expliqua que le pays était peuplé d'Echeverria et que ceux du village étaient tous dans la tombe ou dispersés aux quatre vents, le père fusillé par des maquisards espagnols en 1942, son corps jeté dans la fosse commune, la mère en allée d'une fluxion en 1939, le fils perdu pour la patrie de l'autre côté de la frontière après que la sœur, bientôt fille-mère, s'était enfuie avec un type qui l'avait sans doute maintenant abandonnée à son sort d'officieuse putain. Il valait mieux que sa famille vienne d'un autre village car le pays et les vallées voisines étaient peuplés d'Echeverria dignes de leur nom. Elles lui demandèrent son prénom et la complimentèrent pour son français, lui dirent qu'elle était belle et lui demandèrent si toutes les Américaines parlaient aussi bien français qu'elle et lui demandèrent son nom. Mendelssohn. Emma Mendelssohn.

Elle passa la frontière espagnole au niveau d'un poste de garde désert et fit halte dans un petit hôtel sur la route de Santander, posa la lettre destinée à sa fille sur sa table de nuit et se souvint de son bannissement, la gare de Bilbao, la solitude, s'étendit sur le couvre-lit sans manger, ferma les yeux et s'endormit et rêva qu'elle balayait ses traces de pas à reculons dans la neige tombée sur une plage normande.

Le matin la trouva sur les routes escarpées et bordées d'eucalyptus, longeant parfois la mer calme et grise, bleue quand le soleil passa la crête des cordillères. Elle entra dans la ville de Laredo vers midi et revendit sa voiture à perte dans un petit garage, acheta une Fiat de seconde main et s'arrêta dans une épicerie. Une femme très brune la servit tandis qu'un jeune garçon, son fils âgé d'une dizaine d'années, assis sur un tabouret derrière le comptoir, lisait une bande dessinée. Elle observa le garçon et sentit que la femme l'observait. Elle quitta la boutique et emprunta la route de Colindres en direction de l'ouest, franchit vasières et marécages et retrouva les collines du piedmont et les fermes de Cantabrie, longea les darses du port marchand de Santander en fin d'après-midi et se gara dans une ruelle de la ville basse.

Elle déposa le soir la lettre sur la table de nuit de son hôtel, la descella, y ajouta les choses qu'elle avait apprises et se coucha et ne parvint pas, obsédée par le visage du jeune garçon, à s'endormir.

Le lendemain elle erra, pâle et brasillant fantôme d'Ametza, déjeuna dans un café sur le front de mer et se balada sur la jetée, se dirigea vers la cathédrale en réfection, fit le tour du cloître sous la galerie, se tint hésitante devant sa porte et finit par y entrer, déambula sur le sol de marbre neuf et sous la nef, examina les ex-voto et les plaques fixées le long des murs et s'approcha de l'une d'entre elles, dédiée aux donateurs et aux mécènes, bienfaiteurs de l'église relevée d'entre les ruines du grand incendie de février 1941. Les raisons de son retour se précisèrent.

# XLIX.

## Vaillance
## Franck
## Février 1941

Il quitta la prison d'El Dueso et marcha sur le bas-côté de la route. Ses cheveux gris et sa barbe grise, son corps maigre dans ses vêtements trop larges. Il allait sous le pâle soleil d'hiver à la rencontre de l'horizon, tournant le dos à la ville de Noja, laissant derrière lui l'odeur rance et tenace du confinement, la perpétuité ressassée des vagues, chaque nuit dans sa cellule. Il tremblait sur ses jambes et faillit s'évanouir et s'assit plusieurs fois sur le talus, las, impatient, désespéré, incertain de revoir son fils et Graziella dont aucune nouvelle ne lui était parvenue en quatre ans.

Il longea la montagne et son ombre levée sur la morne lagune égayée de petits oiseaux bruns et vifs, entra dans Santoña vers midi. Des éclats de lumière palpitaient derrière ses paupières. Il se paya un rapide déjeuner avec l'argent de la pénitentiaire avant de se rendre sur le môle et d'attendre le bac. Il patienta, assis au bord du quai, chaussures du fils Rivera au-dessus des eaux tachées d'huile. Il observa les chalutiers escortés de leurs mouettes gueulardes à marée montante et regarda vers l'aval de la ría de Treto, l'endroit de sa première maison détruite et des chevaux disparus dont il avait, presque chaque nuit de réclusion, rêvé et compté les cadavres. Des vieux et des femmes le prévinrent que l'attente serait longue et il les remercia, surveillant l'autre rive si proche et la barge amarrée à son ponton.

En fin de journée le pilote de la barge entra dans sa cabine et son mousse largua l'amarre et le bateau trembla sur les eaux. Le pilote manœuvra dans le courant et la cheminée branlante du bac lâcha dans le vent un premier jet de vapeur noire.

Il suivit la plage et son rempart de dunes dans le crépuscule et les lumières électriques de Laredo s'étoilèrent et se nimbèrent d'un halo jaunâtre. La mer était calme, étale et muette quand il remonta vers la route.

Il resta longtemps devant la façade de sa maison dont le pignon n'était plus visible derrière la haie trop haute et non taillée, tira la chaînette de la cloche et la chaînette lui resta dans la main.

Ils étaient sur le pas de la porte, sous les branches torves de la glycine. Graziella pleurait et le serrait dans ses bras. David, élevé dans le culte de son père, pleurait et serrait dans ses bras ses parents enlacés.

La mer demeura silencieuse jusqu'à l'aube et Franck se leva plusieurs fois pour écouter la respiration de son fils et déplora les années perdues et dénombra les désastres accumulés par sa faute. Il ne possédait plus rien, ni le toit ni le lit sur lequel il était étendu au côté de sa femme et n'était plus tout à fait certain de posséder encore quelque chose de son amour.

Graziella louait la maison à un ami de De Soto et d'Hernández. De Soto l'avait laissé en prison par indifférence et pour le salut de son âme. Graziella lui était restée loyale et travaillait pour la vieille impotente à l'œil blet. La vieille n'avait pas vendu et vivait maintenant cloîtrée, occupant son reliquat de destin d'incontinences et de monologues d'aruspice, radotés à l'endroit de fantômes dont elle confondait les noms.

Il enfila un vieux manteau et sortit sur la terrasse et s'avança sur la plage et s'accroupit au sommet d'une dune afin de sentir le vent malingre, débarrassé des relents ammoniaqués de pisse et de désinfectant, libéré de l'infecte odeur de moisissure imprégnée à la laine des couvertures de l'administration pénitentiaire, trop fines en hiver, urticantes en été. Il se redressa, regagna la chambre avant l'aube, réveilla sa femme et lui fit l'amour, impatient et maladroit, inquiet de comprendre en la pénétrant qu'elle ne consentait plus à l'homme qu'il se savait être.

L'écho des voix entre les murs blancs de salpêtre, le fracas des portes claquées et des verrous coulissés dans leur gâche le réveillèrent en sursaut. Elle n'était pas là. Il regarda autour de lui et reconnut sa chambre. Il se leva et vacilla et s'assit au bord du lit et baissa la tête et passa les mains dans ses cheveux et sentit l'odeur de la prison dans ses mains et dans ses cheveux. Il regarda son visage amaigri et vieilli dans le miroir de la salle de bains, entreprit de se couper la barbe et, ne supportant pas son image, descendit rejoindre sa femme et son fils à la cuisine. Il prit un long bain et brassa doucement l'eau de la baignoire et sa femme le savonna sans jamais lui poser de questions.

Il suivit sa femme en ville et les gens les dévisageaient sans les saluer. Graziella monta chez la vieille borgne, mais il ne voulait pas la revoir et se rendit avec son fils chez le coiffeur, se fit tailler la barbe et couper les cheveux, surprenant de temps à autre, dans le miroir, le reflet de son fils, lui souriant tristement depuis la rive désolée des carences de son retour. Ils sortirent tous les deux parfumés et pommadés et patientèrent sous un soleil froid devant le rideau baissé de l'épicerie.

Graziella ouvrit le magasin et les fit entrer et tira deux billets d'une maigre enveloppe qu'elle plaça dans une seconde enveloppe, se pencha, y inscrivit une adresse et chercha un timbre dans un tiroir, n'en trouva pas et dit à son fils de l'accompagner à la poste.

Franck prit la lettre et sortit avec son fils et lui demanda s'il savait ce qu'elle contenait.

– Le loyer.

– De chez nous ?

– Ce n'est pas vraiment chez nous.

– Je voudrais te demander quelque chose.

– Oui.

– Je voudrais te demander…

– Papa ?

Il ravala sa demande de pardon et déambula, empli d'une honte insolite et dérisoire, loyer en main, étranger à son fils, portefaix de ses désastres innombrables et de ses incertitudes. Il acheta un carnet au comptoir du bureau de poste et posa le courrier sur une tablette de marbre, lécha le timbre et colla la tête de Franco en haut et à droite de l'adresse du destinataire. Señor Edur Cruchada, 24 calle Cádiz, 39002 Santander.

La Ford démarrait toujours, anachronisme de métal et de bois lancé sur les routes défoncées par les années de guerre civile. Il se gara non loin des quais, parfaitement calme, hors d'atteinte du désespoir et du ressentiment.

Un vent de sud soulevait la baie. Il marcha en direction de la cathédrale et demanda à une femme où se trouvait la calle Cádiz. Il longea une série d'immeubles vétustes et pénétra dans une cage d'escalier, lut les noms sur les boîtes aux lettres et trouva celui de Cruchada. Il grimpa et frappa à la porte. Personne ne vint. Il décida d'attendre sur les marches et n'attendit pas longtemps avant qu'un homme ne monte, se leva, se posta un étage au-dessus, rabattit son feutre un peu plus avant sur son front et dévala le chemin de moquette en velours rouge à l'instant où l'homme enfonçait une clef dans la serrure, se rua sur lui et le poussa à l'intérieur de l'appartement et lui envoya un coup de poing dans la mâchoire.

Edur glissa sur le parquet et s'effondra. Franck claqua la porte derrière lui, s'avança et envoya des coups de pied dans les jambes et dans les flancs d'Edur. Edur gémit et s'accrocha au bas d'un meuble et tenta de se relever et Franck tira de sa poche un couteau de cuisine. Edur entra à quatre pattes dans une vaste salle à manger. Franck avança derrière lui d'un pas tranquille et déterminé. Edur se redressa et fit face à Franck et s'empara d'une chaise rangée sous une table et se jeta sur Franck, le renversa et le frappa sur le crâne.

Franck gisait au sol. Edur ramassa le couteau, retourna dans le couloir et tira d'un secrétaire un revolver de petit calibre et revint dans la salle à manger, entendit plusieurs explosions au-dehors et jura et passa une main sur sa mâchoire engourdie. La poitrine de Franck se soulevait rapidement. Edur le mit en joue, entrebâilla une fenêtre et perçut un grondement et distingua une colonne de fumée noire au-dessus des toits. Franck ouvrit les yeux. Edur referma la fenêtre et sembla réfléchir et s'avança, se plaça devant Franck et lui tira une balle dans le cœur. De grandes flammes attisées par le vent s'élevaient dans la fumée. Il ajusta sa cravate et son col, rentra sa chemise dans son pantalon et récupéra des papiers dans sa chambre, balança l'arme dans la colonne sèche des toilettes, ferma son appartement à clef et descendit dans la rue.

L'immeuble situé au numéro 20 de la calle Cádiz flambait. Il observa l'incendie, seul parmi la foule, à distance de la chaleur, entendit les sirènes des secours et revint se poster devant chez lui. Sa domestique se présenta quelques minutes plus tard et il la congédia, remonta chez lui, ramassa la chaise et s'assit, les jambes de part et d'autre de l'assise, les bras appuyés sur le haut du dossier, le visage à l'aplomb du corps de Franck.

Il tituba dans la cage d'escalier enfumée et se baissa, désorienté, le long de la rampe brûlante. La fumée roulait au plafond et s'élevait dans le gouffre béant de la trémie. Il avança dans la chaleur et le vacarme, toussant et crachant, clignant des yeux et plaquant un mouchoir sur sa bouche. Des bastaings et des poutres s'effondraient derrière les portes closes et il se demanda s'il était le dernier à tenter de sortir et s'il avait attendu trop longtemps et rampa sur l'un des paliers et s'entailla les paumes avec du verre brisé, incapable de distinguer ses blessures dans le brouillard toxique, somnolant et s'acharnant à suivre le chemin de moquette carbonisé par endroits, des sifflements et des voix lui susurrant à l'oreille sa mort probable.

Une voix de femme parmi d'autres voix le poursuivait. Il lui ordonna de la fermer et la traita de sale entremetteuse et l'insulta en basque et la menaça de représailles, dût l'immeuble entier se casser la gueule sur lui. Une porte ouverte sur un appartement en flammes le tira un instant de sa narcose et de ses hallucinations. Dans le rectangle de feu, l'air brûlant s'engouffrait et se raréfiait, absorbait et dissipait l'obscurité dans un vrombissement continu. Il suffoqua et se sentit choir et traverser le brasier et migrer aux confins d'une infernale fournaise dont le souffle s'inversa brutalement et le projeta en arrière dans une déflagration.

Il ouvrit les yeux. Le visage d'un homme casqué s'interposait entre le ciel et lui. L'homme lui parlait mais il n'entendait pas.

## L.

## Comme l'épouse éconduite
## Août 1944

Elle le retrouva sur les indications d'un prêtre et quitta la cathédrale, outragée par l'éloge fait du généreux donateur et ancien paroissien de l'Assomption de la Vierge Marie, martyre du second grand incendie de Santander, sage homme retiré en sa demeure.

Elle se présenta devant la grille d'un petit manoir blanc, flanqué d'une tour carrée au large débord de toit et se demanda par quel prodige la vengeance fraie sa voix au cœur du malheur, accorde salut et prospérité à qui sait manier de concert la violence et l'attente. L'arête ouest de la façade était décorée d'un blason de granit frappé aux armes d'une famille disparue corps et biens dans la guerre. Un parfum de fleurs franchissait les grilles du jardin et elle recula d'un pas, doutant soudain de retrouver Cruchada en un tel endroit. Les voilages remuaient doucement aux huisseries sous l'effet de la brise du soir et les fenêtres au sommet de la tour étaient traversées d'une lumière attiédie.

À l'extrémité de la rue, un jeune garçon, portant lance-pierre à la ceinture, avançait en tenant sa mule par le licol. Les fers de l'animal claquaient sur l'asphalte et le gamin se retournait de temps à autre, tirait son arme, la chargeait et visait l'un des chiens en cortège à ses trousses. Les chiens grognaient, montraient les dents et léchaient avidement les traces d'un liquide suintant sous les fontes en osier chargées d'on ne savait quelle chose fétide, croupie et coagulée d'un essaim de mouches.

Le gamin frôla Emma et la salua respectueusement et se retourna encore, enfonça la main dans sa poche, en sortit un silex, le cala sur la bande de son arme de trait et toucha la tête d'un corniaud dont le hurlement déchiré fit ruer la mule, ses sabots frappant au hasard et décuplant le vrombissement des mouches. Il tira sur le licol et poursuivit son chemin plus rapidement, la mule harcelée et remuant sans cesse les oreilles. Les chiens passèrent au trot à hauteur d'Emma, leur fouet entre les jambes, poil hérissé, lâchant de courts jappements de joie et de convoitise, l'un d'entre eux, parmi les plus laids, juché sur trois pattes et clignant et saignant de l'œil, incrédule, secouant la tête, s'ébrouant sans cesse et aspergeant de sang ses congénères. Elle regarda s'éloigner cette étrange caravane, observa sa traîne de corniauds biaiser et montrer les crocs, se battre à qui lécherait l'infâme chose égouttée, le gamin, pâtre infernal regagnant et perdant du terrain entre deux tirs.

Elle sonna. Une grosse femme en tenue de gouvernante ouvrit la porte, la toisa depuis le perron et lui demanda ce qu'elle voulait. Elle s'appelait Ametza et désirait voir Cruchada.

– Ametza comment ?

– Ça devrait suffire.

La gouvernante claqua la porte. Emma patienta.

– Il vous attend. Ne restez pas longtemps. Il est très fatigué.

Il était allongé sur une méridienne dans son bureau aménagé au sommet de la tour, un oreiller sous la nuque, un second sous les talons, un tas de livres et de journaux empilé à ses pieds, un téléphone à portée de main sur un guéridon. Il la fixa et sortit la main de sa couverture en coton et l'invita à s'asseoir. Elle resta debout et le regarda, émacié, impotent, respirant avec peine, un chuintement dans le souffle, sa main décharnée et suspendue au-dessus du sol.

Il lui proposa de nouveau de s'asseoir et s'inquiéta de savoir si elle désirait quelque chose à boire ou à manger, découvrit ses petites dents jaunes en un sourire aussitôt retombé qu'une chose morte au bout d'une corde tranchée, lui désigna une ardoise et une craie et s'excusa d'être sourd depuis un incendie.

Les voilages traversés de lumière se balançaient faiblement et tamisaient le ciel à l'ouest. Elle fit un pas et ramassa l'ardoise. Il regarda ses jambes. Elle recula et écrivit sur l'ardoise. Il lui demanda si elle avait vu le gosse dans la rue. Elle ne répondit pas et lui montra l'ardoise. Votre frère est mort dans l'incendie. Elle effaça l'ardoise du saillant de la paume et écrivit autre chose. Il se redressa un peu et grimaça. Il n'avait pas idée de ce que ce gosse pouvait bien charrier dans les fontes de sa mule et ne le lui avait jamais posé la question. Elle insista, lui montra l'ardoise. Il déglutit de nouveau et respira avec peine, émit un sifflement, acquiesça doucement et dit que la dernière fois était le jour de l'incendie. Elle effaça l'ardoise et écrivit de nouveau. Il n'avait jamais demandé au gosse ce que transportait sa mule et c'était drôle qu'elle soit venue à l'instant précis où passait dans la rue son drôle de cortège. Elle lui montra l'ardoise. Il acquiesça. Ils s'étaient battus le jour de l'incendie. Elle lui montra de nouveau l'ardoise. Il l'avait tué, oui. De la légitime défense. Elle effaça l'ardoise et l'observa. Des moineaux pépiaient et se battaient dans le feuillage d'un jeune magnolia. J'ai toujours ressenti quelque chose pour vous. Il sourit. Il avait survécu, sourd et les poumons foutus, et comprenait à présent que le miracle de sa survie dépendait d'une chose qui les dépassait et les unissait au-delà de la vengeance, au-delà de ce qu'elle imaginait de sombre et de meurtrier. Vous êtes venue me chercher, moi, personne d'autre que moi. Comme l'épouse éconduite revient et demande des comptes à l'époux. Vous êtes venue me chercher. L'épouse éconduite. Il ferma les yeux et sourit. Elle regarda son visage, flétri, ridé, joues creuses, carnation de cire, son cou frêle sorti du col de sa veste de pyjama en flanelle, épaules étroites. Elle écouta le sifflement sourdre d'entre ses lèvres fines et gercées, légèrement entrouvertes. Il ouvrit les yeux. Comment m'avez-vous retrouvé ? Elle écrivit. Oui, la cathédrale. Mon nom dans la cathédrale. La cathédrale a brûlé le même jour avec tout le quartier. Votre frère a laissé quelque chose derrière lui. Il la contempla un instant, sa chevelure noire, son regard intense. Une famille. Ils vivent non loin d'ici. Il ferma les yeux, ses paupières fines et dépourvues de cils dans leurs orbites noircies. Laredo. J'ai tout fait pour le protéger de ses erreurs et pour les protéger mais il est venu le jour de l'incendie et s'est jeté sur moi comme si j'étais l'unique responsable de ses échecs. Elle écrivit encore. Il ouvrit les yeux et dit oui. Ils sont vivants. Elle effaça et écrivit encore. Une femme et un garçon. Peut-être n'êtes-vous rien qu'un fantôme. Je vous ai vu souvent depuis l'incendie, bien des fois en rêve. Je vous ai bien des fois raconté tout ça et vous me répondiez 25 dollars ou 100 dollars, 25 dollars ou 100 dollars et je ne sais pas plus ce que ça signifie que je ne sais ce que ce gamin transporte dans les fontes de sa saloperie mule.

Elle vacilla légèrement et cassa la craie entre ses doigts et recula et se servit de l'un des fragments restés dans sa paume pour inscrire une dernière chose sur l'ardoise. Elle s'accroupit. Il tourna légèrement la tête sur le côté pour la voir. Elle lui montra l'ardoise. Il lut, haussa les épaules et dit un fantôme. Elle se redressa doucement, posa l'ardoise sur la pile de livres, prit d'un geste vif l'oreiller placé sous ses mollets, appuya son genou droit sur son torse et plaqua l'oreiller sur son visage.

Elle entra de nuit dans Laredo et se demanda où dormir, erra dans la vieille cité, palpa dans sa poche la lettre destinée à sa fille, déambula sur le port. Les chalutiers au large, le lavis de leurs lanternes sur les eaux calmes. Elle regagna sa voiture et quitta la ville et roula encore quelques minutes avant de se ranger sur une route sablonneuse, derrière les dunes. Elle baissa un peu la fenêtre. L'air était frais et saturé d'une odeur d'herbe grasse. Elle alluma le plafonnier, tira la lettre de sa poche, la déplia sur la couverture en cuir de son carnet de travail, ajouta quelques phrases et relut plusieurs fois ces phrases tracées d'une main nerveuse. Elle plia la lettre et la rangea, éteignit le plafonnier, écouta la sourde rumeur des vagues, persuadée qu'elle ne pourrait pas dormir.

L'odeur la tira du sommeil. Les phares de la Fiat éclairaient la mule et l'enfant au mitan du sentier conduisant à la plage. L'enfant et la mule étaient immobiles. Elle ouvrit la portière. L'enfant regardait fixement devant lui. Sous l'une des fontes de la mule un liquide noir et pestilentiel coulait goutte à goutte dans le sable. Les mouches bourdonnaient et se déplaçaient au cul de l'osier comme la chose vivante, frénétique, mue par une obscure et collective volonté. Elle s'approcha. L'enfant ne fit pas un geste et les mouches s'envolèrent dans un vrombissement de menace furieuse et l'enveloppèrent en nuée et la réveillèrent en sursaut dans l'aube grise.

Elle descendit de voiture et marcha dans le sable aplani par le vent et s'assit face à la mer, sortit la lettre de sa poche, inscrivit le prénom d'Ametza et le nom d'Echeverria, creusa un trou et brûla les feuillets de la lettre à l'aide d'un Zippo Black Crackle, regarda la flamme bleue et jaune s'élever et dévorer le papier qu'elle laissa choir au fond de la petite cavité, sa mince écriture, illisibles glyphes tracés dans les cendres lacunaires, cendres de son frère, flocons de neige noire consumée dans la tombe. Elle prit une poignée de sable et s'en frictionna les mains, la jeta sur le cadavre incinéré de son récit, se leva, reboucha du pied le trou, tassa le monticule humide du plat de la semelle et quitta les lieux.

Parcourant le cimetière enclos de murs levés au nord, sous l'un des redans de l'Atalaya, elle finit par trouver la tombe vide de son frère, considéra ses doigts charbonneux et ses ongles sales, ramassa un caillou, hésita à le déposer sur la stèle et laissa monter en elle un chaos de souvenirs sans ordonnance ni retour.

Elle passa lentement en voiture devant l'épicerie, aperçut une silhouette indéfinie au fond de la boutique étroite et sombre, celle d'un jeune garçon, distingua le visage et les chairs racornies d'une très vieille femme borgne et installée dans un fauteuil au bord du trottoir, accéléra, quitta la ville dans un virage, s'éleva au-dessus de la baie, sous un ciel encore pâle et couvert au large d'une brume bleutée.

pcacmb
édition pré-presse
livres numériques

44400 Rezé

Achevé d'imprimer en février 2021
sur les presses de Normandie Roto Impression s.a.s.
à Lonrai (Orne)
pour le compte des Éditions Payot & Rivages
60/62, avenue de Saxe -75015 Paris
N° d'impression : 2100473
Dépôt légal : février 2021

*Imprimé en France*